国家示范性高职院校建设项目成果系列教材

环境监测技术

张晓辉　主编

HUANJING
JIANCE
JISHU

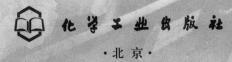

化学工业出版社
·北京·

内 容 提 要

本书较为详细地介绍了水与废水、大气和室内空气、土壤污染、放射性及噪声污染监测等环境监测的基本原理、技术方法和监测过程的质量保证，突出环境监测的特点，在一定的理论基础上，强调实践，注重专业素质和能力的培养。

本书为高等职业学校环境保护与监测专业教材，亦可作为高等职业学校环境类相关专业的教学用书或作为环境保护科技人员、管理干部、环保职工培训教材及参考书。

图书在版编目（CIP）数据

环境监测技术/张晓辉主编. —北京：化学工业
出版社，2011.8
国家示范性高职院校建设项目成果系列教材
ISBN 978-7-122-07883-4

Ⅰ. 环… Ⅱ. 张… Ⅲ. 环境监测-高等职业
教育-教材 Ⅳ. X83

中国版本图书馆 CIP 数据核字（2011）第 124932 号

责任编辑：李植峰　　　　　　　　　　　文字编辑：刘莉珺
责任校对：顾淑云　　　　　　　　　　　装帧设计：张　辉

出版发行：化学工业出版社（北京市东城区青年湖南街 13 号　邮政编码 100011）
印　　刷：北京云浩印刷有限责任公司
装　　订：三河市万龙印装有限公司
787mm×1092mm　1/16　印张 12　字数 288 千字　2011 年 10 月北京第 1 版第 1 次印刷

购书咨询：010-64518888（传真：010-64519686）　　售后服务：010-64518899
网　　址：http://www.cip.com.cn
凡购买本书，如有缺损质量问题，本社销售中心负责调换。

定　　价：24.00 元

"国家示范性高职院校建设项目成果系列教材"
建设委员会成员名单

主 任 委 员　安江英
副主任委员　么居标
委　　　员　（按姓名汉语拼音排列）

安江英　陈洪华　陈渌漪　龚戈淬　马　越　苏东海

王利明　辛秀兰　么居标　张俊茹　钟桂英　周国烛

"国家示范性高职院校建设项目成果系列教材"
编审委员会成员名单

主 任 委 员　辛秀兰
副主任委员　马　越
委　　　员　（按姓名汉语拼音排列）

曹奇光　陈红梅　陈禹保　高春荣　兰　蓉　李　浡

李双石　李晓燕　刘俊英　刘　玮　刘亚红　鲁　绯

马长路　马　越　师艳秋　苏东海　王维彬　王晓杰

危　晴　吴清法　吴志明　谢国莉　辛秀兰　杨春花

杨国伟　苑　函　张虎成　张晓辉

《环境监测技术》编写人员

主　　编　张晓辉

编写人员　（按姓名汉语拼音排列）

曹奇光（北京电子科技职业学院）

陈红梅（北京电子科技职业学院）

方晓云（北京奥莱国信工程材料检测有限公司）

吕武轩（中国仪器仪表学会环境监测仪器分会）

谢国莉（北京电子科技职业学院）

翟家骥（北京排水集团水质检测中心）

张晓辉（北京电子科技职业学院）

前　言

　　环境监测是环境类专业的一门主要核心课程。根据高职高专教育改革人才培养要求，本教材按照基于工作过程的实施项目编写，以真实的监测项目为主线，以环境监测现行岗位对环境监测人员的知识、能力和职业素养为要求，力求体现实践、实用和贴近学生心里的原则。

　　本教材在编写时结合了专业岗位的特点和实际工作流程，考察了岗位的职业技能需求，旨在培养应用型技能人才。本教材主要作为高职高专院校环境监测与治理技术专业的专业课用书，也可作为环境类其他专业的教学参考书以及相关行业的技术人员、管理人员的培训教材。

　　本书与以往出版的同类书相比，从格式和内容上都做了很大的改变。本书是根据实际工作任务并结合学校现有客观条件，按项目来设置章节，每个项目中以各污染物的检测为重点内容，相关知识点为了激发学生的学习热情和拓展学生的知识而穿插其中。全书共包含五个大项目，分别为：环境监测基础知识技能训练；水和废水监测；大气和室内空气监测；土壤污染监测；放射性及噪声污染监测。

　　本书由张晓辉策划和主编，高职院校一线教师曹奇光、陈红梅、谢国莉及企业专家翟家骥、吕武轩、方晓云等参加了编写工作。在本书的编著过程中得到北京电子科技职业学院的马越、辛秀兰、兰蓉、王晓杰、李渤、杨国伟等老师的支持与帮助，在此一并表示感谢。

　　由于编者时间有限，书中疏漏之处在所难免，敬请批评指正。

编者

2011 年 6 月

目 录

项目一　环境监测基础知识技能训练 ……………………………………………… 1

※　项目介绍 …………………………………………………………………… 1

※　学习目标 …………………………………………………………………… 1

※　项目实施 …………………………………………………………………… 1

任务一　环境监测流程的认识与训练 ………………………………………… 1

任务二　环境监测实验室基本操作技能训练 ………………………………… 2

学习情境1　实验室蒸馏水的选配 ……………………………………… 2

一、纯水质量标准 ……………………………………………………… 2

二、纯水的制备 ………………………………………………………… 3

三、纯水的检验 ………………………………………………………… 4

四、纯水的贮存 ………………………………………………………… 4

五、特殊要求的纯水 …………………………………………………… 4

学习情境2　常用试剂的选配 …………………………………………… 5

一、化学试剂的取用 …………………………………………………… 5

二、常用化学试剂的配制 ……………………………………………… 6

学习情境3　实验室常见玻璃仪器及其他仪器的清洗与维护 ………… 6

一、玻璃仪器的清洗与维护 …………………………………………… 6

二、实验室电子天平的维护 …………………………………………… 7

※　项目思考 …………………………………………………………………… 8

※　必备知识 …………………………………………………………………… 9

必备知识一　环境监测概述 …………………………………………………… 9

一、感受环境污染及环境监测 ………………………………………… 9

二、环境监测的分类 …………………………………………………… 9

三、环境监测的发展 …………………………………………………… 11

必备知识二　环境监测的最终目的及内涵 ………………………………… 12

一、环境监测的最终目的 ……………………………………………… 12

二、环境监测的内涵 …………………………………………………… 12

必备知识三　环境监测的依据和环境标准 ………………………………… 14

一、什么是环境标准？ ………………………………………………… 14

二、环境标准的分类和分级 …………………………………………… 15

三、环境标准简介 ……………………………………………………… 15

必备知识四　玻璃器皿的洗涤 ……………………………………………… 18

一、洁净剂及使用范围 ………………………………………………… 18

二、洗涤液的制备及使用注意事项 …………………………………… 18

三、玻璃仪器的洗涤方法 ……………………………………………… 18

必备知识五　化学试剂及常用器皿 ………………………………………… 19

一、化学试剂的质量规格 ……………………………………………………… 19

二、常用滤纸和滤器 …………………………………………………………… 20

三、常用干燥剂 ………………………………………………………………… 20

必备知识六　环境监测质量保证 …………………………………………………… 21

一、质量保证的意义 …………………………………………………………… 21

二、质量保证和质量控制 ……………………………………………………… 22

三、质量保证体系构成 ………………………………………………………… 22

四、环境监测质量保证工作的现状 …………………………………………… 23

五、质量保证的重要概念 ……………………………………………………… 23

必备知识七　实验室安全 …………………………………………………………… 29

一、易燃易爆物质 ……………………………………………………………… 29

二、剧毒和致癌物质 …………………………………………………………… 30

三、实验室安全规则 …………………………………………………………… 31

项目二　水与废水监测 ……………………………………………………………… 32

※　项目介绍 ………………………………………………………………………… 32

※　学习目标 ………………………………………………………………………… 32

※　项目实施 ………………………………………………………………………… 32

任务一　水样的采集、运输与保存 ……………………………………………… 32

一、水样的分类 ………………………………………………………………… 33

二、地表水和地下水样的采集 ………………………………………………… 34

三、污水采样 …………………………………………………………………… 35

四、水样的保存与运输 ………………………………………………………… 37

任务二　理化指标的监测 ………………………………………………………… 42

学习情境 1　色度的测定 ……………………………………………………… 42

一、铂钴标准比色法 …………………………………………………………… 43

二、稀释倍数法 ………………………………………………………………… 44

学习情境 2　浊度的测定 ……………………………………………………… 44

一、分光光度法 ………………………………………………………………… 45

二、目视比色法 ………………………………………………………………… 46

学习情境 3　残渣的测定 ……………………………………………………… 47

一、103～105℃烘干的总残渣 ………………………………………………… 48

二、103～105℃烘干的可滤残渣 ……………………………………………… 48

三、103～105℃烘干的不可滤残渣 …………………………………………… 49

学习情境 4　游离氯和总氯的测定——N,N-二乙基-1,4-苯二胺滴定法 …… 50

学习情境 5　总硬度的测定——EDTA 滴定法 ……………………………… 53

任务三　营养盐及有机污染综合指标的监测 …………………………………… 56

学习情境 1　溶解氧的测定——碘量法 ……………………………………… 56

学习情境 2　化学需氧量的测定——重铬酸钾法 …………………………… 58

学习情境 3　高锰酸盐指数的测定——酸性法 ……………………………… 61

学习情境 4　生化需氧量的测定——稀释接种法 …………………………… 63

学习情境 5　氨氮的测定——纳氏试剂分光光度法 ………………………… 67

学习情境 6　硝酸盐氮的测定——紫外分光光度法 ················· 69

学习情境 7　亚硝酸盐氮的测定——N-(1-萘基)-乙二胺分光光度法 ········· 71

学习情境 8　总氮的测定——过硫酸钾氧化-紫外分光光度法 ··········· 73

学习情境 9　总磷的测定——钼锑抗分光光度法 ················· 75

项目三　大气和室内空气监测 ·························· 78

※ 项目介绍 ······································· 78

※ 学习目标 ······································· 78

※ 项目实施 ······································· 78

任务一　空气采样基础训练 ···························· 78

学习情境　空气样品的采集 ···························· 78

一、空气采样方法与原理 ···························· 79

二、采样点的布设 ······························· 85

三、采样效率的评价方法 ···························· 87

任务二　大气污染物的测定 ···························· 87

学习情境 1　二氧化硫的测定——甲醛吸收-盐酸玫瑰苯胺分光光度法 ····· 87

学习情境 2　二氧化氮的测定——盐酸萘乙二胺分光光度法 ·········· 92

学习情境 3　总悬浮颗粒物的测定——重量法 ················· 94

任务三　室内空气监测 ······························ 96

学习情境 1　甲醛的测定——AHMT 分光光度法 ··············· 96

学习情境 2　氨气的测定——靛酚蓝分光光度法 ··············· 99

项目四　土壤污染监测 ···························· 103

※ 项目介绍 ······································ 103

※ 学习目标 ······································ 103

※ 项目实施 ······································ 103

任务一　样品的采集及预处理 ·························· 103

一、样品采集 ································· 104

二、样品的制备 ································ 105

三、样品预处理 ································ 106

任务二　土壤中典型重金属及有机物的监测 ·················· 106

学习情境 1　土壤中镉的监测——原子吸收分光光度法 ············ 106

学习情境 2　土壤中铬的监测——二苯碳酰二肼比色分光光度法 ········ 109

项目五　放射性及噪声污染监测 ······················ 112

※ 项目介绍 ······································ 112

※ 学习目标 ······································ 112

※ 项目实施 ······································ 112

任务一　室内空气环境放射性氡的监测 ···················· 112

一、放射性概述 ································ 113

二、放射性的分布 ······························ 114

三、放射性度量单位 ····························· 115

四、放射性监测对象、内容和目的 ······················ 116

五、放射性样品的采集和预处理 ······················ 117

六、放射性监测方法 119

七、拓展阅读——核分析仪器 121

任务二 校园及周边环境噪声的监测 122

学习情境 校园周围区域环境噪声监测 122

※ 必备知识 124

一、噪声及其危害 124

二、噪声监测参数及其分析 124

三、拓展知识 127

附录 129

附录1 地表水环境质量标准（GB 3838—2002） 129

附录2 地下水质量标准（GB/T 14848—93） 136

附录3 污水综合排放标准（GB 8978—1996） 139

附录4 室内空气质量标准（GB/T 18883—2002） 157

附录5 社会生活环境噪声排放标准（GB 22337—2008） 168

附录6 声环境质量标准（GB 3096—2008） 172

参考文献 180

项目一　环境监测基础知识技能训练

学习指南

　　本项目将带领你逐步走进环境监测学科，通过本章的学习了解以下几点：什么是环境监测？为什么要开展环境监测？怎么样开展环境监测？开展哪些环境监测？环境监测的依据和标准是什么？

※ 项目介绍

项目相关背景	随着环境污染的日益严重，环境污染事故的不断频发，人们急需了解赖以生存的环境到底发生了什么问题？环境中有哪些危害人类生命及健康的污染物？这就需要运用一定的方法和技术，即环境监测技术，故环境监测技术是环境保护的"眼睛"。要顺利开展环境监测工作，必须具备一定的环境监测基础知识
项目任务描述	任务一　环境监测流程的认识与训练 任务二　环境监测实验室基本操作技能训练

※ 学习目标

1. 能理解和掌握环境污染及环境监测之间的关系。
2. 了解环境监测的历史和发展趋势。
3. 能认识环境监测的整个流程，并就每一个环节进行演练和训练。
4. 掌握实验室所用蒸馏水的制备。
5. 掌握常用试剂的选配。
6. 掌握常用仪器的选用、清洗和维护。
7. 能充分认识实验室安全的重要性并理解相关安全事项。
8. 掌握环境监测质量保证相关知识。

※ 项目实施

任务一　环境监测流程的认识与训练

1. **任务前的思考**

问题一：我们身边的环境污染有哪些？你感同身受的有哪些？

问题二：你是否想搞清楚环境污染中有些什么样的污染物质？如何才能搞清楚？

问题三：环境监测技术在环境保护中有什么样的作用和地位？

问题四：环境监测的基本步骤或流程是什么？

问题五：环境监测的类别、目的及监测原则是什么？

2. 识别环境监测流程，在后续监测项目中反复演练每个过程。

环境监测的流程如图 1-1 所示。

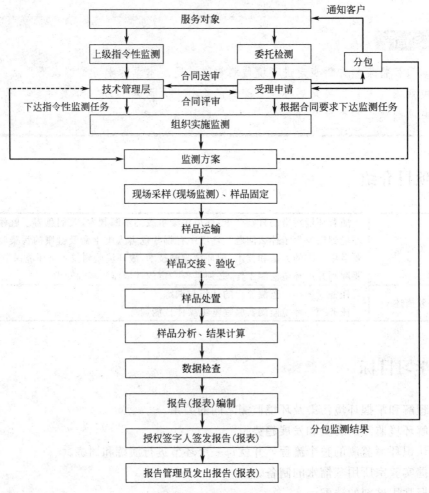

图 1-1　环境监测流程

任务二　环境监测实验室基本操作技能训练

从上述环境监测流程图可知，环境监测的核心步骤是实验室分析，这就涉及到实验室的一些基本操作技能，这些操作技能的正确与否直接影响到环境监测结果的可靠与否。环境监测实验室基本操作技能包括蒸馏水的配制、化学试剂的选配、玻璃仪器的洗涤及其他仪器设备的选用、清洗和维护。此外，实验室安全意识和注意事项也是非常重要的不可或缺的内容。

学习情境1　实验室蒸馏水的选配

一、纯水质量标准

水是最常用的溶剂，配制试剂、标准溶液、洗涤均需大量使用。它的质量对分析结果有着广泛的和根本的影响，对于不同用途，应使用不同质量的水。表 1-1 给出纯水的级别及标准。

表1-1 纯水标准

指 标	Ⅰ	Ⅱ	Ⅲ	Ⅳ
可溶性物质/(mg/L)	<0.1	<0.1	<0.1	<2.0
电导率/(μS/cm)(25℃)	<0.06	<1.0	<1.0	<5.0
电阻率/MΩ·cm(25℃)	>16.66	>1.0	>1.0	>0.20
pH(25℃)	6.8～7.2	6.8～7.2	6.5～7.5	5.0～6.0
KMnO$_4$ 呈色持续时间/min	>50	>60	>10	>10

注：表中 KMnO$_4$ 呈色持续时间是指用这种水配制 $c\left(\dfrac{1}{5}KMnO_4\right)=0.01mol/L$ 溶液的呈色持续时间，它反映水中还原性杂质含量的多少。

在制备痕量元素测定用的标准水样时，最好使用Ⅰ级纯水；制备微量元素测定用的标准水样，使用Ⅱ级纯水。

二、纯水的制备

纯水的制备是将原水中可溶性和非可溶性杂质全部除去的水处理方法。制备纯水的方法很多。通常多用蒸馏法、离子交换法、电渗析法。

1. 蒸馏法

以蒸馏法制备的纯水常称为蒸馏水，水中常含有可溶性气体和挥发性物质。

蒸馏水的质量因蒸馏器的材料与结构的不同而异。制造蒸馏器的材料通常有金属、化学玻璃和石英玻璃三种。下面分别介绍几种不同蒸馏器及其蒸馏水。

① 金属蒸馏器：金属蒸馏器内壁为纯铜、黄铜、青铜，也有镀纯锡的。这种蒸馏所得水含有微量金属杂质，只适用于清洗容器和配制一般试液。

② 玻璃蒸馏器：玻璃蒸馏器由含低碱高硼硅酸盐的"硬质玻璃"制成，含二氧化硅约80%，经蒸馏所得的水中含痕量金属，还可能有微量玻璃溶出物如硼、砷等。适用于配制一般定量分析试液，不宜用以配制分析重金属或痕量非金属试液。

③ 石英蒸馏器：石英蒸馏器含二氧化硅 99.9% 以上。所得蒸馏水仅含痕量金属杂质，不含玻璃溶出物。特别适用于配制对痕量非金属进行分析的试液。

有时一次蒸馏的效果较差，需要多次蒸馏。例如第一次蒸馏时加入几滴硫酸，除去重金属；第二次蒸馏时加少许碱溶液，中和可能存在的酸；第三次蒸馏时不加入酸或碱。

2. 离子交换法

以离子交换法制备的水称为去离子水或无离子水。水中不能完全除去有机物和非电解质，因此较适用于配制痕量金属分析用的试液，而不适用于配制有机分析试液。

在实际工作中，常将离子交换法和蒸馏法联用，即将离子交换水再蒸馏一次或以蒸馏水代替原水进行离子交换处理，这样就可以得到既无电解质又无微生物及热原质等杂质的纯水。

3. 电渗析法

一般采用电渗析法可制取电阻率为 $2\times10^8\Omega\cdot cm$（18℃）的纯水。它比离子交换法相比具有设备和操作管理简单、不需酸碱再生使用的优点，实用价值较大。其缺点是在水的纯度提高后，水的导电率就逐渐降低，如继续增高电压，就会迫使水分子电离为 H^+ 和 OH^-，使得大量的电耗在水的电离上，水质却提高得很少。因此，也有将电渗析法和离子交换法结合起来制纯水的方法，即先用电渗析法把水中大量离子除去后，再用离子交换法除去少量

离子,这样制得的纯水不仅纯度高,而且有如下优点:

① 不需将酸碱再生使用。

② 易于设备化,易于搬迁,灵活性大。可以置于生产用水设备旁边,就地取纯水使用。

③ 系统简单。

④ 操作方便。

三、纯水的检验

水质的检验方法较多,常用的方法主要有两种,即电测法和化学分析法。光谱法和极谱法有时也用于水质的检验。

1. 电测法

此法最简单,它是利用水中所含导电杂质与电阻率之间的关系,间接确定水质纯度的一种方法。在 25℃时,以电导仪测得水中电阻率在 $5 \times 10^5 \Omega \cdot cm$ 以上者为去离子水。

2. 化学分析法

① pH 值的检查:用精密 pH 试纸进行检验,纯水的 pH 值见表 1-1。

② 阳离子定性检查:取纯水 10mL 于试管中,加 3~5 滴氯化铵-氢氧化铵缓冲溶液,加少许铬黑 T 粉状指示剂 [铬黑 T+氯化钠 (1+100),研磨混匀],搅拌,溶解后,如溶液呈天蓝色表示无阳离子存在,若呈紫红色表示有阳离子存在。

③ 氯离子的定性检查:取纯水 10mL 于试管中,加 2~3 滴 (1+1) 硝酸,2~3 滴 0.1mol/L 硝酸银溶液,混匀,无白色混浊出现即表示无氯离子存在。

④ 可溶性硅的定性检查:取纯水 10mL 于试管中,加 15 滴 1%钼酸铵溶液,加入 8 滴草酸-硫酸混合酸 (4%草酸和 4mol/L 的硫酸,按 1+3 比例混合),摇匀。放置 10min,加 5 滴 1%硫酸亚铁铵溶液(硫酸亚铁铵溶液要新配制的),摇匀。如溶液呈蓝色,则表示有可溶性硅,如不呈蓝色,可认为无可溶性硅。

由于化学分析法过程比较复杂,操作麻烦,分析时间较长等缺点,因而一般采用电测法,只有在无电导仪的情况下再采用化学分析法。

四、纯水的贮存

制备好的纯水要妥为保存,不要暴露于空气中,否则由于空气中二氧化碳、氨、尘埃以及其他杂质的污染而使水质下降。由于非电解质无适当的检验方法,因此可用水中金属离子的变化来观察其污染情况。因纯水贮存在硬质或涂石蜡的玻璃瓶中都会使金属离子含量增加,故宜贮存于聚乙烯容器中或衬有聚乙烯膜的瓶中,最好是贮存于石英或高纯聚四氟乙烯容器中。

五、特殊要求的纯水

在分析某些指标时,对分析过程中所用纯水中的这些指标含量越低越好,这就提出某些特殊要求的蒸馏水以及制取方法。

1. 无氯水

加入亚硫酸钠等还原剂将自来水中的余氯还原为氯离子(以 DPD 检查不显色,DPD 即 N-二乙基-对苯二胺),然后用附有缓冲球的全玻璃蒸馏器(以下各项中的蒸馏器均同此)进行蒸馏制取。

2. 无氨水

向水中加入硫酸使其 pH 值<2,并使水中各种形态的氨或胺最终都变成不挥发的盐类,收集馏出液即得(注意避免实验室内空气中含有氨而重新污染,应在无氨气的实验室进行

蒸馏）。

3. 无二氧化碳水

（1）煮沸法　将蒸馏水或去离子水煮沸至少 10min（水多时），或使水量蒸发 10% 以上（水少时），加盖放冷即得。

（2）曝气法　将惰性气体或纯氮通入蒸馏水或离子水至饱和即得。

制得的无二氧化碳水应贮存于一个附有碱石灰管的橡皮塞盖严的瓶中。

4. 无砷水

一般蒸馏水或去离子水都能达到基本无砷的要求。应注意避免使用软质玻璃（钠钙玻璃）制成的蒸馏器、树脂管和贮水瓶。进行痕量砷的分析时，须使用石英蒸馏器或聚乙烯的树脂管和贮水桶。

5. 无铅（无重金属）水

用氢型强酸性阳离子交换树脂处理原水即得。注意贮水器应预先作无铅处理，用 6mol/L 硝酸溶液浸泡过夜后，用无铅水洗净。

6. 无酚水

（1）加碱蒸馏法　向水中加入氢氧化钠至 pH>11，使水中酚生成不挥发的酚钠后进行蒸馏制得（或可同时加入少量高锰酸钾溶液使水呈紫红色，再行蒸馏）。

（2）活性炭吸附法　将颗粒状活性炭加热至 150～170℃烘烤 2h 以上进行活化，放入干燥器内冷却至室温后，装入预先盛有少量水（避免碳粒间存留气泡）的层析柱中，使蒸馏水或去离子水缓慢通过柱床，按柱容量大小调节其流速，一般以每分钟不超过 100mL 为宜。开始流出的水（略多于装柱时预先加入的水量）须再次返回柱中，然后正式收集。此柱所能净化的水量，一般约为所用碳粒表观容积的 1000 倍。

7. 不含有机物的蒸馏水

加入少量高锰酸钾的碱性溶液于水中使呈红紫色，再行蒸馏即得（在整个蒸馏过程中水应始终保持红紫色，否则应随时补加高锰酸钾）。

学习情境2　常用试剂的选配

一、化学试剂的取用

取用化学试剂时，必须首先核对试剂瓶标签上的试剂名称、规格及浓度等，确保准确无误后方可取用。打开瓶塞后应将其倒置在桌面上，不能横放，以免受到污染。取完试剂后应立即盖好瓶塞，并将试剂瓶放回原处，注意标签应该朝外放置。

1. 固体试剂的取用

固体试剂通常盛放在便于取用的广口瓶中。取用固体试剂要用洁净干燥的药匙。用过的药匙必须洗净干燥后存放在洁净的器皿中。任何化学试剂都不得用手直接取用。

取用试剂时，不要超过指定用量，多取的试剂不能倒回原瓶，可以放入指定的容器中留作他用。往试管（特别是湿试管）中加入粉末状固体时，可用药匙或将试剂放在对折的纸槽中，伸入平放的试管中约 2/3 处，然后竖直试管，使试剂落入试管底部。

2. 液体试剂的取用

液体试剂和配制的溶液通常放在细口瓶或带有滴管的滴瓶中。

（1）从细口瓶中取用试剂　从细口瓶中取用液体试剂时采用倾注法。先将瓶塞取下倒置在桌面上，再把试剂瓶贴有标签的一面握在手心中，然后逐渐倾斜瓶子让试剂沿试管内壁流下，或沿玻璃棒注入烧杯中。取足所需量后，应将试剂瓶口在试管口或玻璃棒上靠一下再逐渐竖起，以免遗留在试剂瓶口的液滴流到瓶的外壁。应注意绝不能悬空向容器中倾倒液体试剂或使瓶塞底部直接与桌面接触。

当需要量取一定体积的液体试剂时，可根据试剂用量不同选用适当容量的量筒。对量筒内液体体积读数时，视线的位置很重要，一定要平视，偏高或偏低都会造成较大的误差。对于浸润玻璃的无色透明液体，读数时，视线要与凹液面下部最低点相切。对于浸润玻璃的有色或不透明液体，读数时，视线要与凹液面上缘相切。对于水银或其他不浸润玻璃的液体，读数时则需要看液面的最高点。

（2）从滴瓶中取用液体试剂　从滴瓶中取用少量液体试剂时，先提起滴管，使管口离开液面，再用手指紧捏胶帽排出管内空气。然后将滴管插入试液中，放松手指吸入试剂。再提起滴管，垂直放在试管口或其他容器上方将试剂逐滴加入。

从滴管中取用液体试剂时，应注意避免出现下列错误操作：

① 将滴管伸入试管内滴加试剂；

② 滴管用后放在桌面或他处；

③ 滴管盛放倒置；

④ 滴管充满试液放置。

二、常用化学试剂的配制

1. 100mL　1mol/L 的 NaOH 溶液的配制

NaOH 溶液的配制涉及到计算、称量、溶解、定容等环节。每一环节都有严格、规范的操作要求，按照表 1-2 所示信息配制 100mL 1mol/L 的 NaOH 溶液。

2. 配制 1+9 的 HCl 溶液

按照类似上述配制 NaOH 溶液的步骤思考并练习配制 1+9 HCl 溶液 50mL。

3. 配制 0.05mol/L 的 $Na_2S_2O_3$

按照类似上述配制 NaOH 溶液的步骤思考并练习配制 0.05mol/L 的 $Na_2S_2O_3$ 溶液 100mL。

学习情境 3　实验室常见玻璃仪器及其他仪器的清洗与维护

一、玻璃仪器的清洗与维护

使用洁净的仪器是实验成功的重要条件，也是监测工作者应有的良好习惯。洗净的玻璃仪器在倒置时，器壁应不挂水珠，内壁应被水均匀润湿，形成一层薄而均匀的水膜。如果有水珠，说明仪器还未洗净，需要进一步进行清洗。以小组为单位练习将各组常用的烧杯、容量瓶、锥形瓶、滴定管、移液管等玻璃仪器按下述要求进行清洗。

1. 一般洗涤

仪器清洗最简单的方法是用毛刷蘸上去污粉或洗衣粉擦洗，再用清水冲洗干净。洗刷时，不能用秃顶的毛刷，也不能用力过猛，否则会戳破仪器。有时去污粉的微小粒子黏附在器壁上不易洗去，可用少量稀盐酸摇洗一次，再用清水冲洗。如果对仪器的洁净程度要求较高时，可再用去离子水或蒸馏水淋洗 2～3 次。用蒸馏水淋洗仪器时，一般用洗瓶进行喷洗，这样可节约蒸馏水并提高洗涤效果。

2. 铬酸洗液洗涤

对一些形状特殊的容积精确的容量仪器，例如滴定管、移液管、容量瓶等的洗涤，不能用毛刷蘸洗涤剂洗涤，只能用铬酸洗液。焦油状物质和碳化残渣用去污粉、洗衣粉、强酸或

表 1-2　NaOH 溶液配制信息

工作环节	相关资料	标准	重要提示
计算		计算结果,保留到小数点后面 1 位	$m=nM$　$n=cV \rightarrow m=cVM \rightarrow m=($　$)g$ m 为 NaOH 的质量(g),c 为 NaOH 溶液的摩尔浓度(mol/L),V 为 NaOH 溶液的体积(L),M 为 NaOH 的摩尔质量
称量	托盘天平、烧杯、药匙	称取经上述步骤计算后的一定质量氢氧化钠固体	1. 物放左,码放右。 2. 氢氧化钠固体不可直接放在托盘上,也不可放在纸上称量,要放在小烧杯中称量。左右各放一个规格一样的烧杯,再将天平调平 3. 氢氧化钠具有腐蚀性,易潮解迅速称量
溶解	烧杯、玻璃棒、蒸馏水	1. 在称量氢氧化钠的烧杯中直接加水溶解 2. 用玻璃棒搅拌时,不可碰器壁和底部 3. 烧杯选用原则是配制溶液体积的 2 倍,减小误差	1. 用少量水溶解氢氧化钠,不可太多 2. 可以加热加速溶解
冷却		冷却到室温	1. 如果冷却过程中有晶体析出,要加适量水溶解 2. 氢氧化钠溶解放热,造成溶液体积膨胀
转移	500mL 容量瓶、玻璃棒 烧杯中的氢氧化钠溶液	容量瓶选择 500mL,用玻璃棒引流溶液至容量瓶中	1. 容量瓶的选取,检查是否漏水 2. 在使用容量瓶过程中,手应该放在容量瓶瓶颈以上,避免造成瓶内液体受热体积膨胀,造成读数不准确 3. 玻璃棒引流应该放在刻度线以下,避免一部分溶液留在刻度线以上
洗涤	烧杯、玻璃棒、蒸馏水	用蒸馏水洗涤烧杯和玻璃棒2~3 次,转移到容量瓶中	
定容	蒸馏水、胶头滴管、烧杯	使溶液凹液面与 500mL 刻度线相切,眼睛平视液面	用烧杯加蒸馏水至液面离刻度线还有 1~2cm 处,改用胶头滴管滴加
摇匀	容量瓶	使溶液均一、稳定	盖上容量瓶瓶塞,右手食指抵住瓶塞,上下颠倒容量瓶几次
贴标签	试剂瓶、容量瓶、标签	标签贴在试剂瓶上,注明溶液名称和浓度、日期	容量瓶只是配制容器,不可长久保存溶液

强碱常常洗刷不掉,这时也可用铬酸洗液。使用铬酸洗液时,应尽量把仪器中的水倒净,然后缓缓倒入洗液,让洗液能够充分地润湿有残渣的地方,用洗液浸泡一段时间或用热的洗液进行洗涤,效果更佳。多余的洗液应倒回原来的铬酸洗液瓶中,然后加入少量水,摇荡后,把洗液倒入废液桶中。最后用清水把仪器冲洗干净。使用洗液时应注意安全,不要溅到皮肤和衣服上。

3. 特殊污垢的洗涤

对于某些污垢用通常的方法不能除去时,则可通过化学反应将黏附在器壁上的物质转化为水溶性物质。几种常见污垢的处理方法见表 1-3。

4. 超声波洗涤

在超声波清洗器中放入需要洗涤的仪器,再加入合适洗涤剂和水,接通电源,利用声波的能量和振动,就可把仪器清洗干净,既省时又方面。

二、实验室电子天平的维护

电子天平是环境监测过程中必不可少的计量器具,它的准确度直接影响到监测结果的准确性。下面就关于电子天平的使用与维护保养方面应注意的几点列举如下。

表 1-3　常见污垢的处理方法

污　　垢	处　理　方　法
沉积的金属，如银、铜	用 HNO_3 处理
沉积的难溶性银盐	用 $Na_2S_2O_3$ 洗涤；Ag_2S 用热的浓 HNO_3 处理
沾附的硫黄	用煮沸的石灰水处理
高锰酸钾污垢	用草酸溶液处理（沾附在手上也可用此法）
沾有碘迹	用 KI 溶液浸泡，或用 $Na_2S_2O_3$ 溶液处理
瓷研钵内的污迹	用少量食盐在研钵内研磨后倒掉，然后用水洗
有机反应残留的胶状或焦油状有机物	视情况用低规格或回收的有机溶剂浸泡，或用稀 NaOH、浓 HNO_3 煮沸处理
一般油污及有机物	用含 $KMnO_4$ 的 NaOH 溶液处理
被有机试剂染色的比色皿	用体积比 1∶2 的盐酸-酒精溶液处理

（1）电子天平首次使用通电必须预热 30min 以上，平时保持天平一直处于通电状态；不用时，按 ON/OFF 键关机，不要拔电源，这样做可以使天平始终保持在稳定的状态。

（2）电子天平在开始安装、变换工作场所和称量环境温度发生变化及每天称量样品前，都需要分别用内置砝码及外置砝码进行校准。

（3）在使用电子天平进行称量时，应及时关闭防风罩，等数值稳定了再读数。

（4）防风罩内不要放置干燥剂。因为干燥剂的存在会引起防风罩内空气对流进而影响称量；另外，干燥剂也会增大静电的产生。只要电子天平保持长期通电，仪器会自动将机壳内的水分挥发，所以不必担心潮气对仪器的损害。

（5）使用电子天平称量样品，应避免使用滤纸或玻璃纸作称量容器，这样会加大静电干扰，同时这种轻质容器也会增加空气浮力等对称量的影响。

（6）电子天平不能称量有磁性或带静电的物品以及超出称量范围的物品，在称量金属、塑胶等易带静电的物质和有磁性的物质时，建议预先消电消磁，以增加称量的准确性。

（7）不要冲击电子天平的秤盘，不要让粉粒等异物进入中央传感器孔。

（8）在电子天平出现示值漂移时应使用无磁砝码进行检查，首先排除天平故障；再进一步检查被称物是否吸湿或蒸发，被称物是否带静电和被称物是否带磁性。

（9）电子天平的维护和保养　电子天平应经常保持内部清洁，使用后应及时清扫天平内外（切勿扫入中央传感器孔），在清理秤盘及天平室内时可用绸布或无水乙醇及少许肥皂水，切勿采用强烈的溶剂进行清洗；还应定期用无水乙醇擦洗防风罩，以保证天平的玻璃门能够正常开关。

※　项目思考

1. 环境监测流程中核心步骤是什么？

2. 实验室蒸馏水如何选配？

3. 试剂配制前及配制过程中应注意一些什么事项？

4. 实验室安全应注意哪些事项？

※ 必备知识

必备知识一 环境监测概述

一、感受环境污染及环境监测

1. 什么是环境监测？

当你发现流淌在你身边的河流越来越脏，身处的城市蓝天越来越少，工作和栖息的居室令你身体不适时；当听到松花江水污染事故，令人闻而生畏的非典、甲型流感等这样的事件时，你是否意识到我们赖以生存的环境已在悄然发生变化，环境污染日益加剧，环境问题随之产生。那么你想搞清楚环境到底出了什么问题吗？环境污染中到底有些什么样的危害物质？如何才能搞清楚？走进环境监测并掌握环境监测技术可以让你解决上述问题。

何谓环境监测？环境监测就是运用现代科学技术手段对代表环境污染和环境质量的各种环境要素（环境污染物）的监视、监控和测定，从而科学评价环境质量及其变化趋势的操作过程。环境监测是环境保护、环境质量管理和评价的科学依据，也是环境科学的一个重要组成部分。环境监测在对污染物监测的同时，已扩展延伸为对生物、生态变化的大环境的监测。环境监测机构按照规定的程序和有关的标准、法规，全方位、多角度连续地获得各种监测信息，实现信息的捕获、传递、解析、综合及控制。

2. 环境监测的过程及方案

当接到一个环境监测任务时，通常该如何开展工作？环境监测的过程一般为接受任务、现场调查和收集资料、监测方案设计、样品采集、样品运输和保存、样品的预处理、分析测试、数据处理、综合评价等。环境监测结果的科学、准确有赖于监测过程中每一细节的把握，以及监测前有目的、有计划、有组织的充分准备工作，尤为重要的是在监测前制订切实可行的监测方案。环境监测主要由采样技术、测试技术、数据处理技术构成。在明确监测目的的前提下，监测方案由以下几方面组成：采样方案，包括设计网点、采样时间、采样频率、采样方法、样品的运输、样品的贮存、样品的处理等；分析测定方案，包括监测方法的选择、监测操作、制定质量保证体系等；数据处理方案，包括数据处理方法、监测报告、综合评价等。

二、环境监测的分类

环境监测按照监测目的可以分为三类，即监视性监测、特定目的监测和研究性监测。若按照监测对象可以分为水和污水监测、大气和废气监测、噪声监测、土壤污染监测、固体废物监测、生物污染监测、放射性污染监测等。

（一）按监测目的分类

1. 监视性监测

监视性监测又叫常规监测或例行监测，是对各环境要素进行定期的经常性的监测，是监测站第一位的主体工作。用以确定环境质量及污染状况、评价控制措施的效果，衡量环境标准实施情况，积累监测数据，一般包括环境质量和污染源的监督监测。中国已初步形成了各级监视性监测网站。

2. 特定目的监测

特定目的监测又叫特例监测或应急监测，是监测站第二位的工作，按目的不同又可分为以下几种。

（1）污染事故监测　污染事故发生时，及时进行现场追踪监测，确定污染程度、危害范围和大小、污染物种类、扩散方向和速度，查找污染发生的原因，为控制污染提供科学依据。

（2）纠纷仲裁监测　主要为解决污染事故纠纷，执行环境法规过程中产生矛盾进行裁定。纠纷仲裁监测由国家指定的具有权威的监测部门进行，以提供具体有法律效力的数据作为仲裁凭据。

（3）考核验证监测　主要为环境管理制度和措施实施考核，包括人员考核、方法验证、新建项目的环境考核评价、污染治理后的验收监测等。

（4）咨询服务监测　主要为环境管理、工程治理等部门提供服务，以满足社会各部门、科研机构和生产单位的需要。

3. 研究性监测

研究性监测又叫科研监测，属于高层次、高水平、技术比较复杂的一种监测，通常由多个部门、多个学科协作共同完成。其任务是研究污染物或新污染物自污染源排出后，其迁移变化的趋势和规律，以及污染物对人体和生物体的危害及影响程度，包括标法研制监测、污染规律研究监测、背景调查监测、综合研究监测等。

（二）按监测对象分类

环境监测按监测对象主要可分为水和污水监测、大气和废气监测、噪声监测、土壤污染监测、固体废物监测、生物污染监测、放射性污染监测等。

1. 水和污水监测

水和污水监测是对环境水体（江、河、湖、库和地下水等）和水污染源（生活污水、医院污水和工业污水等）的监测。物理性质的监测项目有水温、色度、浊度、残渣、透明度、电导率、矿化度；金属化合物的监测项目有汞、镉、铅、铜、锌、铬；非金属无机物的监测项目有pH值、溶解氧、氰化物、氟化物、氮化物、硫化物、砷；有机化合物的监测项目有化学需氧量、高锰酸盐指数、生化需氧量、总有机碳和总需氧量、挥发酚、矿物油；生物监测项目有细菌总数、大肠菌群；水文、气象项目的测定有流量、流速、水深、潮汐、风向、风速等；以及为了解污染的长期和综合效果对水下底质进行监测。

2. 大气和废气监测

大气和废气监测是对大气污染物及大气污染源的监测。分子状态污染物监测项目有二氧化硫、二氧化碳、一氧化碳、臭氧、总烃和非甲烷烃、氟化物、硫酸盐化速率；粒子状态污染物监测项目有总悬浮颗粒物、可吸入颗粒物、自然降尘、总悬浮颗粒物中的主要成分；对大气降水进行常规监测以及大气污染生物监测；影响污染物扩散的风向、风速、气温、气压、雨量、湿度等气象因素、太阳辐射、能见度等。

3. 噪声监测

随着现代工业和交通运输业的发展，噪声污染日趋严重，影响人们的正常生活和身体健康，噪声监测和噪声控制备受关注。噪声监测主要是对城市区域环境噪声、城市交通噪声和工业企业噪声等的监测。

4. 土壤污染监测

土壤污染的主要来源是工业废物（污水、废渣）、农药、牲畜排泄物、生物残体和大气沉降物等。污染物超过土壤自净能力后，使土壤生产能力下降，对地下水、地表水也造成污染。土壤污染监测主要是对土壤水分含量、有机农药、铜、铬、镉、铅的监测。

5. 固体废物监测

固体废物主要来源于人类的生产和消费活动，被弃用的固体、泥状物质及非液体等，其分类方法很多，对于环境影响最大的是工业有害固体废物和城市垃圾。固体废物监测主要是对有害物质的监测、有害特性的监测和生活垃圾的特性分析等。

6. 生物污染监测

生物从环境（大气、水体和土壤等）中吸取营养物质的同时，有害污染物也被吸入并累计于体内，使动植物被损害直至死亡，并且通过食物链，影响人类健康。生物污染监测项目一般视具体情况而定，植物与土壤监测项目类似，水生生物与水体污染监测项目类似。

7. 放射性污染监测

随着科技进步和原子能工业的发展，以及人类对放射性物质的使用，使环境中放射性物质含量增高，监视与防止放射性污染越显重要。放射性污染监测主要是对环境物质中的各种放射线进行监测。

三、环境监测的发展

环境监测是环境科学的一个分支学科，随环境污染、环境问题的日益突出及科学技术的进步而产生和发展起来的，并逐步形成系统的、完整的环境监测体系。人们普遍认为它的发展经历了三个阶段。

1. 污染监测阶段或被动监测阶段

随着工业的发展，工业发达国家相继发生了震惊世界的公害事件，而这些都是化学污染物的作用结果，以确定化学污染物的组成、含量的环境分析应运而生。环境分析以间歇采样，现场或实验室分析为主要工作方式，对象是水、空气、土壤、生物诸环境要素中的各种化学污染物。因此，该阶段环境分析只停留在分析化学阶段，只是环境监测的一部分。

2. 环境监测阶段或主动监测、目的监测阶段

由于环境体系相当复杂，污染要素众多，除化学因素外，还有物理因素（如噪声、振动、电磁波、放射性、热污染等），生物因素（如生物量测定、细菌鉴定和计数等）等，环境质量是诸多因素共同作用的结果。监测也由点到面，而且扩展到一定空间范围（区域，甚至全球）；在时间上也由间歇到连续直至长期监测；在监测内容上对所有影响环境质量的要素进行分别监测，从而综合评价环境质量，此阶段为环境监测成熟阶段。

3. 污染防治监测阶段或自动监测阶段

尽管环境监测已能综合各环境因素来评价环境质量，但还不能及时地监视环境质量变化，预测变化趋势，更不能根据监测结果发布采取应急措施的指令。人们需要在极短的时间内观察到环境因素的变化，预测预报未来环境质量，当污染程度接近或超过环境标准时即可采取保护措施。基于此在环境监测中建立了自动连续监测系统，使用遥感遥测技术，监测仪器用计算机遥控并传送到中心控制室并显示污染态势，真正实现了监测的实时性、连续性和完整性。

国外的环境监测起始于 20 世纪 50 年代，20 世纪 80 年代初已建立起一套现代化的监测网络。中国起步于 20 世纪 70 年代，但发展迅速，1978 年前仅一个独立机构，现全国各级（国家级、省级、市级、县级）监测站（所）已超过 4000 个，此外已建成全球环境监测系统（GEMS）网点站的中国大气、地表水建成点等。但同时也应看到中国环境监测能力和水平还较低，可测环境要素和可监测项目数不够多，监测手段和质量保证等方面还较落后，经费不足，管理水平不高，大型仪器和自动化监测系统大多依靠进口。

［思考题］

1. 如何理解环境监测的作用？
2. 环境监测方案的步骤和方案是什么？
3. 如何理解环境监测的类型？
4. 环境监测与环境分析有哪些区别？

必备知识二　环境监测的最终目的及内涵

一、环境监测的最终目的

环境监测是环境保护的"眼睛"，其最终目的是为了客观、全面、及时、准确地反映环境质量现状及发展变化趋势，为环境保护、环境管理、环境规划、污染源控制、环境评价提供科学依据。其具体的目的如下所述。

① 与环境质量标准比较，评价环境质量优劣。

② 根据掌握的污染物分布和浓度、污染速度和发展趋势以及影响程度，追踪污染源，确定控制和防治方法，评价保护措施的效果。

③ 根据长期积累的数据和资料，为研究环境容量、实施总量控制、目标管理、预测预报环境质量提供依据。

④ 为保护人类健康、合理使用自然资源、改善人类环境及制订和修改环境法规、环境质量标准等服务。

⑤ 为环境科学的研究提供基础数据。

二、环境监测的内涵

1. 环境监测的特点

环境监测就其对象、手段、时间和空间的多变性；污染物繁杂和变异性；污染物毒性大、含量低以及环境测试的特殊使命，其特点如下。

（1）生产性　环境监测具备生产过程的基本环节，类似于工业生产的环节模式，方法标准化和技术规范化的管理模式，数据就是环境监测的基本产品。

（2）综合性　环境监测的对象包括大气、水、土壤、生物等客体；环境监测手段包括化学的、物理的、生物的等多种方法；监测数据解析评价涉及自然和社会的诸多领域，所以具有很强的综合性。只有综合应用各种手段、综合分析各种客体、综合评价各种信息，才能准确地揭示监测信息的内涵，说明环境质量状况。

（3）追踪性　要保证监测资料的准确性和可比性，就必须依靠可靠的量值传递体系进行资料追踪溯源，为此必须建立环境监测的质量保证体系。

（4）持续性　由环境污染物的特点决定了只有长期测定积累大量的数据，监测结果的准确度越高，即只有在代表性的监测点位上持续监测，才能客观、准确地揭示环境质量及发展变化趋势。

（5）执法性　环境监测不仅要及时、准确提供监测数据，还要根据监测结果和综合分析、评价结论，为主管部门提供决策建议，并授权对决策对象执行法规情况进行执法性监督控制。

2. 环境监测的原则

环境监测应遵循优先监测的原则。什么是优先监测？对优先污染物进行的监测称为优先监测。什么是优先污染物？优先污染物是指难以降解、在环境中有一定残留水平、出现频率较高具有生物积累性、毒性较大以及现代已有检出方法的化学品。美国是最早开展优先监测的国家，20 世纪 70 年代中期就规定了水和污水中 129 种优先监测污染物，其后又提出了 43 种空气优先监测污染物。"中国环境优先监测研究"也已完成并提出了"中国环境优先污染物黑名单"，见表 1-4。包括 14 种化学类别共 68 种有毒化学品，其中有机物占 58 种。

综上所述可知，优先监测原则就是对下列污染物实行优先监测。

① 对环境影响大的污染物。

② 已有可靠监测方法并获得准确数据的污染物。

③ 已有环境标准或其他依据的污染物。

④ 在环境中的含量已接近或超过规定的标准浓度的污染物。

⑤ 环境样品有代表性的污染物。

环境监测要遵循符合国情、全面规划、合理布局的方针，其准确性往往取决于监测过程的最薄弱环节。

表 1-4 中国环境优先污染物名单

化 学 类 别	名 称
1. 卤代(烷、烯)烃类	二氯甲烷、三氯甲烷①、四氯化碳①、1,2-二氯乙烷①、1,1,1-三氯乙烷、1,1,2-三氯乙烷、1,1,2,2-四氯乙烷、三氯乙烯①、四氯乙烯①、三溴甲烷①
2. 苯系物	苯、甲苯①、乙苯①、邻二甲苯、间二甲苯、对二甲苯
3. 氯代苯类	氯苯①、邻二氯苯①、对二氯苯①、六氯苯
4. 多氯联苯类	多氯联苯①
5. 酚类	苯酚①、间甲酚①、2,4-二氯酚①、2,4,6-三氯酚①、五氯酚①、对硝基酚①
6. 硝基苯类	硝基苯①、对硝基甲苯①、2,4-二硝基甲苯①、三硝基甲苯①、对硝基氯苯①、2,4-二硝基氯苯①
7. 苯胺类	苯胺①、二硝基苯胺①、对硝基苯胺①、2,6-二氯硝基苯胺
8. 多环芳烃	萘、荧蒽、苯并[b]荧蒽、苯并[k]荧蒽、苯并[a]芘、茚并[1,2,3-c,d]芘、苯并[g,h,i]芘
9. 酞酸酯类	酞酸二甲酯、酞酸二丁酯、酞酸二辛酯①
10. 农药	六六六①、滴滴涕①、敌敌畏①、乐果①、对硫磷①、甲基对硫磷①、除草醚①、敌百虫①
11. 丙烯腈	丙烯腈
12. 亚硝胺类	N-亚硝基二丙胺、N-亚硝基二正丙胺
13. 氰化物	氰化物
14. 重金属及其化合物	砷及其化合物①、铍及其化合物①、镉及其化合物①、铬及其化合物①、铜及其化合物①、铅及其化合物①、汞及其化合物①、镍及其化合物①、铊及其化合物①

① 为推荐近期实施的名单，包括 14 个类别、48 种有毒化学物质，其中有机物占 38 种。

3. 环境监测的要求

环境监测是为环境保护、评价环境质量，制定环境管理、规划措施，为建立各项环境保护法规、法令、条例提供资料、信息依据。为确保监测结果准确可靠、正确判断并能科学地反映实际，环境监测要满足下面要求。

(1) 代表性　主要是指取得具有代表性的能够反映总体真实状况的样品，则样品必须按照有关规定的要求、方法采集。

(2) 完整性　主要是指监测过程中的每一细节，尤其是监测的整体设计方案及实施，监测数据和相关信息无一缺漏地按预期计划及时获取。

（3）可比性　主要是指在监测方法、环境条件、数据表达方式等相同的前提下，实验室之间对同一样品的监测结果相互可比，以及同一实验室对同一样品的监测结果应该达到相关项目之间的数据可比，相同项目没有特殊情况时，历年同期的数据也是可比的。

（4）准确性　主要指测定值与真实值的符合程度。

（5）精密性　主要指多次测定值有良好的重复性和再现性。

准确性和精密性是监测分析结果的固有属性，必须按照所用方法使之正确实现。

[思考题]

1. 什么是优先污染物？在环境监测中如何贯彻优先监测原则？

2. 如何理解环境监测的最终目的？

3. 如何才能获得准确监测结果？

4. 环境监测如何适应环境污染的特点？

必备知识三　环境监测的依据和环境标准

在明确了环境监测的概念、分类、目的及内涵后，当接到一个具体的环境监测任务时，到底依据什么开展环境监测工作？有没有一个统一的依据？这个统一的依据就是环境标准。

一、什么是环境标准？

1. 环境标准的概念

环境标准是有关控制污染、保护环境的各种标准的总称，是国家为了保护人民的健康和社会财产安全，防治环境污染，促进生态良性循环，同时又合理利用资源，促进经济发展，根据环保法和有关政策在综合分析自然环境特征、生物和人体的承受力，控制污染的经济能力，技术可行的基础上，对环境中污染物的允许含量及污染源排放的数量、浓度、时间、速率（限量阈值）和技术规范所做的规定。

2. 环境标准的作用

① 环境标准是环保法规的重要组成部分和具体体现，其具有法律效力，是执法的依据。

② 环境标准是推动环境保护科学进步及清洁生产工艺的动力。

③ 环境标准是环境监测的基本依据。

④ 环境标准是环境保护规划目标的体现。

⑤ 环境标准具有环境投资导向作用。

⑥ 环境标准在提高全民环境意识，促进污染治理方面具有十分重要的作用。

3. 环境标准制定原则

① 以国家的环境保护政策、法规为依据，以保护人体健康和改善环境质量为目标，促进环境效益、经济效益、社会效益的统一。

② 环境标准既要科学合理，又要便于实施，同时还要兼顾技术经济条件。

③ 环境标准应便于实施与监督，并不断修改、补充，逐步充实、完善。

④ 各类环境标准、规范之间应协调配套。

⑤ 积极采用和等效采用适合中国国情的国家标准。

4. 国家标准制定的程序

国家标准制定程序一般为：编制标准制定项目计划→组织拟定标准草案→征求意见稿→送审稿→报批稿→局长专题会审议→局务会审议→标准编号、批准、发布。

二、环境标准的分类和分级

中国环境标准依据其性质和功能分为六类：环境质量标准、污染物排放标准、环境基础标准、环境方法标准、环境标准样品标准和环境保护其他标准。它由政府部门制定，属于强制性标准，具有法律效力。

环境标准分为两级：国家标准和地方标准。国家标准是国家对环境中的各类污染物，在一定条件下的允许浓度所做的规定，适用于全国范围。地方标准是地方政府参照国家标准而制定的，地方标准是国家标准的补充、完善和具体化。

1. 环境质量标准

环境质量标准是指在一定时间和空间范围内，对环境质量的要求所做的规定。它是在保护人体健康、维持生态良性循环的基础上，对环境中污染物的允许含量所做的限制性规定。它是国家环境政策目标的体现，是制定污染物排放标准的依据，也是环境保护部门和有关部门对环境进行科学管理的重要手段。按照环境要素和污染要素分为大气、水质、土壤、噪声、放射性和生态环境质量标准等。

2. 污染物排放标准

污染物排放标准是为了实现环境质量标准目标，结合技术经济条件和环境特点，对排入环境的污染物或有害因素的控制所做的规定。它是实现环境质量标准的主要保证，也是对污染进行强制性控制的主要手段。国家污染物排放标准按其性质和内容分为部门行业污染物、通用专业污染物、一般行业污染物、地方污染物四种排放标准。

3. 环境基础标准

环境基础标准是指在环境保护标准化工作范围内，对有指导意义的符号、代号、图示、量纲、指南、导则、规范等所做的国家统一规定，是指定其他环境标准的基础，处于指导地位。

4. 环境方法标准

环境方法标准是指在环境保护工作范围内以抽样、分析、试验、统计、计算、测定等方法为对象制定的标准。污染环境的因素繁杂，污染物的时空变异性较大，对其测定的方法可能有许多种，但从监测结果的准确性、可比性考虑，环境监测必须制定和执行国家或部门统一的环境方法标准。

5. 环境标准样品标准

环境标准样品标准是对环境标准样品必须达到的要求所做的规定。它是为了在环境保护工作中和环境标准实施过程中校准仪器、检验监测方法，进行量值传递由国家法定机关制作的能够确定一个或多个特性值的材料和物质。

6. 环境保护的其他标准

环境保护的其他标准是指除上述标准以外，对在环保工作中还需统一协调的技术规范，如仪器设备标准、环境管理办法、产品标准等所做的统一规定。

特别需要指出的是环境基础标准、环境方法标准、环境标准样品标准只有国家标准。

三、环境标准简介

国家环境标准代码介绍如下：GB——国家标准；GB/T——国家推荐标准；GB/Z——国家指导性技术文件；GHZB——国家环境质量标准；GWPB——国家污染物排放标准；

GWKB——国家污染物控制标准；HJ——国家环保总局❶标准；HJ/T——国家环保总局推荐标准。

1. 水质标准

水环境质量标准：《地表水环境质量标准》（GB 3838—2002）；《海水水质标准》（GB 3097—1997）；《农田灌溉水质标准》（GB 5084—92）；《渔业水质标准》（GB 11607—89）等。

水污染物排放标准：《污水综合排放标准》（GB 8978—1996）；《制浆造纸工业水污染排放标准》（GB 3544—2008）；《钢铁工业水污染排放标准》（GB 13456—92）等。

每一标准通常几年修订一次，新标准自然替代老标准，只是年代改变而标准号不变。如GB 8978—1996代替GB 8978—88。

（1）地表水环境质量标准　标准适用于中华人民共和国领域内江河、湖泊、运河、水库等具有使用功能的地表水水域。

按地表水域使用目的和环境保护目标把水域功能分为五类。

Ⅰ类：主要适用于源头水、国家自然保护区。

Ⅱ类：主要适用于集中式生活饮用水水源地一级保护区、珍贵鱼类保护区、鱼虾产卵场等。

Ⅲ类：主要适用于生活饮用水水源地二级保护区、一般鱼类保护区及游泳区。

Ⅳ类：主要适用于一般工业用水区人体非直接接触的娱乐用水区。

Ⅴ类：主要适用于农业用水区及一般景观要求水域。

本标准将标准项目分为：地表水环境质量标准基本项目、集中式生活饮用水地表水源地补充项目和集中式生活饮用水地表水源地特定项目。地表水环境质量标准基本项目适用于全国江河、湖泊、运河、渠道、水库等具有使用功能的地表水水域；集中式生活饮用水地表水源地补充项目和特定项目适用于集中式生活饮用水地表水源地一级保护区和二级保护区。集中式生活饮用水地表水源地特定项目由县级以上人民政府环境保护行政主管部门根据本地区地表水水质特点和环境管理的需要进行选择，集中式生活饮用水地表水源地补充项目和选择确定的特定项目作为基本项目的补充指标。

本标准项目共计109项，其中地表水环境质量标准基本项目24项，集中式生活饮用水地表水源地补充项目5项，集中式生活饮用水地表水源地特定项目80项。

与GHZB 1—1999相比，本标准在地表水环境质量标准基本项目中增加了总氮一项指标，删除了基本要求和亚硝酸盐、非离子氨及凯氏氮三项指标，将硫酸盐、氯化物、硝酸盐、铁、锰调整为集中式生活饮用水地表水源地补充项目，修订了pH、溶解氧、氨氮、总磷、高锰酸盐指数、铅、粪大肠菌群七个项目的标准值，增加了集中式生活饮用水地表水源地特定项目40项。本标准删除了湖泊水库特定项目标准值。

（2）污水综合排放标准　标准适用于现有单位水污染物的排放管理，明确规定其与行业排放标准不交叉执行的原则。如造纸工业、合成氨工业、钢铁工业等行业执行污水排放国家行业标准。

该标准自1998年1月1日起生效，代替GB 8978—88。以该标准实施之日为界限，划分为两个时间段，1997年12月31日前建设的单位执行第一时间段规定的标准值；1998年1月1日起建设的单位，执行第二时间段规定的标准值。第一时间段增加控制项目10项，

---

❶ 现为国家环境保护部。

标准值基本维持原标准水平；第二时间段增加控制项目 40 项，有些项目的最高允许排放浓度适当从严，如 COD、BOD₅ 等项目。

该标准分为一级标准、二级标准、三级标准，排放的污染物按其性质分为第一类污染物和第二类污染物。

2. 大气标准

中国现已颁布并执行的大气标准：《环境空气质量标准》（GB 3095—1996）；《大气污染物综合排放标准》（GB 16297—1996）；《保护农作物的大气污染物最高允许浓度》（GB 9137—88）；《锅炉大气污染物排放标准》（GB 13271—2001）等。

（1）环境空气质量标准 标准适用于全国范围的环境空气质量评价。标准规定了环境空气质量功能区分类和标准分级。

一类区：自然保护区、风景名胜区和其他需要特殊保护的地区。

二类区：城镇规划中确定的居住区、商业交通居民混合区、文化区、一般工业区和农村地区。

三类区：特定工业区。

一级标准：由一类区执行。

二级标准：由二类区执行。

三级标准：由三类区执行。

同时规定了各污染物不允许超过的浓度限值、监测采样和鉴定分析方法，还规定了取值时间、数据统计的有效性。

（2）大气污染物综合排放标准 标准适用于现有单位大气污染物排放管理。标准设置了三项指标。

指标一：通过排气筒排放的污染物最高允许排放浓度。

指标二：通过排气筒排放的污染物，按排气筒高度规定的最高允许排放速率。

任何一个排气筒必须同时遵守上述两项指标，超过其中一项均为超标排放。

指标三：对以无组织方式排放的污染物，规定无组织排放的监控点及相应的监控浓度限值。

标准规定的最高允许排放速率，现有污染源分为一、二、三级，新污染源分为二、三级，按污染源所在的环境空气质量功能区类别，执行相应级别的排放速率标准。

位于一类区的污染源执行一级标准（一类区禁止新、扩建污染源，一类区现有污染源改建时执行现有污染源一级标准）；位于二类区的污染源执行二级标准；位于三类区的污染源执行三级标准。

标准中还规定了监测布点、采样时间和频次、采样方法和监测方法等。

3. 噪声标准

中国现已颁布的噪声标准：《声环境质量标准》（GB 3096—2008）；《工业企业厂界噪声标准》（GB 12348—2008）；《建筑施工场界噪声限值》（GB 12523—90）；《机场周围飞机噪声环境标准》（GB 9660—88）；《汽车定置噪声限值》（GB 16170—1996）。

各类环境标准可从国家环境保护部官方网站查询。

［思考题］

1. 制定环境标准的意义是什么？

2. 环境标准的作用是什么？

3. 简述中国环境标准的分类和分级。

4. 国家标准和地方标准的关系是什么？

必备知识四　玻璃器皿的洗涤

玻璃器皿的清洁与否直接影响实验结果的准确性与精密度，因此，必须十分重视玻璃仪器的清洗工作。

实验室中所用的玻璃器皿必须是洁净的，洁净的玻璃器皿在用水洗过后，内壁应留下一层均匀的水膜，不挂有水珠。不同的玻璃器皿洗涤方法不同，且要根据器皿被污染的情况选择适当的洗涤剂。

一、洁净剂及使用范围

最常用的洁净剂是肥皂、肥皂液、洗衣粉、去污粉、洗液、有机溶剂等。肥皂、肥皂液、洗衣粉、去污粉可用于刷子直接刷洗的仪器，如烧杯、锥形瓶、试剂瓶、试管等。

洗液多用于不便用刷子洗刷的仪器，如滴定管、移液管、容量瓶、比色管、量筒等刻度仪器或特殊形状的仪器等。

有机溶剂是针对污物属于某一种类型油腻性，而借助有机溶剂能溶解油脂的作用洗除之，或借助某种有机溶剂能与水混合而又挥发快的特殊性，冲洗一下带水的仪器将之洗去。如甲苯、二甲苯、汽油等可以洗油垢，酒精、乙醚、丙酮可以冲洗刚洗净而带水的仪器。

二、洗涤液的制备及使用注意事项

1. 强酸性氧化剂洗液

它是用 $K_2Cr_2O_7$ 和浓硫酸配制，浓度一般为 $3\%\sim5\%$。

配制 5% 的洗液 400mL：取工业级 $K_2Cr_2O_7$ 20g 置于 40mL 水中加热溶解，冷却后，慢慢加入 360mL 工业级浓硫酸，边加边搅拌，加完后，放冷，装瓶备用。这种洗液有很强的氧化能力，对玻璃器皿有极小的侵蚀作用，所以实验室内使用最为广泛。使用时要切实注意不要溅到身上。洗液倒入要洗的仪器中，应使仪器内壁全浸洗后稍停一会再倒回洗液瓶。第一次用少量水冲洗刚浸过的仪器，废水不要倒在水池里和下水道里，应倒在废液缸中。六价铬对人体健康有害，不要多用铬酸洗液。

2. 碱性洗液

常用的碱性洗液有碳酸钠液、碳酸氢钠液、磷酸钠液、磷酸氢二钠液，个别难洗的油污器皿也可用稀氢氧化钠液。以上稀碱洗液的浓度一般都在 5% 左右，碱洗液用于洗涤有油污物的仪器，用此洗液是采用长时间（24h 以上）浸泡法，或者浸煮法。

3. 有机溶剂

带有油脂性污物较多的器皿，如旋塞内孔、移液管尖头、滴定管尖头、滴管小瓶等可以用汽油、甲苯、二甲苯、丙酮、酒精、乙醚等有机溶剂擦洗或浸泡。

三、玻璃仪器的洗涤方法

1. 常规洗涤法

对于一般的玻璃仪器，应先用自来水冲洗 $1\sim2$ 遍除去灰尘后，如用强酸性氧化剂洗涤时，应将水沥干，以免过多地消耗洗液的氧化能力。若用毛刷蘸取热肥皂液仔细刷净内外表面，尤其应注意容器磨砂部分。然后边用水冲，边刷洗至看不出有肥皂液时，用自来水冲洗 $3\sim5$ 次，再用蒸馏水或去离子水充分冲洗 3 次。洗净的清洁玻璃仪器壁上应能被水均匀湿润（不挂水珠）。玻璃仪器经蒸馏水冲洗净后，残留的水分用指示剂或 pH 试纸检验应为中性。

洗涤时应按少量多次的原则用水冲洗，每次充分振荡后倾倒干净。凡能使用刷子刷洗的玻璃仪器，都应尽量用刷子蘸肥皂液进行刷洗，但不能用硬质刷子猛力擦洗容器内壁，因易使容器内壁表面毛糙，易吸附离子或其他杂质，影响测定结果或者造成污染而难以清洗。测定痕量金属元素后的仪器清洗后，应用稀硝酸浸泡 24h 左右，再用水洗干净。

2. 不便刷洗的玻璃仪器的洗涤法

可根据污垢的性质选择不同的洗涤液进行浸泡或共煮，再按常法用水冲净。

3. 水蒸气洗涤法

有的玻璃仪器，主要是成套的组合仪器，除按上述要求洗涤之外，还要安装用水蒸气蒸馏法洗涤一定的时间。如凯氏微量定氮仪，每次使用前应将整个装置连同接受瓶用热蒸气处理 5min，以便去除装置中的空气和前次实验所遗留的沾污物，从而减少实验误差。

4. 特殊的清洁要求

在某些实验中对玻璃仪器有特殊的清洁要求，如分光光度计上的比色皿，用于测定有机物之后，应以有机溶剂洗涤，必要时可用硝酸浸洗。但要避免用重铬酸钾洗液洗涤，以免重铬酸盐附着在玻璃上。用酸浸后，先用水冲净，再以去离子水或蒸馏水洗净晾干，不宜在较高温度的烘箱中烘干。如应急使用而要除去比色皿内的水分时，可先用滤纸吸干大部分水分后，再用无水乙醇或丙酮洗涤除尽残存水分，晾干即可使用。参比池也应同样处理。

［思考题］

1. 环境监测过程玻璃器皿洗涤对监测质量有什么影响？
2. 常用的玻璃器皿洗涤方法有哪些？

必备知识五 化学试剂及常用器皿

一、化学试剂的质量规格

化学试剂在分析监测实验中是不可缺少的物质，试剂的质量及选择恰当与否，将直接影响到分析监测结果的成败。因此，对从事分析监测的人员来说，应对试剂的性质、用途、配制方法等进行充分的了解，以免因试剂选择不当而影响分析监测的结果。

表 1-5 是我国化学试剂等级标志与某些国家化学试剂等级标志的对照表。

表 1-5 化学试剂等级对照

质量次序		1	2	3	4	
我国化学试剂等级标志	级别	一级品	二级品	三级品	四级品	生物试剂
	中文标志	保证试剂	分析试剂	化学纯	化学用	
		优级纯	分析纯	纯	实验试剂	
	符号	GR	AR	CP	LR	B. R. C. R
	标签颜色	绿	红	蓝	棕红色	黄色等
德、美、英等国通用等级和符号		GR	AR	CP		BC
前苏联等级和符号		化学纯	分析纯	纯		

此外，还有一些特殊用途的所谓高纯试剂。例如，"色谱纯"试剂，是在高灵敏度下以

10^{-10}g下无杂质峰来表示；"光谱纯"试剂，它是以光谱分析时出现的干扰谱线的数目强度大小来衡量的，不能认为它是化学分析的基准试剂，这点须特别注意。

在环境样品分析监测中，一级品可用于配制标准溶液；二级品常用于配制定量分析中的普通试剂，在通常情况下，未注明规格的试剂，均指分析试剂（即二级品）；三级品只能用于配制半定量或定性分析中的普通试液和清洁液等。

二、常用滤纸和滤器

1. 滤纸

常用的有定量分析滤纸和定性分析滤纸两种。它们又分为快速、中速和慢速三类。定量滤纸又称为"无灰"滤纸。一般在灼烧后，每张滤纸的灰分不超过0.1mg。各种定量滤纸在滤纸盒上用白带（快速）、蓝带（中速）、红带（慢速）作为标志分类。滤纸外形有圆形和方形两种。常用的圆形滤纸有ϕ7cm、ϕ9cm和ϕ11cm等规格；方形滤纸有60cm×60cm、30cm×30cm等规格。

2. 玻璃滤器

玻璃滤器是利用玻璃粉末在600℃左右下烧结制成的多孔性滤片，再焊接在相同或相似膨胀系数的玻璃壳或玻璃管上制成的。有各种形式的滤器，如坩埚形、漏斗形和管状形等。按玻璃滤片的平均孔径大小，玻璃滤器分成六种规格。表1-6为六种规格滤器及其用途。

表 1-6　滤器规格和用途

滤片号	滤片平均孔径/μm	一　般　用　途
1	80～120	滤除粗颗粒沉淀
2	40～80	滤除较粗颗粒沉淀
3	15～40	滤除化学分析中的一般结晶沉淀和杂质，滤除水银
4	5～15	滤除细颗粒沉淀
5	2～5	滤除极细颗粒沉淀
6	<2	滤除细菌

3. 滤膜

滤膜是海水分析中重要滤器，也是环境化学分析中的重要工具。海水分析中根据国际规定，通常用0.45μm滤器过滤的方法来区分海水中的溶解物和颗粒物。通过这种滤器的海水样品中的全部组分（包括溶解的和分散的），都认为是溶解组分。表1-7是海水分析中的一些常用滤器。

表 1-7　海水分析中的常用滤器规格

商标名称	材　料	孔径/μm
Millipore　HA	混合纤维素酯类	约 0.45
Frotronic　Silver	银膜	约 0.45
Gelmen　A	硅胶玻璃纤维	0.3
Naclepore	聚碳酸酯核膜	约 0.5
Selectron　BA85	硝酸纤维	约 0.45

三、常用干燥剂

1. 常用无机干燥剂

常用的无机干燥剂有无水 $CaCl_2$、变色硅胶、P_2O_5、MgO、Al_2O_3 和浓硫酸等。干燥剂的性能以能除去产品水分的效率来衡量。表 1-8 是一些无机干燥剂的种类及其相对效率。

表 1-8 某些干燥剂的相对效率

干燥剂种类	残余水①/(μg/L)	干燥剂种类	残余水①/(μg/L)
$Mg(ClO_4)_2$	约 1.0	变色硅胶②	70
$BaO(96.2\%)$	2.8	$NaOH(91\%)$（碱石棉）	93
Al_2O_3（无水）	2.9	$CaCl_2$（无水）	13.7
P_2O_5	3.5	$NaOH$	约 500
分子筛 5A(Linde)	3.9	CaO	656
$LiClO_4$（无水）	13		

① 残余水是将湿的含 N_2 气体，通到干燥剂上吸附，以一定方法称量得到的结果。

② 变色硅胶是含 $CoCl_2$ 盐的二氧化硅凝胶，烘干后可重复使用。

2. 分子筛干燥剂

分子筛种类很多，目前作为商品出售和广泛应用的是 A 型、X 型和 Y 型，见表 1-9。

表 1-9 各类分子筛的化学组成和特性

类型	孔径/Å①	化学组成	水吸附量/%（质量分数）
A 型：3A(钾 A 型)	3.0	$(0.75K_2O, 0.25Na_2O) + A_2O_3 + 2SiO_2$	25
A 型：4A(钠 A 型)	4.0	$Na_2O + A_2O_3 + 2SiO_2$	27.5
X 型：13X(钠 X 型)	10.0	$Na_2O + A_2O_3(2.5 \pm 0.5) + 2SiO_2$	39.5
Y 型	10.0	$Na_2O + A_2O_3 + (3 \sim 6)2SiO_2$	35.2

① 1Å=0.1nm，全书同。

用分子筛干燥后的气体中含水量一般小于 10×10^{-6}。它还适合于许多气体（如空气、天然气、氢、氧、乙炔、二氧化碳、硫化氢等气体）和有机溶剂（如苯、乙醇、乙醚、丙酮、四氯化碳等）的干燥。

[思考题]

1. 化学试剂通常分几类？各类分别适用于什么情形？
2. 什么是"无灰"滤纸？其与普通滤纸有什么区别？用于什么情形？

必备知识六 环境监测质量保证

一、质量保证的意义

环境监测工作的成果就是监测数据。然而，由于环境监测所面对的环境要素极为广泛，既有固态的土壤、废渣、废料，也有气态的空气和废气，还有液态的水和污水，更有物理的以及生物的诸多要素。可想而知，环境样品的成分往往是极为复杂的，随机变化明显，浓度范围宽，而且具有极强的时间和空间特性。同一个样品往往涉及一个较大的区域范围，又由于受人类生产和生活活动的影响，待测物的浓度也表现着时间分布上的变化。在许多情况下，对于同一个环境样品，常常需要众多实验室按规定和计划同时进行监测。如果没有一个科学的环境监测质量保证程序，由于人员的技术水平、仪器设备、地域等差异，难免出现调查资料互相矛盾、数据不能利用的现象，造成大量人力、物力和财力的浪费。错误的数据必然导致错误的判断和错误的决策，它的后果将是十分严重的。为此，必须在环境监测的各个环节中开展质量保证工作，这是实现监测数据具有准确性、精密性和可比性的重要基础。只有取得合乎质量要求的监测结果，才能正确地指导人们认识环境、评价环境、管理环境和治理环境，这就是实施环境监测质量保证的根本意义。

二、质量保证和质量控制

1. 质量保证

质量保证是一个比较大的概念，它是指对整个监测过程的全面质量管理或质量控制。因此，质量保证也就必然体现在环境监测过程的每一个工作环节中。通常一项完整的监测大致可以分为以下几个步骤：任务接受，方案制定，现场勘查，样品采集，分析测试，数据处理及结果评价。

这些工作通常是由许多人来分别完成的，这其中任何一项工作的失误都可能导致最终结果的失败。因此如何保证每一个步骤都准确无误，一旦出现错误又能及时发现并予以纠正，这就是一个管理者应当重视和考虑的问题。

质量保证的目的就在于确保分析数据达到预订的准确度和精密度。为达到这一目的所应采取的措施和工作步骤都应当按照事先规约执行，由此使整个监测工作处于受检状态。

质量保证的具体措施有：①根据需要和可能确定监测指标及数据的质量要求；②规定相应的分析监测系统。其内容包括采样、样品预处理、贮存、运输、实验室供应，仪器设备、器皿的选择和校准，试剂、溶剂和基准物质的选用，统一监测方法，质量控制程序，数据的记录和整理，各类人员的要求和技术培训，实验室的清洁度和安全，以及编写有关的文件、指南和手册等。

2. 质量控制

环境监测质量控制是环境监测质量保证的一个部分，它包括实验室内部质量控制和外部质量控制两个部分。实验室内部质量控制，是实验室自我控制质量的常规程序，它能反映分析质量稳定性如何，以便及时发现分析中异常情况，配饰采取相应的校正措施。其内容包括空白试验、校准曲线核查、仪器设备的定期标定、平行样分析、加标样分析和编制质量控制图等；外部质量控制通常是由上级监测站或环境管理部门委派有经验的人员对监测站的工作进行考核及评估，以便对数据质量进行对立评价，各实验室可以从中发现所存在的系统误差等问题，以便及时校正、提高监测质量。通常采用的方法是由检查人员下发考核样品（标准样品），由检查的监测站进行分析，以此对实验室的工作进行评价。

三、质量保证体系构成

质量保证体系是对环境监测全过程进行全面质量管理的一个大的系统，其功能就是要是监测工作的各个环节和步骤都能充分体现并满足"代表性、完整性、可比性、准确性、精密性"的要求，从而保证监测数据的可靠性。

质量保证提示主要由六个关键系统构成：布点系统、采样系统、运储系统、分析测试系统、数据处理系统和综合评价系统。这六个系统的内容及其控制要点见表1-10。

质量保证体系是环境监测管理的核心，是对监测工作全过程进行科学管理和监督的有力保障。质量保证体系是在长期的监测工作实践中从无数成功的经验和失败的教训中不断总结发展而形成的，它的实施为环境监测质量保证奠定了坚实的基础。

表 1-10 质量保证体系及控制要点

质量保证体系	内容	控制要点
布点系统	(1)监测目标系统的控制 (2)监测点位点数的优化控制	控制空间代表性及可比性
采样系统	(1)采样次数和采样频率优化 (2)采集工具方法的统一、规范化	控制时间代表性及可比性
运储系统	(1)样品的运输过程控制 (2)样品固定保存控制	控制可靠性及代表性
分析测试系统	(1)分析方法准确度、精密度、检测范围控制 (2)分析人员素质及实验室间质量的控制	控制准确性、精密性、可靠性及可比性
数据处理系统	(1)数据整理、处理及精度检验控制 (2)数据分布、分类管理制度的控制	控制可靠性、可比性、完整性及科学性
综合评价系统	(1)信息量的控制 (2)成果表达控制 (3)结论完整性、透彻性及对策控制	控制真实性、完整性、科学性及适用性

四、环境监测质量保证工作的现状

美国是开展质量保证工作较早的国家，此外英国、日本及一些国际性环保组织也积极推行质量保证制度。中国环境监测系统的质量保证工作起步虽然较晚，但却是开始于环境保护事业的发展初期。20 世纪 70 年代末，随着环境保护工作日益受到重视，各地方纷纷建立了环境保护监测站，并迅速地发展为一个独立的系统。自 20 世纪 80 年代初，在国家环境保护局的支持下，逐步开展了这项工作。

在总结多年质量保证工作经验的基础上，建立健全了质量保证工作制度，制定了《环境监测质量保证管理规定》、《环境监测人员合格证制度》、《环境监测优质实验室评比制度》"三项制度"。在推行"三项制度"的基础上，开展了全国各级监测站创建优质实验室活动，在各级监测站设置了质量保证的专设机构或专职人员，建立健全了质量管理制度，从而推动了质量保证工作的进展，涌现出一批优秀实验室，提高了监测站的整体工作水平。

五、质量保证的重要概念

（一）监测数据的五性

从质量保证和质量控制的角度出发，为了使监测数据能够准确地反映环境质量的现状，预测污染的发展趋势，要求环境监测数据具有代表性、准确性、精密性、可比性和完整性。环境监测结果的"五性"反映了对监测工作的质量要求。

1. 代表性

代表性是指在具有代表性的时间、地点，并按规定的采样要求采集有效样品。所采集的样品必须能反映环境总体的真实状况，监测数据能真实代表某污染物在环境中的存在状态和环境状况。

任何污染物在环境中的分布不可能是十分均匀的，因此要使监测数据如实反映环境质量现状和污染源的排放情况，必须充分考虑到所测污染物的时空分布。首先要优化布设采样点位，使所采集的环境样品具有代表性。

2. 准确性

准确性指测定值与真实值的符合程度，监测数据的准确性受从试样的现场固定、保持、传输，到实验室分析等环节影响。一般以监测数据的准确度来表征。

准确度常用以度量一个特定分析程序所获得的分析结果（单次测定值或重复测定值的均

值）与假定的或公认的真值之间的符合程度。一个分析方法或分析系统的准确度是反映该方法或该测量系统存在的系统误差或随机误差的综合指标，它决定着这个分析结果的可靠性。

准确度用绝对误差或相对误差表示。

准确度的评价方法：

可用测量标准样品或以标准样品做回收率测定的办法评价分析方法和测量系统的准确度。

（1）标准样品分析　通过分析标准样品，由所得结果了解分析的准确度。

（2）回收率测定　在样品中加入一定量标准物质测其回收率，这是目前实验室中常用的确定准确度的方法，从多次回收试验的结果中，还可以发现方法的系统误差。

按式(1-1) 计算回收率 P：

$$回收率\ P(\%)=\frac{加标试样测定值-试样测定值}{加标量}\times100\%\qquad(1\text{-}1)$$

（3）不同方法的比较　通常认为，不同原理的分析方法具有相同的不准确性的可能性极小，当对同一样品用不同原理的分析方法测定，并获得一致的测定结果时，可将其作为真值的最佳估计。

当用不同分析方法对同一样品进行重复测定时，若所得结果一致，或经统计检验表明其差异不显著时，则可认为这些方法都具有较好的准确度，若所得结果呈现显著性差异，则应以被公认的可靠方法为准。

3. 精密性

精密性和准确性是监测分析结果的固有属性，必须按照所用方法的特性使之正确实现。数据的准确性是指测定值与真值的符合程度，而其精密性则表现为测定值有无良好的重复性和再现性。

精密性以监测数据的精密度表征，是使用特定的分析程序在受控条件下重复分析均一样品所得测定值之间的一致程度。它反映了分析方法或测量系统存在的随机误差的大小。测试结果的随机误差越小，测试的精密度越高。

精密度通常用极差、平均偏差和相对平均偏差、标准偏差和相对标准偏差表示。标准偏差在数理统计中属于无偏估计量而常被采用。

为满足某些特殊需要，引用下述三个精密度的专用术语。

（1）平行性　在同一实验室中，当分析人员、分析设备和分析时间都相同时，用同一分析方法对同一样品进行双份或多份平行样测定结果之间的符合程度。

（2）重复性　在用一实验室中，当分析人员、分析设备和分析时间中的任一项不相同时，用同一分析方法对同一样品进行双份或多份平行样测定结果之间的符合程度。

（3）再现性　用相同的方法，对同一样品在不同条件下获得的单个结果之间的一致程度，不同条件是指不同实验室、不同分析人员、不同设备、不同（或相同）时间。

在考查精密性时还应注意以下几个问题：

① 分析结果的精密度与样品中待测物质的浓度水平有关，因此，必要时应取两个或两个以上不同浓度水平的样品进行分析方法精密度的检查。

② 精密度可因与测定有关的实验条件的改变而变动，通常由一整批分析结果中得到的精密度，往往高于分散在一段较长时间里的结果的精密度，如可能，最好将组成固定的样品分为若干批分散在合适的时期内进行分析。

③ 标准偏差的可靠程度受测量次数的影响，因此，对标准偏差作较好估计时（如确定某种方法的精密度）需要足够多的测量次数。

④ 通常以分析标准溶液的办法了解方法的精密度，这与分析实际样品的精密度可能存在一定的差异。

⑤ 准确度良好的数据必须具有良好的精密度，精密度差的数据则难以判别其准确程度。

4. 可比性

指用不用测量方法测量同一样品的某污染物时，所得出结果的吻合程度。在环境标准样品的定值时，使用不同标准分析方法得出的数据应具有良好的可比性。可比性不仅要求各实验室之间对同一样品的监测结果应相互可比，也要求每个实验室对同一样品的监测结果应该道道相关项目之间的数据可比，相同项目在没有特殊情况时，历年同期的数据也是可比的。在此基础上，还应通过标准物质的量值传递与溯源，以实现国际间、行业间的数据一致、可比，以及大的环境区域之间、不同时间之间监测数据的可比。

例如，用离子色谱法测定 NO_3^--N 的结果与酚二磺酸分光光度法的结果应基本一致；用气相色谱法测定氯苯类的结果应与气相色谱-质谱法的结果相近。

过去我国使用紫外分光光度法测定石油类，这一方法与红外法测定结果就没有可比性。因为紫外法使用的石油醚萃取剂与红外法使用的四氯化碳萃取剂效果不同，其次紫外法的吸收波长与红外法也不同，它们所测定的是不同的石油成分。

5. 完整性

完整性强调工作总体规划的切实完成，即保证按预期计划取得有系统性和连续性的有效样品，而且无缺漏地获得这些样品的监测结果及有关信息。

只有达到这"五性"质量指标的监测结果，才是真正正确可靠的，也才能在使用中具有权威性和法律性。

人们常说："错误的数据比没有数据更可怕。"为获得质量可靠的监测结果，世界各国都在积极制定和推行质量保证计划。环境监测结果的良好质量，必然是在切实执行质量保证计划的基础上方能达到。只有取得合乎质量要求的监测结果，才能正确地指导人们认识环境、评价环境、管理环境、治理环境的行动，摆脱因对环境状况的盲目性造成的不良后果，这就是实施环境监测质量保证的意义。

（二）灵敏度

灵敏度是指某方法对单位浓度或单位量待测物质变化所产生的响应量的变化程度，它可以用仪器的响应量或其他指示量与对应的待测物质的浓度或量之比来描述。如分光光度法常以校准曲线的斜率度量灵敏度。一个方法的灵敏度可因实验条件的变化而改变。在一定的实验条件下，灵敏度具有相对的稳定性。

灵敏度的表示方法如下所述。

通过校准曲线可以把仪器响应量与待测物质的量或浓度定量地联系起来，用下式表示它的直线部分：

$$A = kC + a \tag{1-2}$$

式中　A——仪器响应值；

　　　C——待测物质的浓度；

　　　a——校准曲线的截距；

　　　k——方法灵敏度，即校准曲线的斜率。

1975 年国际纯粹和应用化学会（IUPAC）通过的光谱化学中的名词、符号、单位及其用法的规定，把能产生1‰吸收的被测元素浓度或含量定义为特征浓度和特征含量，它们可用以比较低浓度或低含量区域校准曲线的斜率。

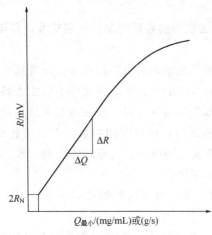

图 1-2　组分量与响应值图

分光光度法中常用的摩尔吸光系数 ε，系指当测量光程为 1cm，待测物质浓度为 1mol/L，相对应的待测物质的吸光度数。ε 越大，方法的灵敏度越高。

原子吸收中，以产生 1‰（即 0.0044 吸光度）吸收值相对应的浓度作为灵敏度。

气相色谱中，灵敏度是指通过检测器物质的量变化时，该物质响应值的变化率。图 1-2 为不同组分量（Q）与对应响应值（R）图，直线部分斜率即为灵敏度（S），见式(1-3)：

$$S = \frac{\Delta R}{\Delta Q} \tag{1-3}$$

检测器按其响应特征，可分为浓度型和质量型两类，前者 Q 为浓度（c），单位为 mg/mL，后者 Q 为质量流量（m），单位为 g/s，因此，两者灵敏度的具体计算式是不同的。具体计算公式可参考相关资料。

（三）检出限

检出限为某特定分析方法在给定的置信度内可从样品中检出待测物质的最小浓度或最小量。所谓"检出"是指定性检出，即判定样品中存有浓度高于空白的待测物质。

检出限除了与分析中所用试剂和水的空白有关外，还与仪器的稳定性及噪声水平有关。在灵敏度计算中没有明确噪声大小，因而操作者可以将检测器的输出信号，通过放大器放到足够大，从而使灵敏度相当高。显然这是不妥的，必须考虑噪声这一参数，将产生两倍噪声信号时，单位体积的载气或单位时间内进入检测器的组分量即为检出限。则：

$$D = 2N/S \tag{1-4}$$

式中　N——噪声，mV 或 A；

　　　S——检测器灵敏度；

　　　D——检出限，其单位随 S 不同也不同，即 $D_g = 2N/S_g$，单位为 mg/mL；$D_v = 2N/S_v$，单位为 mL/mL；$D_t = 2N/S_t$，单位为 g/s。

有时也用最小检测量（MDA）或最小检测浓度（MDC）作为检出限。它们分别是产生两倍噪声信号时，进入检测器的物质量（g）或浓度（mg/mL）。

不少高灵敏度检测器，如 FID、NPD、ECD 等往往用检出限表示检测器的性能。

灵敏度和检出限是两个不同角度表示检测器对测定物质敏感程度的指标，前者值越高、后者值越低，说明检测器性能越好。

检出限的计算方法如下所述。

① 在《全球环境监测系统水监测操作指南》中规定：给定置信水平为 95％时，样品测定值与零浓度样品的测定值有显著性差异即为检出限（DL）。这里的零浓度样品是不含待测物质的样品。

$$DL = 4.6\delta \tag{1-5}$$

式中 δ——空白平行测定（批内）标准偏差（重复测定 20 次以上）。

② 国际纯粹与应用化学联合会（IUPAC）对检出限 DL 作如下规定。

对各种光学分析方法，可测量的最小分析信号 x_L 以下式确定：

$$x_L = \bar{x}_b + K'S_b \tag{1-6}$$

式中 $\bar{x}_b$——空白多次测得信号的平均值；

S_b——空白多次测得信号的标准偏差；

K'——根据一定置信水平确定的系数。

与 $x_L - \bar{x}_b$ 相应的浓度或量即为检出限：

$$DL = x_L - \bar{x}_b/k = k'S_b/K \tag{1-7}$$

式中 k——方法的灵敏度（即校准曲线的斜率）。

为了评估 $\bar{x}_b$ 和 S_b，实验次数必须至少 20 次。

1975 年，IUPAC 建议对光谱化学分析法取 $K'=3$。由于低浓度水平的测量误差可能不遵从正态分布，且空白的测定次数有限，因而与 $K'=3$ 相应的置信水平大约为 90%。

此外，尚有将 K' 取为 4、4.6、5 及 6 的建议。

③ 美国 EPA SW—846 中规定方法检出限：

$$MDL = 3.143\delta(\delta 重复测定 7 次)$$

④ 在某些分光光度法中，以扣除空白值后的与 0.01 吸光度相对应的浓度值为检出限。

⑤ 气相色谱分析的最小检测量系指检测器恰能产生于噪声相区别的响应信号时所需进入色谱柱的物质的最小量，一般认为恰能辨别的响应信号，最小应为噪声的两倍。

最小检测浓度系指最小检测量与进样量（体积）之比。

⑥ 某些离子选择电极法规定：当校准曲线的直线部分外延的延长线与通过空白电位且平行于浓度轴的直线相交时，其交点所对应的浓度值即为该离子选择电极法的检出限。

（四）测定限

测定限为定量范围的两端，分别为测定上限与测定下限。

1. 测定下限

在测定误差能满足预定要求的前提下，用特定方法能准确地定量待测物质的最小浓度或量，称为该方法的测定下限。

测定下限反映出分析方法能准确地定量测定低浓度水平待测物质的极限可能性。在没有系统误差的前提下，它受精密度要求的限制（精密度通常以相对标准偏差表示）。分析方法的精密度要求越高，测定下限高于检出限越多。

美国 EPA SW—846 规定 4MDL 为定量下限（RQL），即 4 倍检出限浓度作为测定下限，其测定值的相对标准偏差约为 10%。日本 JIS 规定定量下限为 10 倍的 MDL。

2. 测定上限

在限定误差能满足预定要求的前提下，用特定方法能够准确地定量待测物质的最大浓度或量，称为该方法的测定上限。

对没有（或消除了）系统误差的特定分析方法的精密度要求不同，测定上限也将不同。

（五）最佳测定范围

最佳测定范围也称有效测定范围，指在限定误差能满足预定要求的前提下，特定方法的测定下限至测定上限之间的浓度范围。在此范围内能够准确地定量测定待测物质的浓度或量。

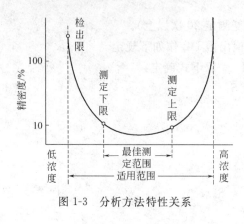

图 1-3　分析方法特性关系

最佳测定范围应小于方法的适用范围。对测量结果的精密度（通常以相对标准偏差表示）要求越高，相应的最佳测定范围越小。

分析方法特性关系如图 1-3 所示。

（六）校准曲线

校准曲线包括标准曲线和工作曲线，前者用标准溶液系列直接测量，没有经过样品的预处理过程，这对于样品或基体复杂的样品往往造成加大误差；而后者所使用的标准溶液经过了与水样相同的消解、净化、测量等全过程。

凡应用校准曲线的分析方法，都是在样品测得信号值后，从校准曲线上查得其含量（或浓度）。因此，绘制准确地校准曲线，直接影响到样品分析结果的准确与否。此外，校准曲线也确定了方法的测定范围。

1. 校准曲线的绘制

① 对标准系列，溶液以纯溶剂为参比进行测量后，应先作空白校正，然后绘制标准曲线。

② 标准溶液一般可直接测定，但如试样的预处理较复杂致使污染或损失不可忽略时，应和试样同样处理后再测定，在废水测定或有机污染物测定中十分重要，此时应做工作曲线。

③ 校准曲线的斜率常随环境温度、试剂批号和贮存时间等实验条件的改变而变动。因此，在测定试样的同时，绘制校准曲线最为理想，否则应在测定试样的同时，平行测定零浓度和中等浓度标准溶液各两份，取均值相减后与原校准曲线上的相应点核对，其相对差值根据方法精密度不得大于 5％～10％，否则应重新绘制校准曲线。

2. 校准曲线的检验

① 线性检验：检验校准曲线的精密度。对于以 4～6 个浓度单位所获得的测量信号值绘制的校准曲线，分光光度法一般要求其相关系数 $|r| \geqslant 0.9990$，否则应找出原因并加以纠正，重新绘制合格的校准曲线。

② 截距检验：检验校准曲线的准确度。在线性检验合格的基础上，对其进行线性回归，得出回归方程 $y = a + bx$，然后将所得截距 a 与 0 作 t 检验，当取 95％置信水平，经检验无显著性差异时，a 可作 0 处理，方程简化为 $y = bx$，移项得 $x = y/b$。在线性范围内，可代替查阅校准曲线，直接将样品测量信号值经空白校正后，计算出试样浓度。

当 a 与 0 有显著性差异时，表示校准曲线的回归方程计算结果准确度不高，应找出原因并予以校正后，重新绘制校准曲线并经线性检验合格，再计算回归方程，经截距检验合格后投入使用。

回归方程如不经上述检验和处理，就直接投入使用，必将给测定结果引入差值相当于截距 a 的系统误差。

③ 斜率检验：检验分析方法的灵敏度。方法的灵敏度是随实验条件的变化而改变的。在完全相同的分析条件下，仅由于操作中的随机误差所导致的斜率变化不应超出一定的允许范围，此范围因分析方法的精度不同而异。例如，一般而言，分子吸收分光光度法要求其相对差值小于 5％，而原子吸收分光光度法则要求其相对差值小于 10％等。

（七）加标回收

在测定样品的同时，于同一样品的子样中加入一定量的标准物质进行测定，将其测定结果扣除样品的测定值，以计算回收率。

加标回收率的测定可以反映测试结果的准确度。当按照平行加标进行回收率测定时，所得结果既可以反映测试结果的准确度，也可以判断其精密度。

在实际测定过程中，有的将标准溶液加入到经过处理后的待测水样后，这不够合理，尤其是测定有机污染成分而试样须经净化处理时，或者测定挥发酚、氨氮、硫化物等需要蒸馏预处理的污染成分时，不能反映预处理过程中的沾污或损失情况，虽然回收率较好，但不能完全说明数据准确。

进行加标回收率测定时，还应注意以下几点：

① 加标物的形态应该和待测物的形态相同。

② 加标量应和样品中所含待测物的测量精密度控制在相同的范围内，一般情况下作如下规定：

a. 加标量应尽量与样品中待测物质含量相等或相近，并应注意对样品容积的影响；

b. 当样品中待测物含量接近方法检出限时，加标量应控制在校准曲线的低浓度范围；

c. 在任何情况下加标量均不得大于待测物含量的 3 倍；

d. 加标后的测定值不应超出方法的测量上限的 90%；

e. 当样品中待测物质浓度高于校准曲线的中间浓度时，加标量应控制在待测物浓度的半量。

③ 由于加标样和样品的分析条件完全相同，其中干扰物质和不正确操作等因素所导致的效果相等。当以其测定结果的减差计算回收率时，常不能确切反映样品测定结果的实际差错。

［思考题］

1. 什么是环境监测的质量保证，其目的是什么？

2. 为了有效保证环境监测工作的质量，可以采取哪些措施？

3. 环境监测通常可以分为哪些步骤？在这些步骤中，哪些步骤是最关键的？

4. 质量控制可以分为哪两个部分？各有什么目的？

必备知识七　实验室安全

实验室本身存在着某些危险因素，但只要实验室分析人员严格遵守操作规程和规章制度，无论做什么实验都要牢记安全第一，经常保持警惕，事故就可以避免。如果预防措施可靠，发生事故后处理得当，就可以使损害减到最小程度。有关监测实验室的安全知识可参阅相关论述。这里只将监测实验室可能存在的某些危险因素及注意点作一简介。

一、易燃易爆物质

1. 易燃液体

实验室常用的有机溶剂中除少数几种外，大多数都是易燃易爆的。它们的沸点低、挥发性大、闪点都在室温甚至 0℃以下，极易着火。

在使用闪点低于室温的溶剂时，应遵守下列防火安全规定。

① 不准用明火加热蒸发，尽可能用水浴加热，如果用电炉加热时，电炉丝应密封不裸露在外面。

② 不准在敞口容器如烧杯、锥形瓶等容器中加热或蒸发。

③ 溶剂存放或使用地点距明火火源至少 3m 以上。

④ 减压蒸馏时，应先减压后加热，蒸馏完毕准备结束实验时，应先停止加热，待冷却至适当温度无自然危险时再停真空泵。

⑤ 实验室内应装有防爆抽气通风机，每日在进实验室前应抽气 5～10min，再使用其他电器，包括电灯。

⑥ 在实验室内易燃溶剂的存放量一般不应超过 3L，特别是在夏天，大量存放易燃溶剂既不安全，对人又有较大的危害。装易燃溶剂的玻璃瓶不要装满，装 2/3 左右即可。

以上仅是关于防火安全方面最主要的，也是经常遇到的一些应注意的事项。万一不慎失火时，首先要冷静，迅速切断电源，用石棉布或防火砂子将火扑灭。绝对不可用水去灭火，用水不但不能灭火，反而会助长火势。因水的相对密度较大，可使有机溶剂上浮更易燃烧，应特别注意。在可能的情况下，最好不要用泡沫灭火器或四氯化碳灭火器去灭火，前者污染环境，后者易在高温下生成对人体有毒的光气，只有在火势较大，用简单的方法难以扑灭时，才采用这类灭火器。

2. 强氧化剂

这类物质都是氧化物或具有很强氧化能力的含氧酸及其盐类，在适当条件下会发生爆炸。如硝酸铵、硝酸钾、高氯酸、高氯酸钾、过硫酸铵及其他过硫酸盐、过氧化钠、过氧化钡、过氧化二甲苯酰等，这类物质严禁与还原性物质，如有机酸、木屑、炭粉、硫化物、糖类等易燃、可燃物质或易被氧化的物质接触，并应严格隔离，存放在低于 30℃ 的阴凉通风处。

实验中常用的高氯酸与硝酸或硫酸的混酸消解有机物，实验时要小心操作，严禁将高氯酸加到热的含有机物的溶液中去（注意：在加高氯酸之前，先用硝酸进行预消解，将大量还原性的有机物破坏之后，才能加入高氯酸作最后消解）。高氯酸盐常积聚在通风橱或排气系统中，积聚的高氯酸盐与有机物相遇会发生猛烈爆炸，故应定期进行清洗。

3. 压缩气和液化气

压缩及液化气体，如氢气、氧气、乙炔气、二氧化碳、氮气、液化石油气等，在受热、撞击、日光照射、热源烘烤等条件下易发生爆炸。压缩氧气若与油类接触也能燃烧爆炸。此类物品应贮存于防火仓库，并应避免日晒和受热，放置要平稳，避免震动，运输时不许在地面上滚动。

二、剧毒和致癌物质

1. 砷及其化合物

无机砷的化合物用于制备标准溶液，也可能存在于工业废水中。砷的毒性很大，特别是有机砷化物，可引起肺癌和皮肤癌，要避免吸入口中和接触皮肤。

2. 汞及其化合物

汞盐常用于制备标准溶液，液态汞是一种具有毒性的挥发性物质。有机汞的毒性更大，因此对含汞的废水样品的处理要在通风橱中操作，避免汞的蒸气污染环境。如有液态汞撒落在地上时，要立刻将硫黄粉撒在汞上面以减少汞的蒸发量。

3. 氰化物

氰化物常用作络合剂、滴定钙镁时的掩蔽剂，大多数氰化物是有毒的。严禁入口。氰化物常存于工业废水中，因此处理含氰化物的样品是要在通风橱内进行操作，防止吸入。因含氰的酸性溶液会发生有毒气体氰化氢，所以切忌酸化氰化物溶液，严禁将氰化物直接倒入下水道。

4. 叠氮化合物

叠氮化钠在很多分析方法中应有，包括溶解氧的测定。它有毒，并与酸反应产生更加毒的叠氮酸，当排入下水道时，可与铜质或铅质管配件起作用并蓄积起来。此种金属的叠氮化合物很易爆炸和起爆，采用 10％氢氧化钠溶液来浸泡处理可消除蓄积在排水管和存水弯头中的叠氮化合物。

5. 有毒和致癌性的有机化合物

在许多测定实验中需要到一些有毒有机剂和固体的有机试剂，如氯仿、乙醚、苯等。使用时应注意避免通过口、肺、皮肤而引起中毒。

三、实验室安全规则

（1）实验室内严禁饮食、吸烟，一切化学药品禁止入口。

（2）切不可用湿润的手去接触启电闸和电器开关。

（3）浓酸、浓碱具有强烈的腐蚀性，切勿溅在皮肤和衣服上。使用浓硝酸、浓盐酸、浓硫酸、高氯酸、氨水时，均应在通风橱中操作，绝不允许在实验室加热。如不小心溅到皮肤和眼内，应立即用水冲洗，然后用 5％碳酸氢钠溶液（酸腐蚀时采用）或 5％硼酸溶液（碱腐蚀时采用），冲洗，最后用水冲洗。

（4）使用 CCl_4、乙醚、苯、丙酮、三氯甲烷等有机溶剂时，一定要远离火焰和热源。使用完后将试剂瓶塞严，放在阴凉处保存。

（5）如发生烫伤，可在烫伤处抹上黄色的苦味酸溶液或烫伤软膏。严重者应立即送医院治疗。实验室如发生火灾，应根据起火的原因进行针对性灭火。酒精及其他可溶于水的液体着火时，可用水灭火；汽油、乙醚等有机溶剂着火时，用砂土灭火，此时绝对不能用水，否则反而扩大燃烧面；导线或电器着火时，不能用水及二氧化碳灭火器，而应首先切断电源，用 CCl_4 灭火器灭火。衣服着火时，切忌奔跑，而应就地躺下滚动，或用湿衣服在身上抽打灭火。

［思考题］

1. 在环境监测工作中实验室安全保证的意义何在？
2. 在环境监测工作中如何控制易燃易爆物质？
3. 在环境监测工作中如何控制有毒有害物质？

项目二 水与废水监测

⬛》 学习指南

　　水和污水中污染指标种类繁多，不可能也没有必要对数量繁多的项目进行一一监测。根据监测的目的和监测站的职能，主要需对物理指标、化学指标、生物指标等进行监测，本节结合我院的实际客观实验条件，选取常见的具有代表性的污染指标进行监测，通过这些监测项目的开展掌握水和废水监测的通用方法和程序并养成良好的监测职业习惯。

※ 项目介绍

项目相关背景	水是人类赖以生存的基础物质之一，然而随着经济和社会生活的发展，一方面水资源越来越短缺，另一方面水污染越来越严重，因此对水及废水进行及时监测是开展水环境保护工作的前提和基础。
项目任务描述	任务一　水样的采集、运输与保存 任务二　水质理化指标的监测 任务三　营养盐及有机污染综合指标的监测

※ 学习目标

1. 理解水体、水环境及水污染的概念。
2. 掌握水样的采集、运输与保存基本技术。
3. 掌握水质常见理化指标即色度、浊度、温度、SS 等的测定技术。
4. 掌握常见营养盐及有机污染综合指标的测定技术，如 COD、BOD、高锰酸盐指数、TN、TP、硝酸盐等。

※ 项目实施

任务一　水样的采集、运输与保存

★ 学习任务分析

① 勘察并调查就近河流（如小月河）的地形。

② 以小组为单位练习水样的采集、运输与管理。

③ 练习水样采集时各种记录表的填写。

★ 能力发展目标

① 掌握水质监测常见采样方法。

② 掌握查阅与任务相关资料的技能，学会制定方案。

③ 树立认真、准确、严谨、科学的监测工作态度。

④ 初步学会与他人合作共同完成任务。

★ 任务开始前的思考

① 如何与小组成员共同计划完成学习任务？

② 采样前需作什么样的准备？

一、水样的分类

1. 综合水样

把从不同采样点同时采集的各个瞬时水样混合起来所得到的样品称作"综合水样"，综合水样在各点的采样时间虽然不能同步进行，但越接近越好，以便得到可以对比的资料。

综合水样是获得平均浓度的重要方式，有时需要把代表断面上的各点，或几个污水排放口的污水按照相对比例流量混合，取其平均浓度。

什么情况下采综合水样，视水体的具体情况和采样目的而定。例如，为几条排污河渠建设综合处理厂，从各河道取单样分析就不如综合样更为科学合理，因为各股污水的相互反应可能对设施的处理性能及其成分产生显著的影响，不可能对相互作用进行数学预测，取综合水样可提供更加有用的资料。相反，有些情况取单样就合理，如湖泊和水库在深度和水平方向常常出现组分上的变化；而此时，大多数的平均值或总值的变化不显著，局部变化明显。在这种情况下，综合水样就失去意义。

2. 瞬时水样

对于组成较稳定的水体，或水体的组成在相当长的时间和相当大的空间范围变化不大的，则采瞬时样品具有很好的代表性。当水体的组成随时间发生变化，则要在适当时间间隔内进行瞬时采样，分别进行分析，测出水质的变化程度、频率和周期。当水体的组成发生空间变化时，就要在各个相应的部位采样。

3. 混合水样

在大多数情况下，所谓混合水样是指在同一采样点上于不同时间所采集的瞬时样的混合样，有时用"时间混合样"的名称与其他混合样相区别。

时间混合样在观察平均浓度时非常有用。当不需要测定每个水样而只需平均值时，混合水样能节省监测分析工作量和试剂等的消耗。混合水样不适用于测试成分在水样贮存过程中发生明显变化的水样，如挥发酚、油类、硫化物等。

如果污染物在水中的分布随时间而变化，必须采集"流量比例混合样"，即按一定的流量采集适当比例的水样（例如每10t采样100mL）混合而成。往往使用流量比例采样器完成水样的采集。

4. 平均污水样

对于排放污水的企业而言，生产的周期性影响着排污的规律性。为了得到代表性的污水样（往往要求得到平均浓度），应根据排污情况进行周期性采样。不同的工厂、车间生产周期时间长短不同，排污的周期性差别也很大。一般地说，应在一个或几个生产或排放周期内，按一定的时间间隔分别采样。对于性质稳定的污染物，可对分别采集的样品进行混合后一次测定；对于不稳定的污染物可在分别采集、分别测定后取平均值为代表。

生产的周期性也影响污水的排放量，在排放量不稳定的情况下，可将一个排污口不同时间的污水样，依据流量的大小，按比例混合，可得到称之为平均比例混合的污水样。这是获得平均浓度最常采用的方法，有时需将几个排污口的水样按比例混合，用以代表瞬时综合排污浓度。

注意：在污染源监测中，随污水流动的悬浮物或固体微粒，应看成是污水样的一个组成部分，不应在分析前滤除。油、有机物和金属离子等，可能被悬浮物吸附，有的悬浮物中就含有被测定的物质，如选矿、冶炼废水中的重金属。所以，分析前必须摇匀取样。

5. 其他水样

例如为监测洪水期或退水期的水质变化，调查水污染事故的影响等都须采集相应的水样。

采集这类水样时，须根据污染物进入水系的位置和扩散方向布点并采样，一般采集瞬时水样。

二、地表水和地下水样的采集

（一）水样类型

1. 表层水的采样

在河流、湖泊可以直接汲水的场合，可用适当的容器如水桶采样。从桥上等地方采样时，可将系着绳子的聚乙烯桶或带有坠子的采样瓶投于水中汲水。要注意不能混入漂浮于水面上的物质。

2. 一定深度水的采样

在湖泊、水库等处采集一定深度的水时，可用直立式或有机玻璃采水器。这类装置是在下沉过程中，水就从采样器中流过。当达到预定的深度时，容器能够闭合而汲取水样。在河水流动缓慢的情况下，采用上述方法时，最好在采样器下系上适宜重量的坠子，当水深流急时要系上相当重的铅鱼，并配备绞车。

3. 泉水、井水

对于自喷的泉水、可在涌口处直接采样。采集不自喷泉水时，将停滞在抽水管的水汲出，新水更替之后，再进行采样。

从井水采集水样，必须在充分抽汲后进行，以保证水样能代表地下水水源。

4. 自来水或抽水设备中的水

采取这些水样时，应先放水数分钟，使积留在水管中的杂质及陈旧水排出，然后再取样。

地表水采样的注意事项：

① 采样时不可搅动水底部的沉积物。

② 采样时应保证采样点的位置准确。

③ 认真填写"水质采样记录表"，用签字笔或硬质铅笔在现场记录，字迹应端正、清晰，项目完整。

④ 保证采样按时、准确、安全。

⑤ 采样结束前，应核对采样计划、记录与水样，如有错误或遗漏，应立即补采或重采。

⑥ 如采样现场水体很不均匀，无法采到有代表性样品，则应详细记录不均匀的情况和实际采样情况，供使用该数据者参考，并将此现场情况向环境保护行政主管部门反映。

⑦ 测定油类的水样，应在水面至水的表面下 300mm 采集柱状水样，并单独采样，全部用于测定。采集瓶（容器）不能用采集的水样冲洗。

⑧ 测溶解氧、生化需氧量和有机污染物等项目时的水样，必须注满容器，不留空间，并用水封口。

⑨ 如果水样中含沉降性固体（如泥沙等），则应分离除去。分离方法为：将所采水样摇匀后倒入筒形玻璃容器，静置 30min，将已不含沉降性固体但含有悬浮性固体的水样移入盛样容器并加入保存剂。测定总悬浮物和油类的水样除外。

⑩ 测定湖库水 COD、高锰酸盐指数、叶绿素 a、总氮、总磷时的水样，静置 30min 后，用吸管一次或几次移取水样，吸管进水尖嘴应插至水样表层 50mm 以下位置，再加保存剂保存。

⑪ 测定油类、BOD_5、DO、硫化物、余氯、粪大肠菌群、悬浮物、放射性等项目要单独采样。

（二）水质采样记录

在地表水和污水监测技术规范要求的水质采样记录表中，一般包括采样现场描述与现场测定项目两部分内容，均应认真填写。

1. 水温

用经检定的温度计直接插入采样点测量。深水温度用电阻温度计或颠倒温度计测量。温度计应在测点放置 5～7min，待测得水温恒定不变后读数。

2. pH 值

用测量精度为 0.1 的 pH 计测定。测定前应清洗或校正仪器。

3. DO

用膜电极法（注意防止膜上附着微小气泡）测定。

4. 透明度

用塞氏盘法测定。

5. 电导率

用电导率仪测定。

6. 氧化还原电位

用铂电极和甘汞电极以 mV 计或 pH 计测定。

7. 浊度

用目视比色法或浊度仪。

8. 水样感官指标的描述

① 颜色：用相同的比色管，分取等体积的水样和蒸馏水作比较，进行定性描述。

② 水的气味、水面有无油膜等均应作现场记录。

9. 水文参数

水文测量应按 GB 50179—93《河流流量测量规范》进行。潮汐河流各点位采样时，还应同时记录潮位。

10. 气象参数

气象参数有气温、气压、风向、风速、相对湿度等。

三、污水采样

（一）采样频次

（1）监督性监测　地方环境监测站对污染源的监督性监测每年不少于 1 次，如被国家或地方环境保护行政主管部门列为年度监测的重点排污单位，应增加到每年 2～4 次。因管理或执法的需要所进行的抽查性监测由各级环境保护行政主管部门确定。

（2）企业自控监测　工业污水按生产周期和生产特点确定监测频次。一般每个生产周期不得少于 3 次。

（3）对于污染治理、环境科研、污染源调查和评价等工作中的污水监测，其采样频次可以根据工作方案的要求另行确定。

（4）根据管理需要进行调查性监测，监测站事先应对污染源单位正常生产条件下的一个生产周期进行加密监测。周期在 8h 以内的，1h 采 1 次样；周期大于 8h 的，每 2h 采 1 次样，但每个生产周期采样次数不少于 3 次。采样的同时测定流量。根据加密监测结果，绘制污水污染物排放曲线（浓度-时间，流量-时间，总量-时间），并与所掌握资料对照，如基本一致，即可据此确定企业自行监测的采样频次。

（5）排污单位如有污水处理设施并能正常运行使污水能稳定排放，则污染物排放曲线比较稳定，监督监测可以采瞬时样；对于排放曲线有明显变化的不稳定排放污水，要根据曲线情况分时间单元采样，在组成混合样品。正常情况下，混合样品的单元采样不得少于两次。如排放污水的流量、浓度甚至组分都有明显变化，则在各单元采样时的采样量应与当时的污水流量成比例，以便混合样品更有代表性。

（二）污水采样方法

1. 污水的监测项目按照行业类型有不同要求

在分时间单元采集样品时，测定 pH、COD、BOD_5、DO、硫化物、油类、有机物、余氯、粪大肠菌群、悬浮物、放射性等项目的样品，不能混合，只能单独采样。

2. 不同监测项目要求

对不同的监测项目应选用的容器材质、加入的保存剂及其用量与保存期、应采集的水样体积和容器及其洗涤方法等见表 2-1。

3. 自动采样

自动采样用自动采样器进行，有时间等比例采样和流量等比例采样。当污水排放量较稳定时可采用时间等比例采样，否则必须采用流量等比例采样。

所用的自动采样器必须符合国家环保部颁发的污水采样器技术要求。

4. 实际采样位置的设置

实际的采样位置应在采样断面的中心。当水深大于 1m 时，应在表层下 1/4 深度处采样；水深小于或等于 1m 时，在水深的 1/2 处采样。

（三）注意事项

① 用样品容器直接采样时，必须用水样冲洗三次后再行采样。但当水面有浮游时，采油的容器不能冲洗。

② 采样时应注意除去水面的杂物、垃圾等漂浮物。

③ 用于测定悬浮物、BOD_5、硫化物、油类、余氯的水样，必须单独定容采样，全部用于测定。

④ 在选用特殊的专用采样器时，应按照该采样器的使用方法采样。

⑤ 采样时应认真填写"污水采样记录表"，表中应有以下内容：污染源名称、监测目的、监测项目、采样点位、采样时间、样品编号、污水性质、污水流量、采样人姓名及其他

有关事项等。具体格式要求可由各省制定。

⑥ 凡需现场监测的项目，应进行现场监测。其他注意事项可参见地表水质监测的采样部分。

四、水样的保存与运输

（一）水样的保存

1. 导致水质变化的因素

水样采集后，应尽快送到实验室分析。样品久放，受下列因素影响，某些组分的浓度可能会发生变化。

（1）生物因素　微生物的代谢活动，如细菌、藻类和其他生物的作用可改变许多被测物的化学形态，它们可影响许多测定指标的浓度，主要反映在 pH、溶解氧、生化需氧量、二氧化碳、碱度、硬度、磷酸盐、硫酸盐、硝酸盐和某些有机化合物的浓度变化上。

（2）化学因素　测定组分可能被氧化或还原，如六价铬在酸性条件下易被还原为三价铬，低价铁可氧化成高价铁。由于铁、锰等价态的改变，可导致某些沉淀于溶解、聚合物产生或解聚作用的发生。如多聚无机磷酸盐、聚硅酸等，所有这些，均能导致测定结果与水样实际情况不符。

（3）物理因素　测定组分被吸附在容器壁上或悬浮颗粒物的表面上，如溶解的金属或胶状的金属，某些有机化合物以及某些易挥发组分的挥发损失。

2. 水样保存方法

（1）冷藏或冷冻　样品在 4℃ 冷藏或将水样迅速冷冻，贮存于暗处，可以抑制生物活动，减缓物理挥发作用和化学反应速度。

冷藏是短期内保存样品的一种较好方法，对测定基本无影响。但需要注意冷藏保存也不能超过规定的保存期限，冷藏温度必须控制在 4℃ 左右。温度太低（例如≤0℃），因水样结冻体积膨胀，使玻璃容器破裂，或样品瓶盖被顶开失去密封，样品受沾污。温度太高则达不到冷藏目的。

（2）加入化学保存剂

① 控制溶液 pH 值：测定金属离子的水样常用硝酸酸化至 pH 1～2，既可以防止重金属的水解沉淀，又可以防止金属在器壁表面上的吸附，同时在 pH 1～2 的酸性介质中还能抑制生物的活动。用此法保存，大多数金属可稳定数周或数月。测定氰化物的水样需要氢氧化钠调至 pH 12。测定六价铬的水样应加氢氧化钠调至 pH 8，因在酸性介质中，六价铬的氧化电位高，易被还原。保存总铬的水样，则应加硝酸或硫酸至 pH 1～2。

② 加入抑制剂：为了抑制生物作用，可在样品中加入抑制剂。如在测氨氮、硝酸盐氮和 COD 的水样中，加氯化汞或加入三氯甲烷、甲苯作防护剂以抑制生物对亚硝酸盐、硝酸盐、铵盐的氧化还原作用。在测酚水样中用磷酸调溶液的 pH 值，加入硫酸铜以控制苯酚分解菌的活动。

③ 加入氧化剂：水样中痕量汞易被还原，引起汞的挥发性损失，加入硝酸-重铬酸钾溶液可使汞维持在高氧化态，汞的稳定性大为改善。

④ 加入还原剂：测定硫化物的水样，加入抗坏血酸对保存有利。含余氯水样，能氧化氰离子，可使酚类、烃类、苯系物氯化生成相应的衍生物，为此在采样时加入适量的硫代硫酸钠予以还原，除去余氯干扰。

样品保存剂如酸、碱或其他试剂在采样前应进行空白试验，其纯度和等级必须达到分析的要求。

（3）水样的保存条件

不同监测项目样品的保存条件见表 2-1，可作为水环境监测保存样品的一般条件。此外，由于地表水、废水样品的成分不同，同样保存条件很难保证对不同类型样品中待测物都是可行的。因此，在采样前应根据样品的性质、组成和环境条件，要检验保存方法或选用的保存剂的可靠性。经研究表明，污水或受纳污水的地表水在测定重金属 Pb、Cd、Cu、Zn 等时，往往需加入酸达到 1％，才能保证重金属不沉淀或不被容器壁吸附。

表 2-1　水样常用保存技术

	待测项目	容器类别	保存方法	分析地点	可保存时间	建议
物理、化学及生化分析	pH 值	P 或 G		现场		现场直接测定
	酸度或碱度	P 或 G	在 2～5℃暗处冷藏	实验室	24h	水样充满整个容器
	溴	G		实验室	6h	最好在现场进行测定
	电导	P 或 G	冷藏于 2～5℃	实验室	24h	最好在现场进行测定
	色度	P 或 G	在 2～5℃暗处冷藏	现场、实验室	24h	
	悬浮物及沉积物	P 或 G		实验室	24h	单独定容采样
	浊度	P 或 G		实验室	短暂	最好在现场进行测定
	臭氧	P 或 G		现场		
	余氯	P 或 G		现场		最好在现场分析，如果做不到，在现场用过量 NaOH 固定，保存不应超过 6h
	二氧化碳	P 或 G		见酸碱度		
	溶解氧	溶解氧瓶	现场固定氧并存入在暗处	现场、实验室	几小时	碘量法加 1mL 1mol/L 高锰酸钾和 2mL 1mol/L 碱性碘化钾
	油脂、油类、碳氢化合物、石油及衍生物	用分析时使用的溶剂冲洗容器	现场萃取冷冻至－20℃	实验室	24h～数月	建议采样后立即加入在分析方法中所用的萃取剂，或进行现场萃取
	离子型表面活性剂	G	在 2～5℃下冷藏硫酸酸化 pH＜2	实验室	短暂～48h	
	非离子型表面活性剂		加入体积分数为 40％的甲醛，使样品成为体积分数为 1％的甲醛溶液，在 2～5℃下冷藏，并使水样充满容器	实验室	短暂～48h	
	砷			实验室	1 个月	不能硝酸酸化生活污水及工业污水，应使用这种方法
	硫化物			实验室	24h	必须现场固定
	总氰	P	用 NaOH 调节至 pH＞12	实验室	24h	
	COD	G	在 2～5℃暗处冷藏用 H₂SO₄ 酸化至 pH＜2 －20℃冷冻（一般不使用）	实验室 实验室 实验室	短暂 1 周 1 个月	如果 COD 是因为存在有机物引起的则必须加以酸化。COD 值低时，最好用玻璃容器保存
	BOD	G	在 2～5℃下暗处冷藏 －20℃冷冻（一般不使用）	实验室 实验室	短暂 1 个月	BOD 值低时，最好用玻璃容器保存

续表

待测项目		容器类别	保存方法	分析地点	可保存时间	建议
物理、化学及生化分析	凯氏氮 氨氮	P 或 G P 或 G	用 H_2SO_4 酸化至 pH<2 并在 2~5℃下冷藏	实验室	短暂	为了阻止硝化细菌的新陈代谢,应考虑加入杀菌剂如丙烯基硫脲或氯化汞或三氯甲烷等
	硝酸盐氮	P 或 G	酸化至 pH<2 并在 2~5℃下冷藏	实验室	24h	有些污水样品不能保存,需现场分析
	亚硝酸盐氮	P 或 G	在 2~5℃下暗处冷藏	实验室	短暂	
	有机碳	G	用 H_2SO_4 酸化至 pH<2 并在 2~5℃下冷藏	实验室	24h	应该尽快测试,有些情况下,可以应用干冻法(−20℃)。建议于采样后立即加入在分析方法中所用萃取剂,或现场进行萃取
	有机氯农药	G	在 2~5℃下冷藏			
	有机磷农药		在 2~5℃下冷藏	实验室	24h	建议于采样后立即加入在分析方法中所有的萃取剂,或现场进行萃取
	"游离"氯化物	P	保存方法取决于分析方法	现场		
	酚	BG	用 $CuSO_4$ 抑制生化并用 H_3PO_4 酸化或用 NaOH 调节至 pH>12	现场	24h	保存方法取决于分析方法
	叶绿素	P 或 G	2~5℃下冷藏过滤后冷冻滤渣	实验室 实验室	24h 1个月	
	肼	G	用 HCl 调至 1mol/L(每升样品 100mL)并于暗处储存	实验室	24h	
	洗涤剂		见表面活性剂			
	汞	P、BG		实验室	2周	保存方法取决于分析方法
	可过滤铝	P	在现场过滤并用硝酸酸化滤液至 pH<2(如测定时用原子吸收法则不能用 H_2SO_4)	实验室	1个月	滤渣用于测定不可过滤态铝,滤液用于该项测定
	附着在悬浮物上的铝		现场过滤	实验室	1个月	
	总铝		酸化至 pH<2	实验室	1个月	取均匀样品消解后测定,酸化时不能使用 H_2SO_4
	钡	P 或 BG		同铝		
	镉	P 或 BG		同铝		
	铜			同铝		
	总铁	P 或 BG		同铝		
	铅	P 或 BG	同铝			酸化时不能使用 H_2SO_4
	锰	P 或 BG		同铝		
	镍	P 或 BG		同铝		

	待测项目	容器类别	保存方法	分析地点	可保存时间	建议
物理、化学及生化分析	银	P 或 BG	同铝			
	锡	P 或 BG	同铝			
	铀	P 或 BG	同铝			
	锌	P 或 BG	同铝	实验室	短暂	不得使用磨口及内壁已磨毛的容器,以避免对铬的吸附
	总铬	P 或 BG	同铝			
	六价铬	P 或 G	用氢氧化钠调节使 pH=7~9			
	钴	P 或 G	同铝	实验室	24h	酸化时不要用 H_2SO_4 酸化的样品可同时用于测定钙和其他金属
	钙	P 或 G	过滤后将滤液酸化至 pH>12	实验室	数月	
	总硬度		同钙			
	镁	P 或 G	同钙			
	锂	P	酸化至 pH<2	实验室		
	钾	P	同锂			
	钠	P	同锂			
	溴化物及含溴化合物	P 或 G	于 2~5℃冷藏	实验室	短暂	样品应避光保存
	氯化物	P 或 G	—	实验室	数月	
	氟化物	P	—	实验室	若样品是中性的可保存数月	
	碘化物	非光化玻璃	于 2~5℃冷藏加碱调整 pH=8	实验室	24h 1 个月	样品应避免日光直射
	正磷酸盐	BG	于 2~5℃冷藏	实验室	24h	
	总磷	BG	用 H_2SO_4 酸化至 pH<2	实验室	数月	
	硒	P 或 G	用 NaOH 调节至 pH>11	实验室		
	硅酸盐		过滤并用 H_2SO_4 酸化至 pH<2,于 2~5℃冷藏	实验室	24h	
	总硅	P	—	实验室	数月	
	硫酸盐	P 或 G	于 2~5℃冷藏	实验室	1 周	
	亚硫酸盐	P 或 G	在现场按每 100mL 水样加 1mL 质量分数 25% 的 EDTA 溶液	实验室	1 周	

续表

待测项目		容器类别	保存方法	分析地点	可保存时间	建议
微生物分析	硼及硼酸盐	P	—	实验室	数月	
	细菌总计数（大肠杆菌、粪便链球菌、志贺菌等）	灭菌容器 G	于 2~5℃冷藏	实验室	短暂（地表水、污染水及饮用水）	取氯化或溴化过的水样时，所用的样品瓶消毒之前，按每 125mL 加入 0.1mL 10%（质量分数）的硫代硫酸钠（$Na_2S_2O_2$）以消除氯或溴对细菌的抑制作用。对金属含量高于 0.01mg/L 的水样，应在容器消毒之前，按每 125mL 容积加入 0.3mL 的 15%（质量分数）EDTA

注：P 为聚乙烯容器；G 为玻璃容器；BG 为硼硅玻璃。

（二）水样的管理与运输

1. 水样的管理

样品是从各种水体及各类型水中取得的实物证据和资料，水样妥善而严格的管理是获得可靠监测数据的必要手段。

对需要现场测试的项目，如 pH 值、电导、温度、溶解氧、流量等应按表 2-2 进行记录，并妥善保管现场记录。

水样采样后，往往根据不同的分析要求，分装成数份，并分别加入保存剂。对每一份样品都应附一张完整的水样标签。水样标签的设计可以根据实际情况，一般包括采样目的、监测点数目、位置、监测日期、时间、采样人员等。标签使用不褪色的墨水填写，并牢固地贴于盛装水样的容器外壁上。

表 2-2　采样现场数据记录

现场数据记录　　　　　　　　　　　　　　　采样人员：＿＿＿＿＿＿
　　　　　　　　　　　　　　　　　　　　　　　　　　　　＿＿＿＿＿＿
　　　　　　　　　　　　　　　　　　　　　　　　　　　　＿＿＿＿＿＿

采样地点	采样编号	采样日期	时间/h		pH	温度	其他参数		
			采样开始	采样结束					

2. 水样的运输和交接

水样采集后必须立即送回实验室，根据采样点的地理位置和每个项目分析前最长可保存的时间，选用适当的运输方式，在现场工作开始之前，就要安排好水样的运输工作，以防延误。

同一采样点的样品应装在同一包装箱内，如需分装在两个或几个箱子中时，则需在每个箱内放入相同的现场采样记录。运输前应检查现场采样记录上的所有水样是否全部装箱。要用红色在包装箱顶部和侧面标上"切勿倒置"的标记。

每个水样瓶均需贴上标签，内容有采样点位编号、采样日期和时间、测定项目、保存方法，并写明用何种保存剂。

在样品运输过程中应有押送人员，防止样品损坏或受沾污。移交实验室时，交接双方应一一核对样品，办妥交接手续，并在管理程序记录卡（表2-3）上签字。

污水样品的组成往往相当复杂，其稳定性通常比地表水样更差，应设法尽快测定。保存和运输方法的具体要求参照地表水样的有关规定执行。

表2-3　管理程序记录卡片

采样人员（签字）：						样品容器编号	备注		
采样点编号	日期	时刻	混合样	定时样	采样点位置				
转交人签字：	日期	时刻	接收人签字：			转交人签字：	日期	时刻	接收人签字：
转交人签字：	日期	时刻	接收人签字：			转交人签字：	日期	时刻	接收人签字：
转交人签字：	日期	时刻	接收人签字：			转交人签字：	日期	时刻	接收人签字：

【思考题】

1. 采集不同类型的水样各自有什么用途？
2. 如何选择采样器的材质？为什么不同的水样要选择不同的材质采样器？
3. 水样的运输应注意什么？水样保存在监测中的作用是什么？
4. 水样采集时为什么要作相应记录？自行设计一个适用的水样标签和采集记录表。

任务二　理化指标的监测

学习情境1　色度的测定

★ 学习任务分析

① 就近河水（如小月河）色度的测定。

② 色度测定监测方法的选择及方案的制定。

③ 监测断面的选取及监测点位的确定。

④ 色度测定监测方法的掌握。

⑤ 色度测定监测数据的处理及报告分析。

★ 能力发展目标

① 掌握铂钴比色法及稀释倍数法测定色度。

② 掌握查阅与实验相关资料的技能，学会处理数据并出具合格报告。

③ 树立认真、准确、严谨、科学的实验工作态度。

④ 初步学会与他人合作共同完成实验。

⑤ 逐步形成自我管理与自我约束能力。

★ 任务开始前的思考

① 如何与小组成员共同计划完成学习任务？

② 选取何种方法进行相应任务监测？

③ 根据前述学习的内容如何确定监测点位？

④ 采样前需准备一些什么物品？如何到现场进行采样？

⑤ 实验室分析前应做哪些准备？现有条件能不能满足要求？

纯水为无色透明。清洁水在水层浅时应为无色，深层为浅蓝绿色。天然水中存在腐殖质、泥土、浮游生物、铁和锰等金属离子，均可使水体着色。

纺织、印染、造纸、食品、有机合成工业的废水中，常含有大量的燃料、生物色素和有色悬浮微粒等，因此常常是使环境水体着色的主要污染源。有色废水常给人以不愉快感，排入环境后又使天然水着色，减弱水体的透光性，影响水生生物的生长。

水的颜色定义为"改变透射可见光光谱组成的光学性质"，可区分为"表观颜色"和"真实颜色"。

"真实颜色"是指去除浊度后水的颜色。测定真色时，如水样浑浊，应放置澄清后，取上清液或用孔径为 $0.45\mu m$ 滤膜过滤，也可经离心后再测定。没有去除悬浮物的水所具有的颜色，包括了溶解性物质及不溶解的悬浮物所产生的颜色，称为"表观颜色"，测定未经过滤或离心的原始水样的颜色即为"表观颜色"。对于清洁的或浑浊很低的水，这两种颜色相近。对着色很深的工业废水，其颜色主要由于胶体和悬浮物所造成，故可根据需要测定"真实颜色"或"表观颜色"。

水的色度单位是度，即在每升溶液中含有 2mg 六水合氯化钴（Ⅱ）（相当于 0.5mg 钴）和 1mg 铂［以六氯铂（Ⅳ）酸的形式］时产生的颜色为 1 度。

色度的测定通常有铂钴比色法和稀释倍数法。测定较清洁的、带有黄色色调的天然水和饮用水的色度，用铂钴标准比色法，以度数表示结果。此法操作简单，标准色列的色度稳定，易保存。对受工业废水污染的地表水和工业废水，可用文字描述颜色的种类和深浅程度，并以稀释倍数法测定颜色的强度。

一、铂钴标准比色法

1. 方法原理

用氯铂酸钾与氯化钴配成标准系列，与水样进行目视比色。

2. 干扰及消除

如水样浑浊，则放置澄清，亦可用离心法或用孔径为 $0.45\mu m$ 滤膜过滤以去除悬浮物。但不能用滤纸过滤，因滤纸可吸附部分溶解于水的颜色。

3. 仪器

50mL 具塞比色管，其刻线高度应一致。

4. 试剂

铂钴标准溶液：称取 1.246g 氯铂酸钾（K_2PtCl_6）（相当于 500mg 铂）及 1.000g 氯化钴（$CoCl_2 \cdot 6H_2O$）（相当于 250mg 钴），溶于 100mL 纯水中，加 100mL 盐酸，用水定容至 1000mL。此溶液色度为 500 度，保存在密塞玻璃瓶中，放于暗处。

5. 步骤

（1）水样的采集与保持　要注意水样的代表性。所取水样应为无树叶、枯枝等漂浮杂物。将水样盛于清洁、无色的玻璃瓶内，尽快测定。否则应在约 4℃ 冷藏保存，48h 内测定。

（2）标准色列的配制　向 50mL 比色管中加入 0、0.50mL、1.00mL、1.50mL、

2.00mL、2.50mL、3.00mL、3.50mL、4.00mL、4.50mL、5.00mL、6.00mL 及 7.00mL 铂钴标准溶液，用水稀释至标线，混匀。各管的色度依次为 0、5 度、10 度、15 度、20 度、25 度、30 度、35 度、40 度、45 度、50 度、60 度和 70 度。密塞保存。

（3）水样的测定

① 分取 50.0mL 澄清透明水样于比色管中，如水样色度较大，可酌情少取水样，用水稀释至 50.0mL。

② 将水样于标准色列进行目视比较。观测时，可将比色管置于白瓷板或白纸上，使光线从管底部向上透过液柱，目光自管口垂直向下观察。记下与水样色度相同的铂钴标准色列的色度。

6. 计算

$$色度（度）= \frac{A \times 50}{B}$$ (2-1)

式中　A——稀释后水样相当于铂钴标准色列的色度；

　　　B——水样的体积，mL。

7. 注意事项

① 可用重铬酸钾代替氯铂酸钾配制标准色列。方法是：称取 0.0437g 重铬酸钾和 1.000g 硫酸钴（$CoSO_4 \cdot 7H_2O$），溶于少量水中，加入 0.50mL 硫酸，用水稀释至 500mL。此溶液的色度为 500 度。不宜久存。

② 如果样品中有泥土或其他分散很细的悬浮物，虽经预处理而得不到透明水样时，则只测"表观颜色"。

二、稀释倍数法

1. 方法原理

测定时，用眼睛观察水样，文字描述水样颜色深浅，如无色、浅色、深色等，色调如蓝色、黄色、灰色等，或包括水样透明度如透明、浑浊、不透明。然后取一定量水样用无色水稀释至将近无色时，水样的稀释倍数即为水样的色度，单位用倍表示。

2. 干扰及消除

如测定水样的"真实颜色"，应放置澄清取上清液，或用离心法去除悬浮物后测定；如测定水样的"表观颜色"，待水样中的大颗粒悬浮物沉降后，取上清液测定。

3. 仪器

50mL 具塞比色管，其标线高度要一致。

4. 步骤

（1）取 100～150mL 澄清水样置于烧杯中，以白色瓷板为背景，观测并描述其颜色种类。

（2）分取澄清的水样，用水稀释成不同倍数。分别取试料和光学纯水置于 50mL 比色管中，管底部衬一白色地板，由上向下观察稀释后水样的颜色，并与蒸馏水相比较，直至刚好看不出颜色，记录此时的稀释倍数。

学习情境 2　浊度的测定

★ 学习任务分析

① 附近河水（如小月河）浊度的测定。

② 浊度测定监测方法的选择及方案的制定。

③ 监测断面的选取及监测点位的确定。

④ 浊度测定监测方法的掌握。

⑤ 浊度测定监测数据的处理及报告分析。

★ 能力发展目标

① 掌握分光光度法、目视比色法及便携式浊度计法测定浊度。

② 掌握查阅与实验相关资料的技能，学会处理数据并能出具合格报告。

③ 进一步树立认真、准确、严谨、科学的实验工作态度。

④ 进一步学会与他人合作共同完成实验。

⑤ 逐步形成自我管理与自我约束能力。

★ 任务开始前的思考

① 如何与新的小组成员共同计划完成学习任务？

② 各种监测方法有何异同点？

③ 如何有重点地选取分光光度法及便携式浊度计法完成分析任务？

④ 采样前需准备一些什么物品？如何到现场进行采样？

⑤ 实验室分析前应做哪些准备？现有条件能不能满足要求？

浊度是由于水中含有泥沙、黏土、有机物、无机物、浮游生物和微生物等悬浮物质所造成的，可使光散射或吸收。天然水进过混凝、沉淀和过滤等处理，使水变得清澈。

水的浊度大小与水中悬浮物质含量及其粒径等性质有关。常用测定方法有分光光度法、目视比浊法、浊度计法。

一、分光光度法

1. 方法原理

在适当温度下，将一定量的硫酸肼与六次甲基四胺聚合，生成白色高分子聚合物，以此作为浊度标准溶液，在一定条件下与水样浊度比较。规定 1L 溶液中含 0.1mg 硫酸肼和 1mg 六次甲基四胺为 1 度。

2. 干扰及消除

水样应无碎屑及易沉颗粒。器皿应保持清洁、水样中无气泡。如在 680nm 下测定，天然水中存在的淡黄色、淡绿色无干扰。

3. 方法的适用范围

本法适用于饮用水、天然水的浊度，最低检测浊度为 3 度。

4. 仪器

① 具塞比色管 50mL，规格一致。

② 分光光度计。

5. 试剂

① 无浊度水 将蒸馏水通过 $0.2\mu m$ 虑膜过滤，收集于用滤过水荡洗两次的烧瓶中。

② 浊度储备液

硫酸肼溶液：称取 1.000g 硫酸肼 $[(NH_2)_2SO_4 \cdot H_2SO_4]$ 溶于水中，定容至 100mL。

六次甲基四胺溶液：称取 10.00g 六次甲基四胺溶于水中，定容至 100mL。

浊度标准溶液：吸取 5.00mL 硫酸肼溶液与 5.00mL 六次甲基四胺溶液于 100mL 容量瓶中，混匀。于 $(25\pm3)℃$ 下静置反应 24h。冷至室温后用水稀释至标线。混匀。此溶液浊度为 400 度。可保存一个月。注意硫酸肼有毒，致癌。

6. 步骤

（1）标准曲线的绘制 吸取浊度标准液 0，0.50mL，1.25mL，2.50mL，5.00mL，10.00mL 及 12.50mL，置于 50mL 的比色管中，加无浊度水至标线。摇匀后，即得浊度为

0、4 度、10 度、20 度、40 度、80 度及 100 度的标准系列。于 680nm 波长，用 3cm 比色皿测定吸光度，绘制标准曲线。

（2）水样的测定　吸取 50.0mL 摇匀水样（无气泡，如浊度超过 100 度可酌情少取，用无浊度水稀释至 50.0mL），于 50mL 比色管中，按绘制标准曲线步骤测定吸光度，由标准曲线上查得水样浊度。

7. 计算

$$浊度（度）＝A(V＋V_样)/V_样 \tag{2-2}$$

式中　A——稀释后水样的浊度，度；

　　　V——稀释水体积，mL；

　　　$V_样$——水样体积，mL。

不同浊度范围测试结果的精度要求见表 2-4。

表 2-4　浊度范围与精度

浊度范围/度	精度/度	浊度范围/度	精度/度	浊度范围/度	精度/度
1～10	1	100～400	10	大于 1000	100
10～100	5	400～1000	50		

二、目视比色法

1. 方法原理

将水样与白硅藻土（或白陶土）配制的浊度标准液进行比较。相当于 1mg 一定粒度的硅藻土在 1000mL 水中所产生的浊度，称为 1 度。

2. 仪器

① 100mL 具塞比色管。

② 250mL 具塞无色玻璃瓶，玻璃质量和直径均需一致。

③ 分光光度计。

3. 试剂

浊度标准液的配制如下所述。

① 称取 10g 通过 0.1mm 筛孔（150 目）的硅藻土，于研钵中加入少许蒸馏水调成糊状并研细，移至 1000mL 量筒中，加水至刻度。充分搅拌，静置 24h，用虹吸法仔细将上层 800mL 悬浮液移至第二个 1000mL 量筒。向第二个量筒内加水至 1000mL，充分搅拌后再静置 24h。

② 虹吸出上层含较细颗粒的 800mL 悬浮液，弃去。下部沉积物加水稀释至 1000mL。充分搅拌后贮于具塞玻璃瓶中，作为浑浊度原液。其中含硅藻土颗粒直径为 400μm 左右。

③ 取上述悬浊液 50.0mL 置于已恒重的蒸发皿中，在水浴上蒸干。于 105℃ 烘箱内烘 2h，置干燥器中冷却 30min，称重。重复以上操作，即烘 1h，冷却，称重，直至恒重。求出每毫升悬浊液中含硅藻土的质量（mg）。

④ 吸取含 250mg 硅藻土的悬浊液，置于 1000mL 容量瓶中，加入 10mL 甲醛溶液加水至刻度，摇匀。此溶液浊度为 250 度。

⑤ 吸取浊度为 250 度的标准液 100mL 置于 250mL 容量瓶中，用水稀释至标线，此溶液浊度为 100 度的标准液。

4. 步骤

（1）浊度低于 10 度的水样

① 吸取浊度为 100 度的标准液 0、1.0mL、2.0mL、3.0mL、4.0mL、5.0mL、6.0mL、7.0mL、8.0mL、9.0mL 及 10.0mL 于 100mL 比色管中，加水稀释至标线，混匀。其浊度依次为 0，1.0 度，2.0 度，3.0 度，4.0 度，5.0 度，6.0 度，7.0 度，8.0 度，9.0 度，10.0 度的标准液。

② 取 100mL 摇匀水样置于 100mL 比色管中，与浊度标准液进行比较。可在黑色度板上，由上往下垂直观察。

（2）浊度为 10 度以上的水样

① 吸取浊度为 250 度的标准液 0、10mL、20mL、30mL、40mL、50mL、60mL、70mL、80mL、90mL 及 100mL 置于 250mL 的容量瓶中，加水稀释至标线，混匀。即得浊度为 0、10 度、20 度、30 度、40 度、50 度、60 度、70 度、80 度、90 度及 100 度的标准液，移入成套的 250mL 具塞玻璃瓶中，密封保存。

② 取 250mL 摇匀水样，置于成套的 250mL 具塞玻璃瓶中，瓶后放一有黑线的白纸作为判别标志。从瓶前向后观察，根据目标清晰程度，选出与水样产生视觉效果相近的标准液，记下其浊度值。

③ 水样浊度超过 100 度时，用水稀释后测定。

5. 计算

同上述分光光度法。

学习情境 3 残渣的测定

★ 学习任务分析

① 附近河水（如小月河）残渣的测定。

② 残渣测定监测方法的选择及方案的制定。

③ 监测断面的选取及监测点位的确定。

④ 残渣的分类及各相应监测方法的掌握。

⑤ 残渣测定监测数据的处理及报告分析。

★ 能力发展目标

① 掌握不同种类残渣测定方法。

② 掌握查阅与实验相关资料的技能，学会处理数据并能出具合格报告。

③ 进一步树立认真、准确、严谨、科学的实验工作态度。

④ 进一步学会与他人合作共同完成实验。

⑤ 进一步形成自我管理与自我约束能力。

★ 任务开始前的思考

① 如何与新的小组成员共同计划完成学习任务？

② 各种不同残渣监测方法有何异同点？

③ 采样前需准备一些什么物品？如何到现场进行采样？

④ 实验室分析前应做哪些准备？查看现有条件能不能满足要求？

⑤ 若要求进行小组汇报，如何准备？

残渣分为总残渣、可滤残渣和不可滤残渣三种。总残渣是水或污水在一定温度下蒸发，烘干后剩留在器皿中的物质，包括"不可滤残渣"（即截留在滤器上的全部残渣，也称为悬浮物）和"可滤残渣"（即通过滤器的全部残渣，也称为溶解性固体）。

　　水中悬浮物的理化特性，所用的滤器与孔径大小，滤片面积和厚度，以及截留在滤器上物质的数量等均能影响不可滤残渣与可滤残渣的测定结果。鉴于这些因素复杂，且难以控制，因而上述两种残渣的测定方法只是为了实用而规定的近似方法，只具有相对评价意义。

　　烘干温度和时间，对结果有重要影响，由于有机物挥发，吸着水、结晶水的变化和气体逸失等造成减重，也由于氧化而增重。通常有两种烘干温度供选择。103～105℃烘干的残渣，保留结晶水和部分吸着水。重碳酸盐将转化碳酸盐，而有机物挥发逸失甚少。由于在105℃不易赶尽吸着水，故达到恒重较慢。而在180℃±2℃烘干时，残渣的吸着水都除去，可能存留某些结晶水，有机物挥发逸失，但不能完全分解。重碳酸盐均转化为碳酸盐，部分碳酸盐可能分解为氧化物及碱式盐。某些氯化物和硝酸盐可能损失。

　　下述方法适用于天然水、饮用水、生活污水和工业废水中20000mg/L以下残渣的测定。

一、103～105℃烘干的总残渣

1. 方法原理

　　将混合均匀的水样，在称至恒重的蒸发皿中于蒸汽浴或水浴上蒸干，放在103～105℃烘箱内烘至恒重，增加的重量为总残渣。

2. 仪器

① 瓷蒸发皿：直径90mm（也可用150mL硬质烧杯，或玻璃蒸发皿）。

② 烘箱。

③ 蒸汽浴或水浴。

3. 步骤

① 将蒸发皿每次在103～105℃烘箱中烘30min，冷却后称重，直至恒重（两次称重相差不超过0.0005g）。

② 分别取适量振荡均匀的水样（如50mL），使残渣量大于25mg，置上述蒸发皿内，在蒸汽浴或水浴上蒸干（水浴面不可接触皿底）。移入103～105℃烘箱内每次烘1h，冷却后称重，直至恒重（两次称重相差不超过0.0005g）。

4. 计算

$$总残渣(mg/L) = \frac{(A-B) \times 1000 \times 1000}{V} \tag{2-3}$$

式中　A——总残渣＋蒸发皿重，g；

　　　B——蒸发皿重，g；

　　　V——水样体积，mL。

二、103～105℃烘干的可滤残渣

1. 方法原理

　　将过滤后水样放在称至恒重的蒸发皿内蒸干，然后再103～105℃烘至恒重，增加的重量为可滤残渣。

2. 仪器

滤膜（孔径为0.45μm）及配套滤器，其余同总残渣测定。

3. 步骤

① 同总残渣测定3①。

② 用孔径0.45μm滤膜过滤水样。

③ 分取适量过滤后水样，以下操作同总残渣测定3②。

4. 计算

$$可滤残渣(mg/L) = \frac{(A-B)\times1000\times1000}{V} \tag{2-4}$$

式中　A——可滤残渣＋蒸发皿重，g；

　　　B——蒸发皿重，g；

　　　V——水样体积，mL。

注：采用不同滤料所测得的结果会存在差异，必要时，应在分析结果报告上加以注明。

三、103～105℃烘干的不可滤残渣

1. 方法原理

许多江河由于水土流失使水中悬浮物大量增加。地表水中存在悬浮物使水体浑浊，降低透明度，影响水生生物的呼吸和代谢，甚至造成鱼类窒息死亡。悬浮物多时，还可能造成河道阻塞。造纸、皮革、冲渣、选矿、湿法粉碎和喷淋除尘等工业操作中产生大量含无机、有机的悬浮物废水。因此，在水和废水处理中，测定悬浮物具有特定意义。

不可滤残渣是指不能通过孔径为 $0.45\mu m$ 滤膜的固体物。用 $0.45\mu m$ 滤膜过滤水样，经 103～105℃烘干后得到不可过滤残渣含量。

2. 试剂

蒸馏水或等同纯度的水。

3. 仪器

① 全玻璃或有机玻璃微孔滤膜过滤器。

② 滤膜，孔径为 $0.45\mu m$，直径为 45～60mm。

③ 吸滤瓶、真空泵。

④ 无齿扁嘴镊子。

⑤ 称量瓶，内径 30～50mm。

4. 采样及样品贮存

（1）采样　所用聚乙烯瓶或硬质玻璃瓶要用洗涤剂洗净。再依次用自来水和蒸馏水冲洗干净。在采样之前，再用即将采集的水样清洗三次。然后，采集具有代表性的水样 500～1000mL，盖严瓶塞。

（2）样品贮存　采集的水样应尽快分析测定。如需放置，应贮存在 4℃冷藏箱中，但最长不得超过 7d。

5. 步骤

（1）滤膜准备　用扁嘴无齿镊子夹取微孔滤膜放于事先恒重的称量瓶里，移入烘箱中于 103～105℃烘干 0.5h 后，取出置干燥器内冷却至室温称其质量。反复烘干、冷却、称量，直至两次称量的质量差≤0.2mg。将恒重的微孔滤膜正确的放在滤膜过滤器的滤膜托盘上，加盖配套的漏斗，并用夹子固定好。以蒸馏水润湿滤膜，并不断吸虑。

（2）测定　量取充分混合均匀的水样 100mL 抽吸过滤，使水样全部通过滤膜。再以每次 10mL 蒸馏水连续洗涤三次，继续吸虑以除去痕量水分。停止吸虑后，仔细取出载有悬浮物的滤膜放在原恒重的称量瓶里，移入烘箱中于 103～105℃烘干 1h 后，移入干燥器中，使冷却到室温，称其质量。反复烘干、冷却、称量，直到两次称量的质量差≤0.4mg 为止。

6. 计算

悬浮物含量 c(mg/L) 按下式计算：

$$c = \frac{(A - B) \times 10^6}{V}$$

(2-5)

式中 c——水中悬浮物含量，mg/L；

    A——悬浮物＋滤膜＋称量瓶质量，g；

    B——滤膜＋称量瓶质量，g；

    V——试样体积，mL。

7. 注意事项

① 漂浮或浸没的不均匀固体物质不属于悬浮物质，应从采集的水样中除去。

② 贮存水样时不能加入任何保护剂，以防止破坏物质在固、液相间的分配平衡。

③ 滤膜上截留过多的悬浮物可能夹带过多的水分，除延长干燥时间外，还可能造成过滤困难，遇此情况，可酌情少取试样。滤膜上悬浮物过少，则会增大称量误差，影响测定精度，必要时，可增大试样体积。一般以 5～100mg 悬浮物量作为量取试样体积的实用范围。

学习情境 4   游离氯和总氯的测定——N,N-二乙基-1,4-苯二胺滴定法

★ 学习任务分析

① 附近河水（如小月河）及自来水游离氯和总氯的测定。

② 游离氯和总氯测定监测方法的选择及方案的制定。

③ 监测前的试剂配制与实验准备。

④ 游离氯和总氯测定水样的采集。

⑤ 游离氯和总氯测定监测数据的处理及报告分析。

★ 能力发展目标

① 掌握不同种类游离氯和总氯测定方法。

② 掌握查阅与实验相关资料的技能，学会处理数据并能出具合格报告。

③ 进一步树立认真、准确、严谨、科学的实验工作态度。

④ 进一步学会与他人合作共同完成实验。

⑤ 进一步形成自我管理与自我约束能力。

★ 任务开始前的思考

① 如何与新的小组成员共同计划完成学习任务？

② 游离氯和总氯有何取区别？

③ 采样前需准备一些什么物品？如何到现场进行采样？

④ 实验室分析前应做哪些准备？查看现有条件能不能满足要求？

⑤ 若要求进行小组汇报，如何准备？

游离氯又称为游离余氯，以次氯酸、次氯酸盐离子和单质氯的形式存在于水体中。总氯又称为总余氯，即游离氯和氯胺、有机氯胺类等化合氯的总称。

氯以单质或次氯酸盐形式加入水中后，经水解生成游离氯，包括含水分子氯、次氯酸和次氯酸盐离子等形式，其相对比例决定于水的 pH 和温度，在一般水体的 pH 下，主要是次氯酸和次氯酸盐离子。

游离氯与铵和某些含氮化合物起反应，生成化合物。氯与铵反应生成氯胺：一氯胺、二氯胺和三氯化氮。游离氯与化合氯二者能同时存在于水中。经氯化过的污水和某些工业废水的出水，通常只含有化合氯。

水中氯的来源主要是饮用水或污水中加氯以杀灭或抑制微生物，电镀废水中加氯分解有

毒的氰化物。

氯化作用产生不利的影响是可使含酚的水产生氯酚，还可生成有机氯化合物，对人体十分有害，并可因存在化合氯而对某些水生物产生有害作用。

游离氯和总氯的测定方法通常有碘量法、N,N-二乙基-1,4-苯二胺滴定法及 DPD（N,N-二乙基-1,4-苯二胺）分光光度法。碘量法适用于测定总氯含量＞1mg/L 的水样。N,N-二乙基-1,4-苯二胺滴定法可分别测定游离氯、一氯胺、二氯胺和三氯化氮。分光光度法适用于含量较低时的测定。本节只介绍 N,N-二乙基-1,4-苯二胺滴定法，其他方法可参考相关资料。

1. 方法原理

游离氯在 pH6.2～6.5 与 N,N-二乙基-1,4-苯二胺（DPD）直接反应生成红色化合物。用硫酸亚铁铵标准溶液滴定至红色消失。

2. 干扰及消除

① 氧化锰和化合氯都有干扰，可单独测定，并在结果计算中予以校正。

② 其他氧化剂也有干扰，如溴、碘、溴化铵、碘化铵、臭氧、过氧化氢、铬酸盐、亚硝酸盐、三价铁离子和铜离子。常会遇到的二价铜离子（＞8mg/L）和三价铁离子（＞20mg/L）的干扰，可被配入缓冲液和 DPD 试液中的 EDTA-2Na 所掩蔽，铬酸盐的干扰可加入氯化钡消除。

3. 方法的使用范围

本方法可应用的含游离氯浓度范围为 0.03～5mg/L，在较高浓度时需稀释样品。若测定总氯可在过量碘化钾存在时进行滴定。

本方法适用于经加氯（或漂白粉等）处理的饮用水、医院污水、造纸废水、印染废水等的测定。

4. 仪器

① 微量滴定管：全量 5mL 和 0.02mL 分度。

② 无分度吸管：100mL。

5. 试剂

分析中使用的试剂均为分析纯级。

① 水，不含氯和还原性物质的水：去离子水或蒸馏水经氯化至约 0.14mmol/L（10mg/L）的水平，贮存至密闭的玻璃瓶中约 16h，再暴露于紫外线或阳光下数小时，或用活性炭处理使之脱氯，按下述步骤检验其质量。

将待检查的水加入到两个 250mL 锥形瓶中。

a. 第一个，100mL 待测水和约 1g 碘化钾（5.④），混匀。1min 后，加入 5.0mL 缓冲溶液（5.②）和 5.0mLDPD 试液（5.③）；

b. 第二个，100mL 待测水和 2 滴次氯酸钠溶液（5.⑧）。2min 后，加入 5.0mL 缓冲溶液和 5.0mLDPD 试液。

第一个瓶中不应显色，第二个瓶中应显粉红色。

② 缓冲溶液，pH6.5：在水中依次溶解 24g 无水磷酸氢二钠（Na_2HPO_4），或 60.5g 十二水合磷酸氢二钠（$Na_2HPO_4 \cdot 12H_2O$）和 46g 磷酸二氢钾（KH_2PO_4）。加入 100mL 浓度为 8g/L 的二水合 EDTA 二钠（$C_{10}H_{14}N_2O_8Na_2 \cdot 2H_2O$）或 0.8g 固体。

③ N,N-二乙基-1,4-苯二胺（DPD）[$NH_2\text{-}C_6H_4\text{-}N(C_2H_5)_2 \cdot H_2SO_4$] 溶液，1.1g/L：

将 250mL 水，2mL 硫酸（密度为 1.84g/mL）和 25mL 的 8g/L 的二水合 EDTA 二钠溶液（或 0.2g 固体）混合，溶解 1.1g 无水 DPD 硫酸盐（或 1.5g 五水合物），或 1gDPD 草酸盐于此混合液中，稀释至 1000mL，混匀。试液装在棕色瓶内，于冰箱内可保存一个月。

④ 碘化钾：晶体。

⑤ 硫酸亚铁铵储备液：$c[(NH_4)_2Fe(SO_4)_2 \cdot 6H_2O] = 56mmol/L$。

配制：溶解 22g 六水合硫酸亚铁铵于含有 5mL 浓硫酸（密度为 1.84g/mL）的水中，移入 1000mL 容量瓶中，加水至标线，混匀。存放在棕色瓶中。经常按下述步骤标定此溶液。

标定：向 250mL 锥形瓶中，放入 50.0mL 储备液，50mL 水，5mL 正磷酸（$\rho = 1.71g/mL$）和 4 滴二苯胺磺酸钡指示液。用重铬酸钾标准参考溶液滴定到出现深紫色，再加入重铬酸钾溶液后颜色保持不变时为终点。此溶液的浓度以每升含氯（Cl_2）毫摩尔数表示，按下式计算：

$$c_1 = \frac{c_2 V_2}{2V_1} \tag{2-6}$$

式中　c_1——硫酸亚铁铵储备液的浓度，mmol/L；

c_2——重铬酸钾标准参考溶液（5.⑩）的浓度，mmol/L；

V_2——滴定消耗重铬酸钾标准参考溶液（5.⑩）的体积，mL；

V_1——硫酸亚铁铵储备溶液的体积，mL；

2——2molFe^{2+} 还原 1molCl_2 的化学计量系数。

注：如 V_2 小于 22mL，应重配新鲜的储备液。

⑥ 硫酸亚铁铵标准滴定溶液，$c[(NH_4)_2Fe(SO_4)_2 \cdot 6H_2O] = 2.8mmol/L$：取 50.0mL 新标定的储备液于 1000mL 容量瓶内，加水至标线，混匀，存于棕色瓶内。应每月标定一次。如需大量测定，应每天配制。

以每升含氯（Cl_2）毫摩尔数表示，此溶液的浓度 c_3 按下式计算：

$$c_3 = \frac{c_1}{20} \tag{2-7}$$

⑦ 亚砷酸钠（$NaAsO_2$）溶液 2g/L，或硫代乙酰胺（CH_3CSNH_2）溶液 2.5g/L。

⑧ 次氯酸钠溶液，含 Cl_2 约 0.1g/L，由浓溶液稀释而成。

⑨ 二苯胺磺酸钡指示液，3g/L：溶解 0.3g 二苯胺磺酸钡$[(C_6H_5-NH-C_6H_4-SO_3)_2Ba]$于 100mL 水中。

⑩ 重铬酸钾标准参考溶液，$c(\frac{1}{6}K_2Cr_2O_7) = 100mmol/L$：准确称取（在 105℃烘干 2h 以上）4.904g 研细的重铬酸钾，溶于水，移入 1000mL 容量瓶中，加水至标线，混匀。

6. 步骤

(1) 水样的采集与保存

① 采样要求：氯在水中很不稳定，尤其含有有机物或其他还原性无机物时，更易分解而消失。因此，应在采集现场进行测定。采样后，立即测定，自始至终避免强光、振摇和温热。

② 测定水样：取试样 100mL 两个作为测定水样（V_0），如总氯（Cl_2）超过 $70\mu mol/L$（5mg/L）需取较小体积试样，用水稀释至 100mL。

(2) 游离氯的测定　在 250mL 锥形瓶中，迅速依次加入 5.0mL 缓冲液，5.0mL DPD

试剂和第一个测定水样，混匀。立即用硫酸亚铁铵标准溶液滴定至无色为终点。记录滴定消耗溶液体积 V_3 的毫升数。

注：对于酸性或碱性很强，或者高盐类水样，应增加缓冲液用量，使水样达到pH6.2～6.5。为准确取得结果，控制pH十分重要。在pH6.2～6.5，产生的红色可准确地表现游离氯的浓度。如pH太低，往往使总氯中一氯胺在游离氯测定时出现颜色；如pH太高，会由于溶解氧产生颜色。

（3）总氯的测定　在250mL锥形瓶中，迅速加入5.0mL缓冲液，5.0mLDPD试液，加入第二个测定水样和约1g碘化钾，混匀。2min后，用硫酸亚铁铵标准溶液滴至无色为终点，如在2min内观察到粉红色再现，继续滴定到无色作为终点。记录滴定消耗溶液体积 V_4 的毫升数。

（4）校正氧化锰及六价铬的干扰

① 进行补充测定，向测定水样中预先加入亚砷酸钠或硫代乙酰胺溶液，消除不包括氧化锰和六价铬的所有氧化物，以便确定氧化锰和六价铬的影响。

② 取100mL测定水样于250mL锥形瓶中，加入1mL亚砷酸钠或硫代乙酰胺溶液，混匀。再加入5.0mL缓冲液和5.0mLDPD溶液，在氧化锰干扰的情况下，立即用硫酸亚铁铵标准滴定溶液滴定至无色为终点。30min后，滴定六价铬的干扰。记录滴定消耗溶液体积 V_5 的毫升数，相当于氧化锰和六价铬的干扰。

7. 计算

（1）游离氯的计算　以mmol/L表示的游离氯浓度 $c(Cl_2)$ 按下式计算：

$$c(Cl_2) = \frac{c_3(V_3 - V_5)}{V_0} \times \frac{1}{2} \tag{2-8}$$

式中　c_3——硫酸亚铁铵标准溶液的浓度，以 Cl_2 表示，mmol/L；

V_0——测定水样的体积，mL；

V_3——在测定游离氯时消耗硫酸亚铁铵标准溶液的体积，mL；

V_5——校正氧化锰和六价铬干扰时消耗硫酸亚铁铵标准滴定溶液的体积，mL，如不存在氧化锰和六价铬时，$V_5 = 0$mL。

（2）总氯的计算　以mmol/L表示的总氯浓度 $c(Cl_2)$ 按下式计算：

$$c(Cl_2) = \frac{c_3(V_4 - V_5)}{V_0} \times \frac{1}{2} \tag{2-9}$$

式中　V_4——在测定总氯时消耗硫酸亚铁铵标准溶液的体积，mL。

（3）物质的浓度换算　以mmol/L表示的氯（Cl_2）浓度，乘以70.91换算为mg/L。

学习情境5　总硬度的测定——EDTA滴定法

★ 学习任务分析

① 附近河水（如小月河）及自来水总硬度的测定。

② 总硬度测定监测方法的选择及方案的制定。

③ 监测前的试剂配制与实验准备。

④ 总硬度测定水样的采集。

⑤ 总硬度测定监测数据的处理及报告分析。

★ 能力发展目标

① 掌握EDTA络合滴定法测定总硬度的方法。

② 掌握查阅与实验相关资料的技能，学会处理数据并能出具合格报告。

③ 进一步树立认真、准确、严谨、科学的实验工作态度。

④ 进一步学会与他人合作共同完成实验。

⑤ 进一步形成自我管理与自我约束能力。

★ 任务开始前的思考

① 如何与新的小组成员共同计划完成学习任务？

② 水的硬度的含义、单位及其换算？

③ 采样前需准备一些什么物品？如何到现场进行采样？

④ 实验室分析前应做哪些准备？查看现有条件能不能满足要求？

钙广泛地存在于各种类型的天然水中，浓度为每升含零点几毫克到数百毫克不等。它主要来源于含钙岩石的风化溶解，是构成水中硬度的主要部分。钙是构成动物骨骼的主要元素之一。硬度过高的水不适宜工业使用，特别是锅炉作业。由于长期加热的结果，会使锅炉内壁结成水垢，这不仅影响热的传导，而且还隐藏着爆炸的危险，所以应进行软化处理。此外，硬度过高的水也不利于人们生活中的洗涤及烹饪，饮用了这些水还会引起肠胃不适。但水质过软也会引起或加剧某些疾病。因此，适量的钙是人类生活中不可缺少的。

镁是天然水中的一种常见成分，它主要是含碳酸镁的白云石以及其他岩石的风化溶解产物。镁在天然水中的浓度为每升零点几到数百毫克不等。镁是动物体内所必需的元素之一，人体每日需镁量约为 $0.3\sim0.5g$，浓度超过 $125mg/L$ 时，还能起导泻和利尿作用。镁盐也是水质硬化的主要因素，硬度过高的水不适宜工业使用，它能在锅炉中形成水垢，故应对其进行软化处理。

硬度在不同国家有不同的定义，如总硬度、碳酸盐硬度、非碳酸盐硬度等。总硬度为钙和镁的总浓度。碳酸盐硬度为总硬度的一部分，相当于跟水中碳酸盐及重碳酸盐结合的钙和镁所形成的硬度。非碳酸盐硬度为总硬度的另一部分，当水中钙和镁含量超出与它们结合的碳酸盐和重碳酸盐含量时，多余的钙和镁就跟水中氯化物、硫酸盐、硝酸盐结成非碳酸盐硬度。

不同国家硬度的表示方法如下：

① 德国硬度——1 德国硬度相当于 CaO 含量为 $10mg/L$，或为 $0.178mmol/L$。

② 英国硬度——1 英国硬度相当于 $CaCO_3$ 含量为 1 格令/英加仑，或为 $0.143mmol/L$。

③ 法国硬度——1 法国硬度相当于 $CaCO_3$ 含量为 $10mg/L$，或为 $0.1mmol/L$。

④ 美国硬度——1 美国硬度相当于 $CaCO_3$ 含量为 $1mg/L$，或为 $0.01mmol/L$。

我国采取和德国硬度相同的表示方法。

EDTA 络合滴定法因其简单快速，故是测定硬度的一般最常选用的方法。

1. 原理

在 pH10 的条件下，用 EDTA 溶液络合滴定钙和镁离子。络合 T 作指示剂，与钙和镁生成紫红色或紫色溶液。滴定中，游离的钙和镁离子首先与 EDTA 反应，与指示剂络合的钙和镁离子随后与 EDTA 反应，到达终点时溶液的颜色由紫变为蓝色。

2. 方法的适用范围

EDTA 滴定法适用于测定地下水和地表水中钙和镁的总量。不适用于含盐量高的水，诸如海水。本方法测定的最低浓度为 $0.05mmol/L$。

3. 干扰及消除

如试样含铁离子≤30mg/L，可在临滴定前加入 250mg 氰化钠或数毫升三乙醇胺掩蔽，氰化物使锌、铜、钴的干扰减至最小，三乙醇胺能减少铝的干扰。加氰化钠前必须保证溶液呈碱性。

试样含正磷酸盐超出 1mg/L，在滴定的 pH 条件下可使钙生成沉淀。如滴定速度太慢，或钙含量超出 100mg/L 会析出磷酸钙沉淀。如上述干扰未能消除，如存在铝、钡、铅、锰等离子干扰时，需改用火焰原子吸收法或等离子发射光谱法测定。

4. 仪器

常用的实验室仪器及 50mL 滴定管，分刻度至 0.10mL。

5. 试剂

分析中只使用分析纯试剂和蒸馏水或纯度与之相当的水。

（1）缓冲溶液（pH10）　称取 16.9g 氯化铵溶于 143mL 氨水。另取 0.78g 硫酸镁（$MgSO_4 \cdot 7H_2O$）和 1.179g EDTA 二钠二水合物（$C_{10}H_{14}N_2O_8N_2 \cdot 2H_2O$）溶于 50mL 水，加入 2mL 配好的氯化铵、氨水溶液和 0.2g 左右铬黑 T 指示剂干粉。此时溶液应显紫红色，如出现天蓝色，应再加入极少量硫酸镁使变为紫红色。逐滴加入 EDTA 二钠溶液直至溶液由紫红转变为天蓝色为止（切勿过量）。将两溶液合并，加蒸馏水定容至 250mL。如果合并后，溶液又转为紫色，在计算结果时应减去试剂空白。

（2）EDTA 二钠标准溶液（≈10mmol/L）

① 制备：将一份 EDTA 二钠二水合物在 80℃ 干燥 2h，放入干燥器中冷却至室温，称取 3.725g 溶于水，在容量瓶中定容至 1000mL，盛放在聚乙烯瓶中，定期校对其浓度。

② 标定：按步骤 6（3）用钙标准溶液标定 EDTA 二钠溶液。取 20.0mL 钙标准溶液稀释至 50mL 后滴定。

③ 浓度计算：EDTA 二钠溶液的浓度 c_1（mmol/L）用下式计算：

$$c_1 = \frac{c_2 \times V_2}{V_1} \tag{2-10}$$

式中　c_2——钙标准溶液③的浓度，mmol/L；

V_2——钙标准溶液的体积，mL；

V_1——标定中消耗的 EDTA 二钠溶液体积，mL。

（3）10mmol/L 钙标准溶液

① 将一份碳酸钙（$CaCO_3$）在 150℃ 干燥 2h，取出放在干燥器中冷却至室温，称取 1.000g 于 50mL 锥形瓶中，用水湿润。

② 逐滴加入 4mol/L 盐酸至碳酸钙全部溶解，避免滴入过量酸。加 200mL 水，煮沸数分钟赶除二氧化碳，冷至室温，加入数滴甲基红指示剂溶液（0.1g 溶于 100mL60% 乙醇），逐滴加入 3mol/L 氨水至变为橙色，在容量瓶中定容至 1000mL。此溶液 1.00mL 含 0.4008mg（0.01mmol/L）钙。

（4）2mol/L 氢氧化钠溶液　将 8g 氢氧化钠溶于 100mL 新鲜蒸馏水中。盛放在聚乙烯瓶中，避免空气中二氧化碳的污染。

（5）三乙醇胺。

6. 步骤

（1）样品采集及保存　按要求采集水样，并将采集水样贮存于聚乙烯瓶中。

（2）试样的制备

① 一般样品不需要预处理。如样品中存在大量微小颗粒物，需在采样后尽快经 $0.45\mu m$ 孔径滤膜过滤。样品经过滤，可能有少量钙和镁被滤除。

② 试样中钙和镁总量超出 3.6mmol/L 时，应稀释至低于此浓度，记录稀释因子 F。

③ 如试样经过酸化保存，可用计算量的氢氧化钠溶液中和。计算结果时，应把样品或试样由于加酸或碱的稀释考虑在内。

（3）测定

① 用移液管吸取 50.0mL 试样于 250mL 锥形瓶中，加 4mL 缓冲溶液和 3 滴铬黑 T 指示剂溶液或约 50～100mg 指示剂干粉，此时溶液应呈现紫红色或紫色，其 pH 值应为 10.0 ± 0.1。

② 为防止产生沉淀，应立即在不断振摇下，自滴定管加入 EDTA 二钠溶液，开始滴定时速度宜稍快，接近终点时应稍慢，并充分振摇，最好每滴间隔 2～3s，溶液的颜色由紫红或紫色逐渐转变蓝色，在最后一点紫的色调消失，刚出现天蓝色时即为终点，整个滴定过程应在 5min 内完成。

③ 在临滴定前加入数毫升三乙醇胺掩蔽。

④ 试样如含正磷酸盐和碳酸盐，在滴定的 pH 条件下，可能使钙生成沉淀，一些有机物可能干扰测定。如上述干扰未能消除，或存在铝、钡、铅、锰等离子干扰时，需改用火焰原子吸收法或等离子发射光谱法测定。

7. 计算

钙和镁总量 c(mmol/L) 用下式计算：

$$c = \frac{c_1 \times V_1}{V_0} \tag{2-11}$$

式中　c_1——EDTA 二钠溶液的浓度，mmol/L；

　　　V_1——滴定中消耗 EDTA 二钠溶液的体积，mL；

　　　V_0——试样体积，mL。

如试样经过稀释，采用稀释因子 F 修正计算。

关于硬度的计算，见附录。1mmol/L 的钙镁总量相当于 100.1mg/L 以 $CaCO_3$ 表示的硬度。

8. 精密度

本方法的重复性偏差为 ±0.04mmol/L，约相当于 ±2 滴 EDTA 二钠溶液。

任务三　营养盐及有机污染综合指标的监测

学习情境1　溶解氧的测定——碘量法

★ 学习任务分析

① 附近河水（如小月河）溶解氧的测定。

② 溶解氧测定监测方法的选择及方案的制定。

③ 溶解氧测定水样的采取。

④ 溶解氧测定监测数据的处理及报告分析。

★ 能力发展目标

① 掌握碘量法及溶解氧测定仪法测定溶解氧。

② 掌握查阅与实验相关资料的技能，学会处理数据并出具合格报告。

③ 树立认真、准确、严谨、科学的实验工作态度。

④ 逐步形成与他人合作共同完成实验的能力。

⑤ 逐步形成自我管理与自我约束能力。

★ 任务开始前的思考

① 如何与小组成员共同计划完成学习任务？

② 选取何种方法进行相应任务监测？

③ 根据前述学习的内容如何确定监测点位？

④ 采样前需准备一些什么物品？如何到现场进行采样？

⑤ 实验室分析前应做哪些准备？现有条件能不能满足要求？

溶解氧在水中的分子态氧称为溶解氧。天然水的溶解氧含量取决于水体与大气中氧的平衡。溶解氧的饱和含量和空气中氧的分压、大气压力、水温有密切关系。清洁地表水溶解氧一般接近饱和。由于藻类的生长，溶解氧可能过饱和，水体受有机、无机还原性物质污染时溶解氧降低。当大气中的氧来不及补充时，水中溶解氧逐渐降低，以至趋近于零，此时厌氧菌繁殖，水质恶化，导致鱼虾死亡。

废水中溶解氧的含量取决于废水排出前的处理工艺过程，一般含量较低，差异很大。鱼类死亡事故多是由于大量受纳污水，使水体中好氧性物质增多，溶解氧很低，造成鱼类窒息死亡，因此溶解氧是评价水质的重要指标之一。

测定水中溶解氧常采用碘量法及现场快速溶解氧仪法。清洁水可直接采用碘量法测定。水样中有色或含有氧化性及还原性物质、藻类、悬浮物等影响测定。氧化性物质可使碘化物游离出碘，产生正干扰；某些还原性物质可把碘还原成碘化物，产生负干扰；有机物（如腐殖酸、木质素等）可能被部分氧化产生负干扰。所以大部分受污染的地表水和工业废水，必须采用碘量法。下面主要介绍碘量法。

1. 方法原理

水样中加入硫酸锰和碱性碘化钾，水中溶解氧将低价锰氧化成高价锰，生成四价锰的氢氧化物棕色沉淀。加酸后，氢氧化物沉淀溶解并与碘离子反应释放出游离碘。以淀粉作指示剂，用硫代硫酸钠滴定释放出的碘，可计算溶解氧的含量。

2. 仪器

250~300mL 溶解氧瓶，见图 2-1 所示。

3. 试剂

① 硫酸锰溶液：称取 480g 硫酸锰（$MnSO_4 \cdot 4H_2O$）溶于水，用水稀释至 1000mL。此溶液加至酸化过的碘化钾溶液中，遇淀粉不得产生蓝色。

② 碱性碘化钾溶液：称取 500g 氢氧化钠融解于300~400mL 水中，另称取 150g 碘化钾溶于 200mL 水中，

图 2-1　溶解氧瓶

待氢氧化钠溶液冷却后，将两溶液合并，混匀，用水稀释至 1000mL。如有沉淀，则放置过夜后，倾出上层清液，储于棕色瓶中，用橡皮塞塞紧，避光保存。此溶液酸化后，遇沉淀应不呈蓝色。

③（1+5）硫酸溶液。

④ 1%淀粉溶液：称取 1g 可溶性淀粉，用少量水调成糊状，再用刚煮沸的水稀释至 100mL。冷却后，加入 0.1g 水杨酸和 0.4g 氯化锌防腐。

⑤ 重铬酸钾标准溶液 $c\left(\dfrac{1}{6}K_2Cr_2O_7\right)=0.025mol/L$：称取于 105～110℃烘干 2h，并冷却的重铬酸钾 1.2258g 溶于水。移入 1000mL 容量瓶中，用水稀释至标线，摇匀。

⑥ 硫代硫酸钠溶液：称取 3.2g 硫代硫酸钠（Na$_2$S$_2$O$_3$·5H$_2$O）溶于煮沸放冷的水中，加 0.2g 碳酸钠，用水稀释至 1000mL，贮于棕色瓶中，使用前用 0.0250mol/L 的重铬酸钾标准溶液标定。标定方法如下：

于 250mL 碘量瓶中，加入 100mL 水合 1g 碘化钾，加入 10.00mL 0.0250mol/L 重铬酸钾标准溶液、5mL（1+5）硫酸溶液，密塞，摇匀。于暗处静置 5min 后，用硫代硫酸钠溶液滴定至溶液呈淡黄色，加入 1mL 淀粉溶液，继续滴定至蓝色刚好褪去为止，记录用量。

$$M=\frac{10.00\times0.0250}{V}$$

式中 M——硫代硫酸钠溶液的浓度，mol/L；

V——滴定时消耗硫代硫酸钠溶液的体积，mL。

4. 步骤

（1）水样的采集与保存　将水样采集到溶解氧瓶中。采集水样时，要注意不使水样曝气或有气泡残存在采样瓶中。可用水样冲洗溶解氧瓶后，沿瓶壁直接倾注水样或用虹吸法将细管插入溶解氧瓶底部，注入水样至溢流出瓶容积的 1/3～1/2。

水样采集后，为防止溶解氧的变化，用吸液管插入溶解氧瓶的液面下，加入 1mL 硫酸锰溶液、2mL 碱性碘化钾溶液，盖好瓶塞，颠倒混合数次，于暗处静置。一般在取样现场固定。同时记录水温和大气压。

（2）游离碘　轻轻打开瓶塞，立即用细管插入液面下加入 2.0mL 硫酸。盖好瓶塞，颠倒混合摇匀，至沉淀物全部溶解，放于暗处静置 5min。

（3）测定　吸取 100.0mL 上述溶液于 250mL 锥形瓶中，用硫代硫酸钠标准溶液滴定至溶液呈淡黄色，加入 1mL 淀粉溶液，继续测定至蓝色刚好褪去，并记录硫代硫酸钠溶液用量。

5. 计算

$$溶解氧(O_2,mg/L)=\frac{M\times V\times8\times1000}{100} \tag{2-12}$$

式中 M——硫代硫酸钠溶液浓度，mol/L；

V——滴定时消耗硫代硫酸钠溶液体积，mL。

6. 注意事项

① 如果水样中含有氧化性物质，应预先于水样中加入硫代硫酸钠去除。即用两个溶解氧瓶各取一瓶水样，在其中一瓶加入 5mL（1+5）硫酸和 1g 碘化钾，摇匀，此时游离出碘。以淀粉作指示剂，用硫代硫酸钠溶液滴定至蓝色刚褪，记下用量（相当于去除游离氯的量），于另一瓶水样中，加入同样量的硫代硫酸钠溶液，摇匀后，按操作步骤测定。

② 如果水样呈强酸性或强碱性，可用氢氧化钠或硫酸液调至中性后测定。

学习情境 2　化学需氧量的测定——重铬酸钾法

★ 学习任务分析

① 附近天然河水（如小月河）化学需氧量的测定。

② 化学需氧量监测方案的制定。

③ 化学需氧量测定水样的采取。

④ 化学需氧量测定监测数据的处理及报告分析。

★ 能力发展目标

① 掌握重铬酸钾法测定化学需氧量。

② 掌握查阅与实验相关资料的技能，学会处理数据并出具合格报告。

③ 树立认真、准确、严谨、科学的实验工作态度。

④ 能较好地与他人合作共同完成实验。

⑤ 能较好地进行自我管理与自我约束。

★ 任务开始前的思考

① 如何与小组成员共同计划完成学习任务？

② 选取何种方法进行相应任务监测？

③ 根据前述学习的内容如何确定监测点位？

④ 采样前需准备一些什么物品？如何到现场进行采样？

⑤ 实验室分析前应做哪些准备？现有条件能不能满足要求？

化学需氧量（COD）是指在强酸并加热条件下，氧化 1L 水样中还原性物质所消耗的氧化剂（通常以重铬酸钾为氧化剂）的量，以氧的 mg/L 表示。化学需氧量反映了水体受还原性物质污染的程度。水中的还原性物质包括有机物、亚硝酸盐、亚铁盐、硫化物等。水被有机物污染是很普遍的，因此化学需氧量也作为有机物相对含量的指标之一。

化学需氧量是条件性指标，其随测定时所用氧化剂的种类、浓度、反应温度和时间、溶液的酸度、催化剂等变化而不同。对于工业废水化学需氧量的测定，中国规定用重铬酸钾法，也可以用与其测定结果一致的库仑滴定法。

1. 方法原理

在强酸性溶液中，用一定量的重铬酸钾氧化水样中还原性物质，过量的重铬酸钾以试亚铁灵作指示剂，用硫酸亚铁铵溶液回滴。根据硫酸亚铁铵的用量算出水样中还原性物质消耗氧的量。

2. 干扰及消除

酸性重铬酸钾氧化性很强，可氧化大部分有机物，加入硫酸银作催化剂时，直链脂肪族化合物可完全被氧化，而芳香族有机物却不易被氧化，嘧啶不被氧化，挥发性直链脂肪族化合物、苯等有机物存在于蒸气相，不能与氧化剂液体接触，氧化不明显。氯离子能被重铬酸钾氧化，并且能与硫酸银作用产生沉淀，影响测定结果，故在回流前向水样中加入硫酸汞，使成为络合物以消除干扰。氯离子含量高于 1000mg/L 的样品应先作定量稀释，使含量降低至 1000mg/L 以下，再行测定。

3. 方法的适用范围

在 0.25mol/L 浓度的重铬酸钾溶液可测定大于 50mg/L 的 COD 值，未经稀释水样的测定上限是 700mg/L，用 0.025mol/L 浓度的重铬酸钾溶液可测定 5～50mg/L 的 COD 值，但低于 10mg/L 时测量准确度较差。

4. 仪器

① 回流装置：带有 24 号标准磨口的 250mL 锥形瓶的全玻璃回流装置。回流冷凝管的

长度为 300～500mm。若取样量在 30mL 上时，可采用 500mL 锥形瓶的全玻璃回流装置。

② 加热装置：变阻电炉。

③ 50mL 酸式滴定管。

5. 试剂

① 重铬酸钾标准溶液 $c\left(\frac{1}{6}K_2Cr_2O_7\right)=0.250\text{mol/L}$：将 12.258g 在 105℃ 干燥 2h 后的重铬酸钾溶于水中，稀释至 1000mL。

② 试亚铁灵指示液：溶解 0.7g 七水合硫酸亚铁（$FeSO_4 \cdot 7H_2O$）于 50mL 的水中，加入 1.458g 1,10-邻菲啰啉，搅拌至溶解，加水稀释至 100mL，贮于棕色瓶内。

③ 硫酸亚铁铵标准滴定溶液 $c[(NH_4)_2Fe(SO_4)_2 \cdot 6H_2O]\approx 0.10\text{mol/L}$：溶解 39g 硫酸亚铁铵于水中，边搅拌边加入 20mL 浓硫酸，待溶液冷却后稀释至 1000mL。临用前用重铬酸钾标准溶液标定。

硫酸亚铁铵标准滴定溶液的标定方法：取 10.00mL 重铬酸钾标准溶液置于 500mL 锥形瓶中，用水稀释至约 100mL，缓慢加入 30mL 浓硫酸，混匀，冷却后，加 3 滴（约 0.15mL）试亚铁灵指示剂，用硫酸亚铁铵滴定，溶液的颜色由黄色经蓝绿色变为红褐色，即为终点。记录下硫酸亚铁铵的消耗量 $V(\text{mL})$，并按下式计算硫酸亚铁铵标准滴定溶液浓度。

$$c[(NH_4)_2Fe(SO_4)_2]=\frac{0.2500\times 10.00}{V}$$

式中　c——硫酸亚铁铵标准溶液的浓度，mol/L；

　　　V——硫酸亚铁铵标准滴定溶液的体积，mL。

④ 硫酸银-硫酸溶液　向 1L 硫酸中加入 10g 硫酸银，放置 1～2d，使之溶解，并摇匀，使用前小心摇动。

⑤ 化学纯试剂：硫酸银、硫酸汞、硫酸（$\rho=1.84\text{g/mL}$）。

6. 步骤

① 采样及样品保存：采样不少于 100mL 具有代表性的水样。水样要采集于玻璃瓶中，并尽快分析，如不能立即分析，则应加入硫酸至 pH<2，置 4℃下保存。但保存时间不得超过 5 天。

② 回流：清洗所要使用的仪器，安装好回流装置。

将水样充分摇匀，取出 20.0mL 作为水样（或取水样适量加水稀释至 20.0mL），置于 250mL 锥形瓶内，准确加入 10.00mL 重铬酸钾标准溶液及数粒防爆沸玻璃珠。连接磨口回流冷凝管，从冷凝管上口慢慢加入 30mL 硫酸-硫酸银溶液，轻轻摇动锥形瓶使溶液混匀，加热回流 2h。冷却后用 20～30mL 水自冷凝管上端冲洗冷凝管后取下锥形瓶，再用水稀释至 140mL 左右。

③ 水样测定：溶液冷却至室温后，加入 3 滴 1,10-邻菲啰啉指示液，用硫酸亚铁铵标准溶液滴定液滴定至溶液由黄色经蓝绿色变为红褐色为终点。记下硫酸亚铁铵标准滴定溶液的消耗体积 V。

④ 空白实验：按相同步骤以 20.0mL 水代替水样进行空白实验，记录下空白滴定时消耗硫酸亚铁铵标准滴定溶液的消耗体积 V_0。

7. 计算

$$COD_{Cr}(O_2, mg/L) = \frac{(V_0 - V_1) \times c \times 8 \times 1000}{V} \qquad (2\text{-}13)$$

式中 c——硫酸亚铁铵标准溶液的浓度，mol/L；

V_0——滴定空白时硫酸亚铁铵标准溶液体积，mL；

V_1——滴定水样时硫酸亚铁铵标准溶液的体积，mL；

V——水样的体积，mL；

8——氧$\left(\frac{1}{2}O\right)$摩尔质量，g/mol。

8. 注意事项

在特殊情况下，需要测定的水样在 10.0～50.0mL 之间，试剂的体积或质量可按表 2-5 做相应的调整。

对于 COD 小于 50mg/L 的水样，应采用低浓度的重铬酸钾标准溶液（用本实验中所用的重铬酸钾标准溶液稀释 10 倍）氧化，加热回流以后，采用低浓度的硫酸亚铁铵溶液（用本实验中所用的硫酸亚铁铵溶液稀释 10 倍）回滴。对于污染严重的水样，可选取所需体积 1/10 的水样和 1/10 的试剂，放入 10mm×150mm 硬质玻璃中，摇匀后，用酒精灯加热至沸数分钟观察，溶液是否变成蓝绿色，如溶液显绿色，应再适当减少废水取样量，直到溶液不变绿色为止。从而确定待测水样适当的稀释倍数。

表 2-5 试剂体积或质量数据

水样体积/mL	0.250mol/L 重铬酸钾溶液/mL	硫酸-硫酸银溶液/mL	硫酸汞/g	[(NH₄)2Fe(SO₄)₂·6H₂O]/(mol/L)	滴定前总体积/mL
10.0	5.0	15	0.2	0.050	70
20.0	10.0	30	0.4	0.100	140
30.0	15.0	45	0.6	0.150	210
40.0	20.0	60	0.8	0.200	280
50.0	25.0	75	1.0	0.250	350

学习情境 3 高锰酸盐指数的测定——酸性法

★ 学习任务分析

① 附近天然河水（如小月河）高锰酸盐指数的测定。

② 高锰酸盐指数监测方案的制定。

③ 高锰酸盐指数测定水样的采取。

④ 高锰酸盐指数测定监测数据的处理及报告分析。

★ 能力发展目标

① 掌握酸性法测定高锰酸盐指数。

② 掌握查阅与实验相关资料的技能，学会处理数据并出具合格报告。

③ 树立认真、准确、严谨、科学的实验工作态度。

④ 能较好地与他人合作共同完成实验。

⑤ 能较好地进行自我管理与自我约束。

★ 任务开始前的思考

① 如何与小组成员共同计划完成学习任务？

② 高锰酸盐指数与化学需氧量有何区别？

③ 根据前述学习的内容如何确定监测点位？

④ 采样前需准备一些什么物品？如何到现场进行采样？

⑤ 实验室分析前应做哪些准备？现有条件能不能满足要求？

高锰酸盐指数是指在一定条件下，以高锰酸钾为氧化剂氧化水样中的还原性物质所消耗的高锰酸钾的量，以氧的 mg/L 来表示。

高锰酸钾因在酸性中的氧化能力比在碱性中的氧化能力强，故常分为酸性高锰酸钾法和碱性高锰酸钾法，分别适用于不同水样的测定。高锰酸盐指数的测定结果也是化学需氧量的结果。

1. 方法原理

水样加入硫酸使呈酸性后，加入一定量的高锰酸钾溶液，并在沸水浴中加热反应一定的时间。剩余的高锰酸钾，用草酸钠溶液还原并加入过量，再用高锰酸钾溶液回滴过量的草酸钠，通过计算求出高锰酸盐指数值。

显然，高锰酸盐指数是一个相对的条件性指标，其测定结果与溶液的酸度、高锰酸盐浓度、加热温度和时间有关。因此，测定时必须严格遵守操作规定，使结果具有可比性。

2. 方法的适用范围

酸性法适用于氯离子含量不超过 300mg/L 的水样。

当水样的高锰酸盐指数值超过 10mg/L 时，则酌情分取少量试样，并用水稀释后再行测定。

3. 水样的采集与保存

水样采集后，应加入硫酸使 pH 调至 <2，以抑制微生物活动。样品应尽快分析，并在 48h 内测定。

4. 仪器

① 沸水浴装置。

② 250mL 锥形瓶。

③ 50mL 酸式滴定管。

④ 定时钟。

5. 试剂

① 高锰酸钾储备液 $c\left(\frac{1}{5}KMnO_4\right)=0.1mol/L$：称取 3.2g 高锰酸钾溶于 1.2L 水中，加热煮沸，使体积减少到约 1L，在暗处放置过夜，用 G-3 玻璃砂芯漏斗过滤后，滤液贮于棕色瓶中保存。使用前用 0.1000mol/L 的草酸钠标准储备液标定，求得实际浓度。

② 高锰酸钾使用液 $c\left(\frac{1}{5}KMnO_4\right)=0.01mol/L$：吸取一定量的上述高锰酸钾溶液，用水稀释至 1000mL，并调至 0.01mol/L 准确浓度，贮于棕色瓶中。使用当天应进行标定。

③ (1+3) 硫酸。配制时趁热滴加高锰酸钾溶液至呈微红色。

④ 草酸钠标准储备液 $c\left(\frac{1}{2}Na_2C_2O_4\right)=0.1000mol/L$：称取 0.6705g 在 105～110℃ 烘干 1h 并冷却的优级纯草酸钠溶于水，移入 100mL 容量瓶中，用水稀释至标线。

⑤ 草酸钠标准使用液 $c\left(\frac{1}{2}Na_2C_2O_4\right)=0.0100mol/L$：吸取 10.00mL 上述草酸钠溶液移入 100mL 容量瓶中，用水稀释至标线。

6. 步骤

① 分取 100mL 混匀水样（如高锰酸盐指数高于 10mg/L，则酌情少取，并用水稀释至 100mL）于 250 锥形瓶中。

② 加入 5mL（1＋3）硫酸，混匀。

③ 加入 10.00mL 0.01mol/L 高锰酸钾溶液，摇匀，立即放入沸水浴中加热 30min（从水浴重新沸腾起计时）。沸水浴液面要高于反应溶液的液面。

④ 取下锥形瓶，趁热加入 10.00mL 0.0100mol/L 草酸钠标准溶液，摇匀。立即用 0.01mol/L 高锰酸钾溶液滴定至显微红色，记录高锰酸钾溶液消耗量。

⑤ 高锰酸钾溶液浓度的标定：将上述已滴定完毕的溶液加热至约 70℃，准确加入 10.00mL 草酸钠标准溶液（0.0100mol/L），再用 0.01mol/L 高锰酸钾溶液滴定至显微红色。记录高锰酸钾溶液的消耗量，按下式求得高锰酸钾溶液的校正系数（K）。

$$K=\frac{10.00}{V} \tag{2-14}$$

式中 V——高锰酸钾溶液消耗量，mL。

若水样经稀释时，应同时另取 100mL 水，同水样操作步骤进行空白试验。

7. 计算

（1）水样不经稀释

$$高锰酸盐指数(O_2,mg/L)=\frac{[(10+V_1)K-10]\times M\times 8\times 1000}{100} \tag{2-15}$$

式中 V_1——滴定水样时，高锰酸钾溶液的消耗量，mL；

　　K——校正系数；

　　M——草酸钠溶液浓度，mol/L；

　　8——氧（1/20）摩尔质量。

（2）水样经稀释

$$高锰酸盐指数(O_2,mg/L)=\frac{\{[(10+V_1)K-10]-[(10+V_0)K-10]\times c\}\times M\times 8\times 1000}{V_2} \tag{2-16}$$

式中 V_0——空白试验中高锰酸钾溶液消耗量，mL；

　　V_2——分取水样量，mL；

　　c——稀释的水样中含水的比值，例如：10.0mL 水样，加 90mL 水稀释至 100mL，则 $c=0.90$。

8. 注意事项

① 在水浴中加热完毕后，溶液仍应保持淡红色，如变浅或全部褪去，说明高锰酸钾的用量不够，此时，应将水样稀释倍数加大后再测定，使加热氧化后残留的高锰酸钾为其加入量的 1/2～1/3 为宜。

② 在酸性条件下，草酸钠和高锰酸钾的反应温度应保持在 60～80℃，所以滴定操作必须趁热进行，若溶液温度过低，需适当加热。

学习情境4　生化需氧量的测定——稀释接种法

★ 学习任务分析

① 附近天然河水（如小月河）生化需氧量的测定。

② 生化需氧量监测方案的制定。

③ 生化需氧量测定水样的采取。

④ 生化需氧量测定监测数据的处理及报告分析。

★ 能力发展目标

① 掌握生化需氧量的测定方法。

② 掌握查阅与实验相关资料的技能，学会处理数据并出具合格报告。

③ 树立认真、准确、严谨、科学的实验工作态度。

④ 能较好地与他人合作共同完成实验。

⑤ 能较好地进行自我管理与自我约束。

★ 任务开始前的思考

① 如何与小组成员共同计划完成学习任务？

② 生化需氧量用来测定水中什么样的污染物？

③ 根据前述学习的内容如何确定监测点位？

④ 采样前需准备一些什么物品？如何到现场进行采样？

⑤ 实验室分析前应做哪些准备？现有条件能不能满足要求？

生化需氧量（BOD）就是水中有机物在好氧微生物生物化学氧化作用下所消耗的溶解氧的量，以氧的 mg/L 表示。水样中的硫化物、亚铁等还原性无机物也同时氧化。水体发生生物化学过程必备的条件是好氧微生物、足够的溶解氧、能被微生物利用的营养物质。

有机物在微生物作用下好氧分解分为两个阶段，第一阶段称为含碳物质氧化阶段，主要是含碳有机物氧化为二氧化碳和水；第二阶段称为消化阶段，主要是含氮有机物在消化细菌的作用下分解为亚硝酸盐和硝酸盐。两个阶段分主次且同时进行，消化阶段大约在 $5\sim 7d$ 甚至 10d 以后才显著进行，故目前国内外广泛采用 20℃ 五天培养法，其测定的消耗氧量称为五日生化需氧量，即 BOD_5。

BOD_5 是反映水体被有机物污染程度的综合指标，也是研究污水的可生化降解性和生化处理效果，以及生化处理污水工艺设计和动力学研究中的重要参数。

1. 方法原理

对于污染轻的水样，取其两份，一份测其当时的 DO；另一份在 (20 ± 1)℃下培养 5d 再测 DO，两者之差即为 BOD_5。对于大多数污水来说，为保证水体生物化学过程所必需的条件，测定时需按估计的污染程度适当地加特制的水稀释，然后取稀释后的水样两份，一份测其当时的 DO；另一份在 (20 ± 1)℃下培养 5 天再测 DO，同时测定稀释水在培养前后的 DO，按公式计算 BOD_5 值。

2. 方法的适用范围

本方法适用于测定 BOD_5 值大于或等于 2mg/L，最大不超过 6000mg/L 的水样。当水样 BOD_5 值大于 6000mg/L，会因稀释带来一定的误差。

3. 仪器

① 恒温培养箱。

② $5\sim 20L$ 细口玻璃瓶。

③ $1000\sim 2000mL$ 量筒。

④ 玻璃搅棒：棒长应比所用量筒高度长 20cm，在棒的底端固定一个直径比量筒直径略小，并带有几个小孔的硬橡胶板。

⑤ 溶解氧瓶：$200\sim 300mL$，带有磨口玻塞，并具有供水封闭的钟形口。

⑥ 虹吸管，供分取水样和稀释水用。

4. 试剂

(1) 磷酸盐缓冲溶液　pH=7.2，将 8.5g 磷酸二氢钾（KH_2PO_4），21.75g 磷酸氢二钾（K_2HPO_4），33.4g 磷酸氢二钠（$Na_2HPO_4 \cdot 7H_2O$）和氯化铵（NH_4Cl）溶于水中，稀释至 1000mL。

(2) 硫酸镁溶液（22.5g/L）　将 22.5g 七水合硫酸镁溶于水，稀释至 1000mL。

(3) 氯化钙溶液（27.5g/L）　将 27.5g 无水氯化钙溶于水，稀释至 1000mL。

(4) 氯化铁溶液（0.25g/L）　将 0.25g 六水合氯化铁溶于水，稀释至 1000mL。

(5) 盐酸溶液（0.5mol/L）　将 40mL（$\rho=1.18$g/mL）盐酸溶于水，稀释至 1000mL。

(6) 氢氧化钠溶液（0.5mol/L）　将 20g 氢氧化钠溶于水，稀释至 1000mL。

(7) 亚硫酸钠溶液（0.025mol/L）　将 1.575g 亚硫酸钠溶于水，稀释至 1000mL。此溶液不稳定，需当天配制。

(8) 葡萄糖-谷氨酸标准溶液　将葡萄糖和谷氨酸在 103℃ 干燥 1h 后，各称取 150mg 溶于水中，移入 1000mL 容量瓶中，并稀释至标线，混合均匀。此标准溶液临用前配制。

(9) 稀释水　在 5~20L 玻璃瓶内装入一定量的水，控制水温在 20℃ 左右。然后用无油空气压缩机或薄膜泵，将此水曝气 2~8h，使水中溶解氧接近饱和，也可以鼓入适量纯氧。瓶口盖以两层经洗涤晾干的纱布，置于 20℃ 培养皿中放置数小时，使水中溶解氧含量达 8mg/L 左右。临用前于每升水中加入氯化钙溶液、氯化铁溶液、硫酸镁溶液、磷酸盐缓冲溶液各 1mL，并混合均匀。稀释水的 pH 值为 7.2，其 BOD_5 应小于 0.2mol/L。

(10) 接种液可选以下任一种，以获得适用的接种液。

① 城市污水　一般采用生活污水，在室温下放置一昼夜，取上层清液使用。

② 表层土壤浸出液　取 100g 花园土壤或植物生长土壤，加入 1L 水，混合并静置 10min，取上层清液使用。

③ 其他　含城市污水的河水或湖水；污水处理厂的出水。

当分析含有难于降解物质的污水时，在排污口下游 3~8m 处取水样作为污水的驯化接种液。如无此种水源，可取中和或经适当稀释后的污水进行连续曝气，每天加入少量该种污水，同时加入适量表层土壤或生活污水，使能适应该种污水的微生物大量繁殖。当水中出现大量絮状物，或检查其化学耗氧量的降低值出现突变时，表明适用的微生物已进行繁殖，可用做接种液。一般驯化过程需要 3~8d。

(11) 接种稀释水　取适量接种液，加于稀释水中，混匀。每升稀释水中接种液加入量生活污水为 1~10mL；表层土壤浸出液为 20~30mL；河水、湖水为 10~100mL。

接种稀释水的 pH 值为 7.2，BOD_5 值在 0.3~1.0mg/L 范围内为宜。接种稀释水配制后应立即使用。

5. 操作步骤

(1) 采样　按要求采取具有代表性的水样。

(2) 水样的预处理

① 水样的 pH 值若超过 6.5~7.5 范围时，可用盐酸或氢氧化钠稀释溶液调节至 7，但用量不要超过水样体积的 0.5%。

② 水样中含有铜、铅、锌、镉、铬、砷、氰等有毒物质时，可使用经驯化的微生物接种液的稀释水进行稀释，或增大稀释倍数，以减少有毒物的浓度。

③ 含有少量游离氯的水样，一般放置 1~2h 游离氯即可消失。对于游离氯在短时间内

不能消散的水样，可介入亚硫酸钠溶液，以除去之。

④ 从水温较低的水域中采集的水样，可遇到含有过饱和溶解氯，此时应将水迅速升温至 20℃ 左右，充分振摇，以赶出过饱和的溶解氯。

从水温较高的水浴或污水排放口取得水样，则应迅速使其冷却至 20℃ 左右，并充分振摇，使与空气中氧分压接近平衡。

（3）不经稀释的水样的测定　溶解氧含量较高、有机物含量较少的地表水，可不经稀释，而直接以虹吸法将约 20℃ 的混匀水样转移至两个溶解氧瓶内，转移过程中应注意不使其产生气泡。以同样的操作使两个溶解瓶充满水样，加塞水封。

立即测定其中一瓶溶解氧，将另一瓶放入培养箱中，在（20±1）℃ 培养五天后，测其溶解氧。

（4）需稀释水样的测定　地表水可由测得的高锰酸盐指数乘以适当的系数求出稀释倍数。见表 2-6。

表 2-6　高锰酸盐指数及相应系数

高锰酸盐指数/(mg/L)	系数	高锰酸盐指数/(mg/L)	系数
<5	—	10~20	0.4,0.6
5~10	0.2,0.3	>30	0.5,0.7,1.0

工业废水可由重铬酸钾法测得的 COD 值确定。通常需做 3 个稀释比，使用稀释水时，由 COD 值分别乘以系数 0.075，0.15，0.225，即获得 3 个稀释倍数；使用接种稀释水时，则分别乘以 0.075，0.15 和 0.25，即获得 3 个稀释倍数。

稀释倍数确定后按下法之一测定水样。

一般稀释法：按照选定的稀释比例，用虹吸法沿筒臂先引入部分稀释水（或接种稀释水）于 1000mL 量筒中，加入需要量的均匀水样，在引入稀释水（或接种稀释水）至 800mL，用带胶版的玻璃棒小心上下搅匀。

按不经稀释水样的测定步骤，进行装瓶，测定当天溶解氧和培养五天后的溶解氧含量。

另取两个溶解氧瓶，用虹吸法装满稀释水（或接种稀释水）作为空白，分别测定五天前、后的溶解氧含量。

直接稀释法：直接稀释法是在溶解氧瓶内直接稀释，在已知两个容积相同（其差小于 1mL）的溶解氧瓶内，用虹吸法加入部分稀释水（或接种稀释水）至刚好充满，加塞，勿留气泡于瓶内，其余操作与上述稀释法相同。

6. 计算

（1）不经稀释直接培养的水样

$$BOD_5 (mg/L) = c_1 - c_2 \tag{2-17}$$

式中　c_1——水样在培养前的溶解氧浓度，mg/L；

　　　c_2——水样经 5d 培养后，剩余溶解氧浓度，mg/L。

（2）经稀释后培养的水样

$$BOD_5 (mg/L) = \frac{(c_1 - c_2) - (B_1 - B_2)f_1}{f_2} \tag{2-18}$$

式中　B_1——稀释水（或接种稀释水）在培养前的溶解氧，mg/L；

B_2——稀释水（或接种稀释水）在培养后的溶解氧，mg/L；

f_1——稀释水（或接种稀释水）在培养液中所占比例；

f_2——水样在培养液中所占比例。

注：f_1，f_2 的计算，例如培养液的稀释比为 3%，即 3 份水样，97 份稀释水，则 $f_1 = 0.97$，$f_2 = 0.03$。

7. 注意事项

① 测定一般水样的 BOD_5 时，硝化作用很不明显或根本不发生。但对于生物处理池出水，则含有大量消化细菌，因此在测定 BOD_5 时也包括了部分含氮化合物的需氧量。对于这种水样，如只需测定有机物的需氧量，应加入硝化抑制剂，如丙烯基硫脲等。

② 在 2 个或 3 个稀释比的样品中，凡消耗溶解氧大于 2mg/L 和剩余溶解氧大于 1mg/L 都有效，计算结果时应取平均值。

③ 为检查稀释水和接种液的质量以及化验人员的操作技术，可将 20mL 葡萄糖-谷氨酸标准溶液用接种稀释水稀释至 1000mL，测其 BOD_5，其结果应在 180～230mg/L 之间。否则应检查接种液，稀释水或操作技术是否存在问题。

学习情境 5　氨氮的测定——纳氏试剂分光光度法

★ 学习任务分析

① 附近天然河水（如小月河）氨氮的测定。

② 氨氮监测方案的制定。

③ 氨氮测定水样的采取。

④ 氨氮测定监测数据的处理及报告分析。

★ 能力发展目标

① 掌握氨氮的测定方法。

② 掌握查阅与实验相关资料的技能，学会处理数据并出具合格报告。

③ 树立认真、准确、严谨、科学的实验工作态度。

④ 能较好地与他人合作共同完成实验。

⑤ 学会独立汇报。

★ 任务开始前的思考

① 如何与小组成员共同计划完成学习任务？

② 水中的氨氮有什么样的危害？

③ 如何确定氨氮监测点位？

④ 采样前需准备一些什么物品？如何到现场进行采样？

⑤ 实验室分析前应做哪些准备？现有条件能不能满足要求？

氨氮以游离氨（NH_3）或铵盐（HN_4^-）形式存在于水中，两者的组成比取决于水的 pH 值和水温。当 pH 值偏高时，游离氨的比例较高。反之，则铵盐的比例高，水温则相反。

水中氨氮的主要来源为生活污水中的含氮有机物受微生物作用的分解产物，某些工业废水，如焦化废水和合成氨化肥厂废水等，以及农田排水。此外，在无氧环境中，水中存在的亚硝酸盐也可受微生物作用，还原为氨。在有氧环境中，水中氨亦可转变为亚硝酸盐，甚至继续转变为硝酸盐。

测定水中各种形态的氮化合物，有助于评价水体被污染和自净状况。鱼类对水中氨氮比较敏感，当氨氮含量高时会导致鱼类死亡。

1. 方法原理

碘化汞和碘化钾的碱性溶液与氨反应生成淡红棕色胶态化合物，此颜色在较宽的波长内具有强烈吸收，通常测量用波长在 410～425nm 范围。

2. 干扰及消除

脂肪胺、芳香胺、醛类、丙酮、醇类和有机氯胺类等有机化合物，以及铁、锰、镁和硫等无机离子，因产生异色或浑浊而引起干扰，水中颜色和浑浊亦影响比色。为此，须经絮凝沉淀过滤或蒸馏预处理，易挥发的还原性干扰物质，还可在酸性条件下加热以除去。对金属离子的干扰，可加入适量的掩蔽剂加以消除。

3. 方法的适用范围

本方法最低检出浓度为 0.025mg/L，测定上限为 2mg/L。采样目视比色法，最低检出浓度为 0.02mg/L。水样作适当的预处理后，本法可适用于地表水、地下水、工业废水和生活污水中氨氮的测定。

4. 仪器

① 分光光度计。

② pH 计。

5. 试剂

配制试剂用水均应为无氨水。

(1) 纳氏试剂　称取 16g 氢氧化钠，溶于 50mL 水中，充分冷却至室温。另称取 7g 碘化钾和 10g 碘化汞（HgI_2）溶于水，然后将此溶液在搅拌下徐徐注入氢氧化钠溶液中，用水稀释至 100mL，贮于聚乙烯瓶中，密塞保存。

(2) 酒石酸钾钠溶液　称取 50g 酒石酸钾钠（$KNaC_4H_4O_6 \cdot 4H_2O$）溶于 100mL 水中，加热煮沸以除去氨，放冷。定容至 100mL。

(3) 铵标准储备液　1.0mg/mL，称取 3.819g 在 100℃干燥过的氯化铵（NH_4Cl）溶于水中，移入 1000mL 容量瓶中，稀释至标线。

(4) 铵标准储备液　0.010mg/mL，移取 5.00mL 铵标准储备液于 500mL 容量瓶中，用水稀释至标线。

6. 步骤

(1) 采样和样品保存　按采样要求采集具有代表性的水样于聚乙烯瓶或玻璃瓶中。采样后尽快分析，否则应在 2～5℃下存放，或用硫酸（$\rho = 1.84g/mL$）将样品酸化，使其 pH 值小于 2（应注意防止酸化样品吸收空气中的氨而被污染）。

(2) 水样预处理　采用絮凝沉淀法。取 100mL 水样，加入 1mL10% 硫酸锌溶液和 0.1～0.2mL 氢氧化钠溶液，调节 pH 值至 10.5 左右。混匀。放置使之沉淀。用经无氨水充分洗涤过的中速滤纸过滤，弃去初滤液 20mL。若水样中含有余氯可在絮凝沉淀前加入适量（每 0.5mL 可除去 0.25mg 余氯）硫代硫酸钠溶液，用淀粉-碘化钾试纸检验。若絮凝沉淀法处理后仍浑浊和带色应采用蒸馏法处理水样，用硼酸水溶液吸收。

(3) 标准曲线绘制　吸取 0，0.50mL，1.00mL，2.00mL，3.00mL，5.00mL，7.00mL，10.00mL 铵标准使用液于 50mL 比色管中，加水至标线，加 1.0mL 酒石酸钾钠，混匀。加 1.5mL 纳氏试剂，混匀。放置 10min 后，在波长 420nm 处，用 20mm 比色皿，以水为参比，测定吸光度，减去零浓度空白管的吸光度后，得到校正吸光度，绘制以氨氮量（mg）对校正吸光度的标准曲线。

（4）水样测定 取适量絮凝沉淀预处理后的水样（使氨氮质量不超过 0.1mg），加入 50mL 比色管中，稀释至标线；向上述比色管中加入 1.0mL 酒石酸钾钠溶液，混匀。再加入 1.5mL 钠氏试剂，混匀，放置 10min 后，按标准曲线绘制测定条件测水样的吸光度。用 50mL 无氨水代替水样，同时做空白实验。

7. 计算

由水样测得的吸光度减去空白试验的吸光度后，从校准曲线上查得氨氮量（mg），其

$$氨氮（N，mg/L）= \frac{m}{V} \times 1000 \tag{2-19}$$

式中 m——由校准曲线查得的氨氮量，mg；

V——水样体积，mL。

学习情境 6 硝酸盐氮的测定——紫外分光光度法

★ 学习任务分析

① 就近天然河水（如小月河）硝酸盐氮的测定。

② 硝酸盐氮监测方案的制定。

③ 硝酸盐氮测定水样的采取。

④ 硝酸盐氮测定监测数据的处理及报告分析。

★ 能力发展目标

① 掌握硝酸盐氮的测定方法。

② 掌握查阅与实验相关资料的技能，学会处理数据并出具合格报告。

③ 树立认真、准确、严谨、科学的实验工作态度。

④ 能较好地与他人合作共同完成实验。

⑤ 学会独立汇报。

★ 任务开始前的思考

① 如何与小组成员共同计划完成学习任务？

② 水中的硝酸盐氮过量有什么样的危害？

③ 如何确定硝酸盐氮监测点位？

④ 采样前需准备一些什么物品？如何到现场进行采样？

⑤ 实验室分析前应做哪些准备？现有条件能不能满足要求？

水中硝酸盐是指在有氧环境下，亚硝氮、氨氮等各种形态的含氮化合物中最稳定的氮化合物，亦是含氮有机物经无机化作用最终的分解产物。亚硝酸盐可经氧化而生成硝酸盐，硝酸盐在无氧环境中，亦可受微生物的作用而还原为亚硝酸盐。

水中硝酸盐氮（$NO_3^- $-N）含量相差悬殊，从数十微克/升至数十毫克/升，清洁的地表水中含量较低，受污染的水体，以及一些深层地下水中含量较高。

制革废水、酸洗废水、某些生化处理设施的出水和农田排水可含大量的硝酸盐。

摄入硝酸盐后，经肠道中微生物作用转变成亚硝酸盐而出现毒性作用。文献报道，水中硝酸盐氮含量达数十毫克每升时，可致婴儿中毒。

水中硝酸盐的测定方法颇多，常用的有酚二磺酸光度法、镉柱还原法、离子色谱法、紫外法等。此处主要介绍紫外分光光度法。

1. 方法原理

利用硝酸根离子在 220nm 波长处的吸收而定量测定硝酸盐氮。溶解的有机物在 220nm

处也会有吸收，而硝酸根离子在 275nm 处没有吸收。因此，在 275nm 处作另一次测量，以校正硝酸盐氮值。

2. 干扰及消除

溶解的有机物、表面活性剂、亚硝酸盐、六价铬、溴化物、碳酸氢盐和碳酸盐等干扰测定，需进行适当的预处理。本法采用絮凝共沉淀和大孔中性吸收树脂进行处理，以排除水样中大部分常见有机物、浊度等对测定的干扰。

3. 方法的适用范围

本法适用于清洁地表水和未受明显污染的地下水中硝酸盐氮的测定，其最低检出浓度为 0.08mg/L，测量上限为 4mg/L 硝酸盐氮。

4. 仪器

① 紫外分光光度计。

② 离子交换柱（直径 1.4cm，可装树脂高 5～8cm）。

5. 试剂

① 氢氧化铝悬浮液：溶解 125g 硫酸铝钾 $[KAl(SO_4)_2 \cdot 12H_2O]$ 或硫酸铝铵 $[NH_4Al(SO_4)_2 \cdot 12H_2O]$ 于 1000mL 水中，加热至 60℃，在不断搅拌下，徐徐加入 55mL 浓氨水，放置约 1h 后，移入 1000mL 量筒内，用水反复洗涤沉淀，最后至洗涤液中不含亚硝酸盐为止。澄清后，把上清液尽量全部倾出，只留稠的悬浮物，最后加入 100mL 水，使用前应振荡摇匀。

② 10％硫酸锌溶液。

③ 5mol/L 氢氧化钠溶液。

④ 大孔中性树脂：CAD-40 或 XAD-2 型及类似性能的树脂。

⑤ 甲醇。

⑥ 1mol/L 盐酸（优级纯）。

⑦ 硝酸盐标准储备液：称取 0.7218g 经 105～110℃ 干燥 2h 的优级纯硝酸钾溶于水，移入 1000mL 容量瓶中，稀释至标线，混匀。该标准储备液每毫升含 0.100mg 硝酸盐氮。

⑧ 0.8％氨基磺酸溶液：避光保存于冰箱中。

6. 步骤

（1）吸附柱的制备　新的树脂先用 200mL 水分两次洗涤，用甲醇浸泡过夜，弃去甲醇，再用 40mL 甲醇分两次洗涤，然后用新鲜去离子水洗涤柱中流出液滴落于烧杯中无乳白色为止。树脂装入柱中时，树脂间绝不允许存在气泡。

（2）水样的测定

① 量取 200mL 水样置于锥形瓶或烧杯中，加入 2mL 硫酸锌溶液，在搅拌下滴加氢氧化钠溶液，调至 pH＝7，或将 200mL 水样调至 pH＝7 后，加 4mL 氢氧化铝悬浮液。待絮凝胶团下沉后，或经离心分离，吸取 100mL 上清液分两次洗涤吸附树脂柱，以每秒 1～2 滴的流速流出（注意各个样品将流速保持一致）。弃去。再继续使水样上清液通过柱子，收集 50mL 于比色管中，备测定用。树脂用 150mL 水分三次洗涤，备用。

② 加 1.0mL 盐酸溶液，0.1mL 氨基磺酸溶液于比色管中。

③ 用光程长 10mm 石英比色皿，在 220nm 和 275nm 波长处，以经过树脂吸收的新鲜去离子水 50mL 加 1mL 盐酸溶液为参比，测量吸光度。

（3）校准曲线的绘制　于 6 个 200mL 容量瓶中分别加入 0.50mL、1.00mL、2.00mL、3.00mL、4.00mL 硝酸盐氮标准储备液，用新鲜去离子水稀释至标线，其浓度分别为

$0.25mg/L$、$0.50mg/L$、$1.00mg/L$、$1.50mg/L$、$2.00mg/L$ 硝酸盐氮。按水样测定相同操作步骤测量吸光度。

7. 计算

$$A_{校} = A_{220} - 2A_{275} \tag{2-20}$$

式中 A_{220}——220nm 波长测得吸光度；

A_{275}——275nm 波长测定吸光度。

求得吸光度的校正值以后，从校准曲线中查得相应的硝酸盐氮量，即为水样测定结果（mg/L）。水样若经稀释后测定，则结果应乘以稀释倍数。

学习情境7 亚硝酸盐氮的测定——N-(1-萘基)-乙二胺分光光度法

★ 学习任务分析

① 附近天然河水（如小月河）亚硝酸盐氮的测定。

② 亚硝酸盐氮监测方案的制定。

③ 亚硝酸盐氮测定水样的采取。

④ 亚硝酸盐氮测定监测数据的处理及报告分析。

★ 能力发展目标

① 掌握亚硝酸盐氮的测定方法。

② 掌握查阅与实验相关资料的技能，学会处理数据并出具合格报告。

③ 树立认真、准确、严谨、科学的实验工作态度。

④ 能较好地与他人合作共同完成实验。

⑤ 学会独立汇报。

★ 任务开始前的思考

① 如何与小组成员共同计划完成学习任务？

② 水中的亚硝酸盐氮过量有什么样的危害？

③ 如何确定亚硝酸盐氮监测点位？

④ 采样前需准备一些什么物品？如何到现场进行采样？

⑤ 实验室分析前应做哪些准备？现有条件能不能满足要求？

亚硝酸盐（$NO_2^- - N$）是氮循环的中间产物，不稳定。根据水环境条件，可被氧化成硝酸盐，也可被还原成氨，亚硝酸盐可使人体正常的血红蛋白氧化成为高铁血红蛋白，发生高铁血红蛋白症，失去血红蛋白在体内输送氧的能力，出现组织缺氧的症状。亚硝酸盐可与仲胺类反应生成其致癌的亚硝胺类物质，在 pH 值较低的酸性条件下，有利于亚硝胺类的形成。

水中亚硝酸盐的测定方法通常采用重氮-偶联反应，使生成红紫色燃料。方法灵敏、选择性强。此处主要介绍 N-(1-萘基)-乙二胺分光光度法。

1. 方法原理

在磷酸介质中，pH 值为 1.8 ± 0.3 时，亚硝酸盐与对氨基苯磺酰胺反应，生成重氮盐，再与 N-(1-萘基)-乙二胺偶联生成红色染料。在 540nm 波长处有最大吸收。

2. 干扰及消除

氯胺、氯、硫代硫酸盐和高铁离子有明显干扰。水样呈碱性时，可加酚酞溶液为指示剂，滴加磷酸溶液至红色消失。水样有颜色或悬浮物，可加氢氧化铝悬浮液并过滤。

3. 方法的适用范围

本法适用于饮用水、地表水、地下水、生活污水和工业废水中亚硝酸盐的测定。最低检出浓度为 0.003mg/L，测定上限为 0.20mg/L 亚硝酸盐氮。

4. 仪器

分光光度计。

5. 试剂

(1) 磷酸　$\rho = 1.70g/mL$。

(2) 显色剂　于 500mL 烧杯内，加入 250mL 水和 50mL 磷酸，加入 20.0g 对氨基苯磺酰胺，再将 1.00g N-(1-萘基)-乙二胺二盐酸盐（$C_{10}H_7NHC_2H_4NH_2 \cdot 2HCl$）溶于上述溶液中，转移至 500mL 容量瓶中，用水稀释至标线，混匀。此溶液贮于棕色瓶中，保存在冰箱内，可稳定一个月。

注意：本试剂有毒性，避免与皮肤接触或摄入体内。

(3) 亚硝酸盐氮标准储备液　称取 1.232g 亚硝酸钠溶于 150mL 水中，转移至 1000mL 容量瓶中，用水稀释至标线，每毫升含约 0.25mg 亚硝酸盐氮。

(4) 亚硝酸盐氮标准中间液　分取 50.00mL 亚硝酸盐氮标准储备液（使含 12.5mg 亚硝酸盐氮），置于 250mL 容量瓶中，用水稀释至标线。此溶液每毫升含 50.0μg 亚硝酸盐氮。此溶液贮于棕色瓶内，在冰箱内保存可稳定一周。

(5) 亚硝酸盐氮标准使用液　取 10.00mL 亚硝酸盐标准中间液，置于 500mL 容量瓶中，用水稀释至标线。每毫升含 1.00μg 亚硝酸盐氮。此溶液使用时当天配制。

(6) 氢氧化铝悬浮液　溶解 125g 硫酸铝钾［$KAl(SO_4)_2 \cdot 12H_2O$］或硫酸铝铵［$NH_4Al(SO_4)_2 \cdot 12H_2O$］于 1000mL 水中，加热至 60℃，在不断搅拌下，徐徐加入 55mL 浓氨水，放置约 1h 后，移入 1000mL 量筒内，用水反复洗涤沉淀，最后至洗涤液中不含亚硝酸盐为止。澄清后，把上清液尽量全部倾出，只留稠的悬浮物，最后加入 100mL 水，使用前应振荡摇匀。

(7) 高锰酸钾标准溶液 $c\left(\dfrac{1}{5}KMnO_4\right) = 0.050mol/L$　溶解 1.6g 高锰酸钾于 1200mL 水中，煮沸 0.5~1h，使体积减少到 1000mL 左右，放置过夜。用玻璃砂过滤器过滤后，滤液存于棕色试剂瓶中避光保存。按一定方法标定，如何标定可查询和参考相关资料。

(8) 草酸钠标准溶液 $c\left(\dfrac{1}{2}Na_2C_2O_4\right) = 0.0500mol/L$　溶解经 105℃烘干 2h 的优级纯无水草酸钠 3.350g 于 750mL 水中，移入 1000mL 容量瓶中，稀释至标线。

6. 步骤

(1) 校准曲线的绘制　在一组 6 支 50mL 比色管中，分别加入 0、1.00mL、3.00mL、5.00mL、7.00mL 和 10.0mL 亚硝酸盐氮标准使用液，用水稀释至标线。加入 1.0mL 显色剂，密塞，混匀。静置 20min 后，在 2h 以内，于波长 540nm 处，用光程长 10mm 的比色皿，以水为参比，测量吸光度。

从测得的吸光度，减去零浓度空白管的吸光度后，获得校正吸光度，绘制以氮含量（μg）对校正吸光度的校准曲线。

(2) 水样的测定　当水样 pH≥11 时，可加入 1 滴酚酞指示液，边搅拌边逐滴加入 (1+9)磷酸溶液至红色刚消失。

水样如有颜色和悬浮物，可向每 100mL 水中加入 2mL 氢氧化铝悬浮液，搅拌、静置、过滤，弃去 25mL 初滤液。

分取经预处理的水样于 50mL 比色管中（如含量较高，则分取适量，用水稀释至标线），加 1.0mL 显色剂，然后按校准曲线绘制的相同步骤操作，测量吸光度。经空白校正后，从校准曲线上查得亚硝酸盐氮量。

（3）空白试验　用水代替水样，按相同步骤进行测定。

7. 计算

$$亚硝酸盐氮(N,mg/L) = \frac{m}{V} \tag{2-21}$$

式中　m——由水样测得的校正吸光度，从校准曲线上查得相应的亚硝酸盐氮的含量，μg；

　　　V——水样的体积，mL。

学习情境 8　总氮的测定——过硫酸钾氧化-紫外分光光度法

★ 学习任务分析

① 附近天然河水（如小月河）总氮的测定。

② 总氮监测方案的制定。

③ 总氮测定水样的采取。

④ 总氮测定监测数据的处理及报告分析。

★ 能力发展目标

① 掌握总氮的测定方法。

② 掌握查阅与实验相关资料的技能，学会处理数据并出具合格报告。

③ 树立认真、准确、严谨、科学的实验工作态度。

④ 能较好地与他人合作共同完成实验。

⑤ 学会独立汇报。

★ 任务开始前的思考

① 如何与小组成员共同计划完成学习任务？

② 水中的总氮过量有什么样的危害？

③ 如何确定总氮监测点位？

④ 采样前需准备一些什么物品？如何到现场进行采样？

⑤ 实验室分析前应做哪些准备？现有条件能不能满足要求？

大量生活污水、农田排水或含氮工业废水排入水体，使水中有机氮和各种无机氮化物含量增加，生物和微生物种类的大量繁殖，消耗水中的溶解氧，使水体质量恶化。湖泊、水库中含有超标的氮、磷类物质时，造成浮游植物繁殖旺盛，出现富营养化状态。因此，总氮是衡量水质的重要指标之一。

总氮测定方法通常采用过硫酸钾氧化，使有机氮和无机氮化合物转变为硝酸盐后，再以紫外分光光度法进行测定。

1. 方法原理

在 60℃ 以上的水溶液中，过硫酸钾首先分解，生成氢离子和氧。加入氢氧化钠用以中和氢离子，使过硫酸钾分解完全。

在 120～124℃ 的碱性介质条件下，用过硫酸钾作氧化剂，不仅可将水样中的氨氮和亚硝酸盐氮氧化为硝酸盐，同时将水样中大部分有机氮化合物氧化为硝酸盐。而后，用紫外分光光度法分别于波长 220nm 与 275nm 处测定其吸光度，按 $A = A_{220} - 2A_{275}$ 计算硝酸盐氮的吸光度值，从而计算总氮的含量。其摩尔吸光系数为 $1.47 \times 10^3 L/(mol \cdot cm)$。

2. 干扰及消除

① 水样中含有六价铬离子及三价铁离子时，可加入 5％盐酸羟胺溶液 1～2mL 以消除其对测定的影响。

② 碘离子及溴离子对测定有干扰。测定 20μg 硝酸盐氮时，碘离子含量相对于总氮含量的 0.2 倍时无干扰；溴离子含量相对于总氮含量的 3.4 倍时无干扰。

③ 碳酸盐及碳酸氢盐对测定的影响，在加入一定量的盐酸后可消除。

④ 硫酸盐及氯化物对测定无影响。

3. 方法的适用范围

该法主要适用于湖泊、水库、江河水中总氮的测定。方法检测下限为 0.05mg/L；测定上限为 4mg/L。

4. 仪器

① 紫外分光光度计。

② 压力蒸汽消毒器或家用压力锅，压力为 1.1～1.4kgf/cm²，锅内温度相当于 120～124℃。

③ 25mL 具塞玻璃磨口比色管。

5. 试剂

（1）无氨水　每升水中加入 0.1mL 浓硫酸，蒸馏。收集馏出液于玻璃容器中或用新制备的去离子水。

（2）20％氢氧化钠溶液　称取 20g 氢氧化钠，溶于无氨水中，稀释至 100mL。

（3）碱性过硫酸钾溶液　称取 40g 过硫酸钾，15g 氢氧化钠，溶于无氨水中，稀释至 1000mL。溶液存放在聚乙烯瓶内，可贮存一周。

（4）（1＋9）盐酸。

（5）硝酸钾标准溶液

① 标准储备液：称取经 105～110℃烘干 4h 的优级纯硝酸钾 0.7218g 溶于无氨水中，移至 1000mL 容量瓶中，定容。此溶液每毫升含 100μg 硝酸盐氮。

② 硝酸钾标准使用液：将储备液用无氨水稀释 10 倍而得。此溶液每毫升含 10μg 硝酸盐氮。

6. 步骤

（1）校准曲线的绘制

① 分别吸取 0、0.50mL、1.00mL、2.00mL、3.00mL、5.00mL、7.00mL、8.00mL 硝酸钾标准使用液于 25mL 比色管中，用无氨水稀释至 10mL 标线。

② 加入 5mL 碱性过硫酸钾溶液，塞紧磨口塞，用纱布及纱绳裹紧管塞，以防迸溅出。

③ 将比色管置于压力蒸气消毒器中，加热 0.5h，放气使压力指针回零。然后升温至 120～124℃开始计时，使比色管在过热水蒸气中加热 0.5h。

④ 自然冷却，开阀放气，移去外盖，取出比色管并冷至室温。

⑤ 加入（1＋9）盐酸 1mL，用无氨水稀释至 25mL 标线。

⑥ 在紫外分光光度计上，以无氨水作参比，用 10mm 石英比色皿分别在 220nm 及 275nm 波长处测定吸光度。用校正的吸光度绘制校准曲线。

（2）样品测定步骤　取 10mL 水样，或取适量水样（使氮含量为 20～80μg）。按校准曲线绘制步骤②～⑥操作。然后按校正吸光度，在校准曲线上查出相应的总氮量，再用下式计算总氮含量。

$$总氮(mg/L) = \frac{m}{V} \tag{2-22}$$

式中　m——从校准曲线上查得的含氮量，μg；

　　　V——所取水样体积，mL。

7. 注意事项

① 参考吸光度比值 $A_{275}/A_{220} \times 100\%$ 大于 20％时，应予鉴别。

② 玻璃具塞比色管的密合性应良好。使用压力蒸汽消毒器时，冷却后放气要缓慢。

③ 玻璃器皿可用 10％盐酸浸洗，用蒸馏水冲洗后再用无氨水冲洗。

④ 测定悬浮物较多的水样时，在过硫酸钾氧化后可能出现沉淀。遇此情况，可吸取氧化后的上清液进行紫外分光光度法测定。

学习情境 9　总磷的测定——钼锑抗分光光度法

★ 学习任务分析

① 附近天然河水（如小月河）总磷的测定。

② 总磷监测方案的制定。

③ 总磷测定水样的采取。

④ 总磷测定监测数据的处理及报告分析。

★ 能力发展目标

① 掌握总磷的测定方法。

② 掌握查阅与实验相关资料的技能，学会处理数据并出具合格报告。

③ 树立认真、准确、严谨、科学的实验工作态度。

④ 能较好地与他人合作共同完成实验。

⑤ 能进行独立汇报试验结果。

★ 任务开始前的思考

① 如何与小组成员共同计划完成学习任务？

② 水中的总磷过量有什么样的危害？

③ 如何确定总磷监测点位？

④ 采样前需准备一些什么物品？如何到现场进行采样？

⑤ 实验室分析前应做哪些准备？现有条件能不能满足要求？

在天然水和废水中，磷几乎都以各种磷酸盐的形式存在，它们分为正磷酸盐，缩合磷酸盐（焦磷酸盐、偏磷酸盐和多磷酸盐）和有机结合的磷（如磷脂等），它们存在于溶液中，腐殖质粒子中或水生生物中。

一般天然水中磷酸盐含量不高。化肥、冶炼、合成洗涤剂等行业的工业废水及生活污水中常含有较大量磷。磷是生物生长必需的元素之一。但水体中磷含量过高（如超过 0.2mg/L），可造成藻类的过度繁殖，直至数量上达到有害的程度（称为富营养化），造成湖泊、河流透明度降低，水质变坏。磷是评价水质的重要指标。

水中磷的测定，通常按其存在的形式而分别测定总磷、溶解性正磷酸盐和总溶解性磷，此处主要介绍总磷的测定。

1. 方法原理

在酸性条件下，正磷酸盐与钼酸铵、酒石酸锑氧钾反应，生成磷钼杂多酸，被还原剂抗坏血酸还原，则变成蓝色络合物，通常即称磷钼蓝。

2. 方法的适用范围

本方法最低检出限浓度为 0.01mg/L（吸光度 $A=0.01$ 时所对应的浓度）；测定上限为 0.6mg/L。

可适用于测定地表水、生活污水及化工、磷肥、机加工金属表面磷化处理、农药、钢铁、焦化等行业的工业废水中的正磷酸盐分析。

3. 仪器

分光光度计。

4. 试剂

① （1＋1）硫酸。

② 10％抗坏血酸溶液：溶解 10g 抗坏血酸于水中，并稀释至 100mL。该溶液贮存在棕色玻璃瓶内，在冰箱内保存可稳定几周。如颜色变黄，则弃去重配。

③ 钼酸盐溶液：溶解 13g 钼酸铵于 100mL 水中。溶解 0.35g 酒石酸锑氧钾于 100mL 水中。在不断搅拌下，将钼酸铵溶液徐徐加到 300mL （1＋1）硫酸中，加酒石酸锑氧钾溶液并且混合均匀。贮存在棕色的玻璃瓶中于冰箱内保存。可稳定两个月。

④ 浊度-色度补偿液：混合两份体积的 （1＋1）硫酸和一份体积的 10％抗坏血酸溶液。此溶液当天配制。

⑤ 磷酸盐储备溶液：将优级纯磷酸二氢钾于 110℃ 干燥 2h，在干燥器中放冷。称取 0.2197g 溶于水，移入 1000mL 容量瓶中。加 （1＋1）硫酸 5mL，用水稀释至标线。此溶液每毫升含 50.0μg 磷。

⑥ 磷酸盐标准溶液：吸取 10.00mL 磷酸盐储备液于 250mL 容量瓶中，用水稀释至标线。此溶液每毫升含 2.00μg 磷。临用时现配。

5. 步骤

（1）校准曲线的绘制　取数支 50mL 具塞比色管，分别加入磷酸盐标准使用液 0、0.50mL、1.00mL、3.00mL、5.00mL、10.0mL、15.0mL，加水至 50mL。

① 显色：向比色管中加入 1mL 10％抗坏血酸溶液，混匀。30s 后加 2mL 钼酸盐溶液充分混匀，放置 15min。

② 测量：用 10mm 或 30mm 比色皿，于 700nm 波长处，以零浓度溶液为参比，测量吸光度。

（2）样品的采集与保存　总磷的测定，于水样采集后，加硫酸酸化至 pH≤1 保存。

（3）水样的预处理　采集的水样立即经 0.45μm 微孔滤膜过滤，其滤液供可溶性正磷酸盐的测定。滤液经下述强氧化剂的氧化分解，测得可溶性总磷。取混合水样（包括悬浮物），也经下述过硫酸钾强氧化剂分解，测得水中总磷含量。

过硫酸钾消解法：

① 仪器

a. 医用手提式高压蒸汽消毒器或一般民用压力锅，1～1.5kgf/cm²。

b. 电炉 2kW。

c. 50mL 磨口具塞刻度管。

② 试剂

5％过硫酸钾溶液：溶解 5g 过硫酸钾于水中，并稀释至 100mL。

③ 步骤

a. 吸取 25.0mL 混匀水样于 50mL 具塞刻度管中，加过硫酸钾溶液 4mL，加塞后管口包一小块纱布并用线扎紧，以免加热时玻璃塞冲出。将具塞刻度管放在大烧杯中，置于高压蒸汽消毒器或压力锅中加热，待锅内压力达 1.1kgf/cm² （相应温度为 120℃）时，保持此压力 30min 后，停止加热，待压力表指针降至零后，取出放冷。如溶液混浊，则用滤纸过滤，洗涤后定容。

b. 试剂空白和标准溶液系列也经同样的消解操作。

（4）样品测定　分取适量经滤膜过滤或消解的水样（使含磷量不超过 30μg）加入 50mL 比色管中，用水稀释至标线。以下按绘制校准曲线的步骤进行显色和测量。减去空白试验的吸光度，并从校准曲线上查出含磷量。

6. 计算

$$磷酸盐(P,mg/L) = \frac{m}{V} \tag{2-23}$$

式中　m——从校准曲线上查得的磷量，μg；

V——所取水样体积，mL。

7. 注意事项

① 如试样中色度影响测量吸光度时，需做补偿校正。在 50mL 比色管中，分取与样品测定相同量的水样，定容后加入 3mL 浊度补偿液，测量吸光度，然后从水样的吸光度中减去校正吸光度。

② 室温低于 13℃ 时，可在 20～30℃ 水浴中显色 15min。

③ 操作所用的玻璃器皿，可用 （1+5） 盐酸浸泡 2h，或用不含磷酸盐的洗涤剂刷洗。

④ 比色皿用后应以稀硝酸浸泡片刻，以除去吸附的钼蓝有色物。

项目三　大气和室内空气监测

>> 学习指南

　　大气及室内空气是我们生活不可或缺的重要物质,大气及室内空气中含有的污染物质对人类的健康有害,其污染形态主要有气态及颗粒状两大类,本项目结合现有的实际客观实验条件,选取大气及室内空气中常见的具有代表性的污染指标进行监测,通过这些监测项目的开展掌握大气及室内空气污染监测的通用方法和程序并养成良好的监测职业习惯。

※ 项目介绍

项目相关背景	大气是人类赖以生存的基础物质之一,然而随着经济和社会生活的发展大气和室内空气污染越来越严重,因此对大气及室内空气进行及时监测是开展大气环境保护工作的前提和基础
项目任务描述	任务一　大气样品的采集、运输与保存 任务二　大气常见污染物的监测 任务三　室内空气常见污染物的监测

※ 学习目标

1. 理解大气、空气及大气污染的概念。
2. 掌握大气样品的采集、运输与保存基本技术。
3. 掌握大气中常见污染指标的测定技术。
4. 掌握室内空气中常见污染指标的测定技术。

※ 项目实施

任务一　空气采样基础训练

学习情境　空气样品的采集

★ 学习任务分析

① 理解空气采样的方法与原理,掌握空气采样的布点方法。

② 以小组为单位练习空气样品的采集、运输与管理。

③ 练习空气样品采集时各种记录表的填写。

★ 能力发展目标

① 掌握空气监测常见采样方法。

② 掌握查阅与任务相关资料的技能，学会制定方案。

③ 树立认真、准确、严谨、科学的监测工作态度。

④ 初步学会与他人合作共同完成任务。

★ 任务开始前的思考

① 如何与小组成员共同计划完成学习任务？

② 采样前需做些什么准备？

采集空气样品是测定空气中污染物的第一步，也是比较关键的步骤。采样方法正确与否，直接关系到测定结果的可靠性和准确性。事实上，分析方法再精确，分析人员再细心，如果采样方法不正确，也不会得到准确的测定结果。

一、空气采样方法与原理

根据被测物质在空气中存在的状态和浓度，以及所用分析方法的灵敏度，可选择不同的采样方法。空气样品的采集方法一般分为直接采样法和富集采样法两大类。

1. 直接采样

直接采样法一般用于空气中被测物质浓度较高，或者所用的分析方法灵敏度高，直接进样就能满足环境监测的要求。如用氢焰离子化检测器测定空气中的苯系物；置换汞法测定空气本底中的一氧化碳。用这类方法测得的结果是瞬时或者短时间内的平均浓度，它可以比较快地得到分析结果。直接采样法常用的采样容器有注射器、塑料袋和一些固定容器。这种方法具有经济和轻便的特点。

（1）注射器采样法　将空气样品采集在一定容量的注射器中的方法称为注射器采样法。采样时，先用现场空气抽洗 3 次左右，再抽取现场气至刻度，密封进气口，带回实验室进行分析。采样后的样品存放时间不宜太长，最好当天分析完毕。此种方法一般多用于含有机蒸气的采集。

（2）塑料袋采样法　将空气中被测物质直接采集在塑料袋中的方法称为塑料袋采样法。所用塑料袋不应与所采集的被测物质起化学反应，也不应对被测物质产生吸附和渗漏现象。采样时，用二连球打入现场被测空气冲洗 2～3 次后，再充满被测样品，夹封进气口，带回实验室进行分析。常用于采样的有聚乙烯袋、聚四氟乙烯袋及聚酯袋等，为了减少对待测物质的吸附，有些塑料袋内壁衬有金属膜，如衬银、铝等。

（3）真空瓶（管）采样法　将空气中被测物质采集在预先抽成真空的玻璃瓶或玻璃采样管中的方法称为真空瓶采样法。所用的采样瓶（管）必须是用耐压玻璃制成（一般容积比注射器大，为 5～1000mL），如图 3-1、图 3-2 所示。抽真空时，瓶外面应套有安全保护套，一般抽至剩余压力为 1.33kPa 左右即可，如瓶中预先装好吸收液，可抽至溶液冒泡时为止。抽真空装置如图 3-3 所示。采样时，在现场打开瓶塞，待空气充进瓶子稳定后，关闭瓶塞，把瓶带回实验室分析。采样体积为真空采样瓶的体积。如果真空度达不到 1.33kPa 时，采样体积的计算应扣除剩余压力。

$$V = V_0 \frac{p - p'}{p} \tag{3-1}$$

式中　V——采样体积，L；

　　　V_0——真空采样瓶（管）的体积，L；

　　　p——大气压力，Pa；

　　　p'——剩余压力，kPa。

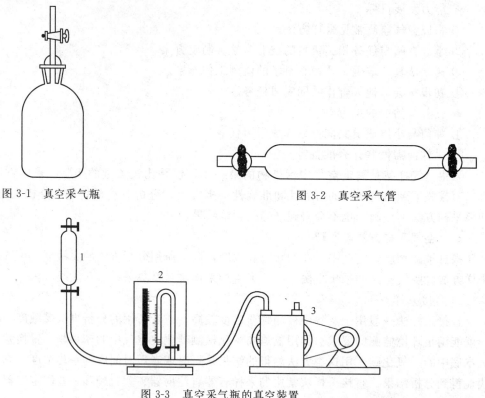

图 3-1 真空采气瓶   图 3-2 真空采气管

图 3-3 真空采气瓶的真空装置
1—真空采气瓶；2—密闭压力计；3—真空泵

2. 富集采样法

当空气中被测物质的浓度很低（$10^{-6} \sim 10^{-9}$数量级），而所采用的分析方法又不能直接测出其含量时，需用富集采样法进行空气样品的采集。富集采样的时间一般都比较长，所得的分析结果是在富集采样时间的平均浓度。从环境保护角度来看，它更能反应环境污染的真实情况，所以富集采样在空气污染监测中更具有重要意义。

富集采样法分为溶液吸收法、固体吸收法、低温冷凝法的滤料采样法等。在实际应用中，可根据监测目的和要求、污染物的理化性质，在空气中存在状态以及所用的分析方法来选择。

（1）溶液吸收法 是用吸收液采集空气中气态、蒸气态以及某些溶胶的方法。当空气样品通过吸收液时，气泡与吸收液界面上的被测物质的分子由于溶解作用或化学反应，很快地进入吸收液中。同时气泡中间的气体分子因存在浓度梯度和运动速度极快，能迅速地扩散到气-液界面上。因此，整个气泡中被测物质分子很快地被溶液吸收。各种气体吸收管就是利用这个原理而设计的。

常用的吸收液有：水、水溶液和有机溶剂等。吸收液的选择是根据被测物质的理化性质及所用的分析方法而定。理想的吸收液应是理化性质稳定，在空气中和在采样过程中自身不会发生变化，挥发性小，并能够在较高气温下经受较长时间采样而无明显的挥发损失，有选择性的吸收，吸收效率高，能迅速地溶解被测物质或与被测物质起化学反应。最理想的吸收液中就含有显色剂，边采样边显色，不仅采样后即可比色定量，而且可以控制采样的时间，使显色强度恰好在测定范围内。

溶液吸收法采集污染物时，通常使用气泡吸收管，多孔玻板吸收管、多孔玻柱吸收管、多孔玻板吸收瓶和冲击式吸收管等。

① 气泡式吸收管：见图3-4，管内可装入5～10mL吸收液，采样流量为0.5～2.0L/min。进气管尖嘴内径为1mm，距管底小于5mm。

气泡吸收管主要用于采集气态和蒸气态物质。捕集气溶胶时，单凭气泡通过液体，捕集作用不完全，因为某些气溶胶颗粒表面附有一层蒸气，气泡通过液体时，小颗粒不易被捕集。同时，气泡中的气溶胶颗粒，也不像气体分子那样很快地扩散到气-液界面上，所以用气泡吸收管捕集气溶胶，效率很差。为了增加其采样效率，目前有两种方法：一种是使空气以很快的速度冲击到盛有吸收液的吸收管底部，使气溶胶颗粒因惯性作用被冲击到管底，再被管中吸收液捕获。冲击式吸收管（见图3-5、图3-6）是根据此原理设计的。冲击式吸收管不适于用来采集气态或蒸气态物质，因为气体分子惯性很小，在快速抽气情况下，容易随空气一起跑掉，只有在吸收液中溶解或吸收液反应速度很快的气体分子，才能吸收完全。另一种是使空气样品通过多孔玻板，使其分散成极细的小气泡进入吸收液中；气溶胶颗粒一部分在通过多孔玻板时，被弯曲的孔道所阻留，然后洗入吸收液中；一部分在通过多孔玻板后，形成很细小的气泡，被吸收液吸收。这就是多孔玻板吸收管的原理。所以多孔玻板吸收管不仅对气态或蒸气态物质吸收效率高，而且对与其共存的气溶胶也有很高的采样效率。

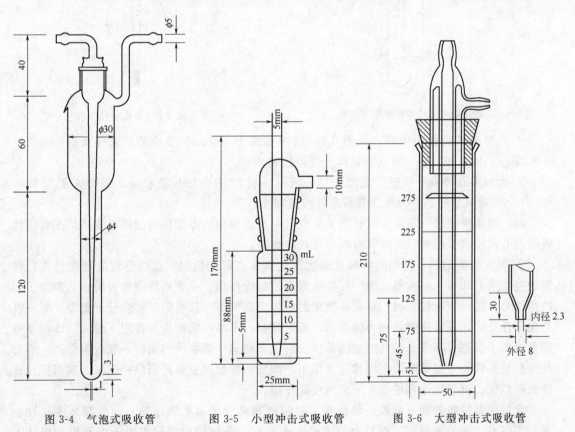

图3-4　气泡式吸收管　　　图3-5　小型冲击式吸收管　　　图3-6　大型冲击式吸收管

② 小型冲击式吸收管：见图3-5，管内可装5～10mL吸收液，采样流量为3.0L/min。

③ 大型冲击式吸收管：见图3-6，管内可装50～100mL吸收液，采样流量为30L/min。

冲击式吸收管主要适用于采集气溶胶状物质,此种吸收管进气玻管尖端的孔径大小和瓶底距离,对吸收效率有很大影响。

④ U形多孔玻板吸收管:见图3-7,管内可装5~10mL吸收液,采样流量为0.1~1.0L/min。吸收管孔板的阻力要求是当装入5mL吸收液时,以0.5L/min流量采样,其阻力应为4~7kPa。此种吸收管不仅可采集气态和蒸气态物质,也可采集雾态气溶胶。采样效率在95%以上。

⑤ 多孔玻柱吸收管:见图3-8,容积为125mL,管内可装40~50mL吸收液,采样流量为0.5~1.0L/min。可采集气态及蒸气态物质,又可采集雾态气溶胶。

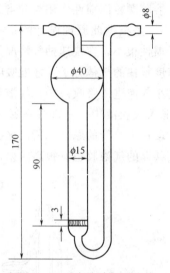 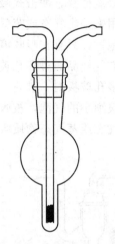

图3-7 U形多孔玻板吸收管　　　　　图3-8 多孔玻柱吸收管

⑥ 小型多孔玻板吸收瓶:见图3-9,瓶内可装10~30mL吸收液,采样流量为0.5~2.0L/min。可采集气态、蒸气态及雾态气溶胶物质。

⑦ 大型多孔玻板吸收瓶:见图3-10,瓶内可装20~100mL吸收液,采样流量为10~50L/min。可采集气态、蒸气态及雾态气溶胶物质。

(2) 固体吸收法　用固体吸收剂采集空气中被测物质的方法称为固体吸收法。主要固体吸收剂有颗粒状吸附剂、纤维状滤料和筛孔状滤料。

① 颗粒状吸附剂。理想的颗粒状吸附剂应具有良好的机械强度、稳定的理化性质、较强的吸附能力和容易解吸等性能。颗粒吸附剂的吸附作用,一种是物理性吸附,是靠分子间的作用力。这种吸附比较弱,容易在物理因素作用影响下,使吸附的物质分子解吸。另一种是化学性吸附,是靠化学亲和力的作用,吸附较强,不易在物理因素作用下解吸。颗粒状吸附剂可用于气态、蒸气态和气溶胶的采样。对气态和蒸气态物质的采样,靠吸附作用。而对气溶胶的采样,主要是阻留作用和碰撞作用,即气溶胶颗粒被吸附剂阻挡下来,或因惯性碰撞而阻留住。对于微细颗粒也有一定的吸附作用。

常用的颗粒吸附剂有硅胶、活性炭、素陶瓷和高分子多孔微球等,这些都是多孔性物质,不仅有大的外表面积,而且有更大的内表面积。各种颗粒吸附剂由于表面积和极性不同,它们的吸附能力不同,吸附能力以及吸附物质的种类也不同。

② 纤维状滤料。指由天然纤维素或合成纤维素的各种滤纸和滤膜,常用的有定量滤纸、玻璃纤维滤膜、过氯乙烯膜等。主要用于气溶胶的采样。它具有操作简单、价格便宜、携带

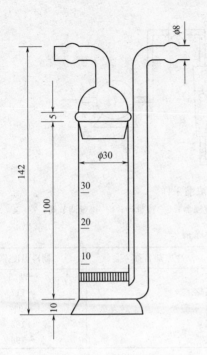

图 3-9　小型多孔玻板吸收瓶

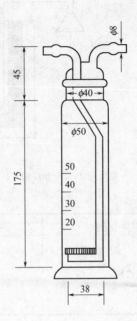

图 3-10　大型多孔玻板吸收瓶

方便、保存时间长等优点，可根据分析的需要选择合适的滤料、抽气动力、采样流量和滤料尺寸等。滤料采样装置如图 3-11 所示。

滤料采集气溶胶颗粒的机理包括直接阻截、惯性碰撞、扩散沉降、静电吸引和重力沉降等作用。滤料的品种很多，理想的滤料应具备机械强度好、理化性质稳定、通气阻力小、采样效率高、空白值低、处理容易等特点。另外还应具有根据采样分析的需要，现场环境条件来选择合适的滤料。

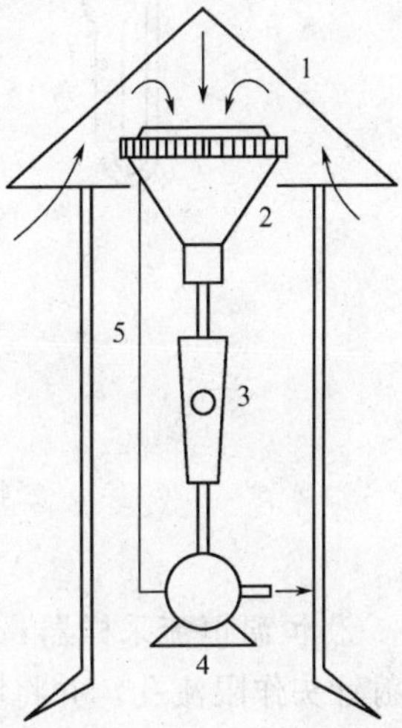

（3）冷冻浓缩法　冷冻浓缩法又称冷阱法。低沸点物质一般在常温下不易被采集，可采用制冷剂降低收集器的温度，从而达到浓缩的目的，如图 3-12 所示。表 3-1 列出了常用冷冻剂。除冷冻剂外，也可采用半导体制冷装置来降低收集器的温度。在使用冷冻浓缩法时，值得注意的是空气中的水蒸气也被凝结在收集器中，会对被测物质和分析造成干扰。因此，应设法消除水蒸气的影响。

图 3-11　滤料采样装置示意图
1—波形罩；2—采样头；3—流量计；4—泵；5—压力开关

3. 专用采样装置

为了采样方便起见，将收集器、流量计和抽气动力组装在一起，成为专用采样器。根据实际需要，有交流、直流和交直流两用等不同供电方式的采样器。有的采样器上装有自动计时装置，用来控制采样时间。按用途和构造分为气体采样器、颗粒物采集器和个体剂量器等。

（1）气体采样装置　用于采集空气中气态和蒸气态物质，采样流量为 0.5～2.0L/min。

① 携带式采样器，具有体积小、重量轻、便于现场使用等优点。工作原理如图 3-13 所示。

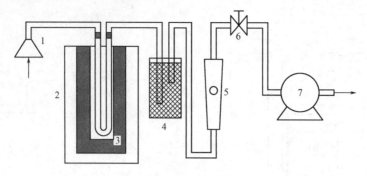

图 3-12 低温冷凝浓缩采样

1—空气入口；2—制冷槽；3—样品浓缩等；4—水分过滤器；5—流量计；6—流量调节阀；7—泵

表 3-1 常用冷冻剂

冷冻剂名称	制冷温度/℃	冷冻剂名称	制冷温度/℃
冰	0	干冰	−78.5
冰-食盐	−4	液氮-乙醇	−117
干冰-二氯乙烯	−60	液氮-甲醇	−94
干冰-乙醇	−72	液氧	−183
干冰-乙醚	−77	液氮	−196

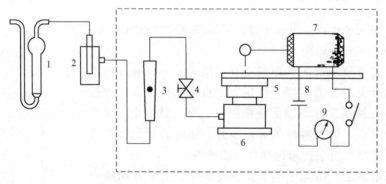

图 3-13 携带式采样器工作原理

1—吸收管；2—滤水阱；3—流量计；4—流量调节阀；5—抽气泵；

6—稳流器；7—电动机；8—电源；9—定时器

②恒温恒流采样器：适用于固定点采集气态和蒸气态物质的采样仪器。利用毛细管或注射针头作限流孔，并将吸收瓶及限流孔安装在恒温装置里，当限流孔两端维持足够的压力差时，此时采样系统处于临界状态，采样流量是恒定的。由于限流孔本身控制在一定温度下，所以采样时不受环境温度的影响。一般大气压力变化很小，对流量的影响可以忽略，如果压力变化较大，应进行压力修正。恒温恒流采样器的工作原理如图 3-14 所示。

（2）颗粒物采样器 分为总悬浮颗粒物（TSP）采样器和可吸入颗粒物（IP）采样器。总悬浮颗粒物采样器又可分为大流量采样器（流量 $1.1 \sim 1.7 m^3/min$）及中流量采样器（流量 $50 \sim 150 L/min$）。此处只介绍大流量采样器，其他采样器可参阅相关资料。

大流量采样器结构见图 3-15 所示。此采样器采用水平过滤装置，滤膜夹可安装 $20 cm \times 25 cm$ 的玻璃纤维滤膜。采样流量为 $1.1 \sim 1.7 m^3/min$。利用水柱压力计测量流量或配备压差变送器和自动电位差计记录器连续记录流量，采样时间可持续 $8 \sim 24 h$。表面有护罩盖保

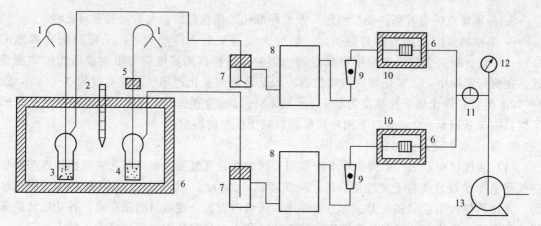

图 3-14　恒温恒流采样器工作原理

1—进气口；2—温度计；3—二氧化硫吸收瓶；4—氮氧化物吸收瓶；5—三氧化铬-砂子氧化管；6—恒温装置；
7—滤水阱；8—干燥器；9—转子流量计；10—尘过滤膜及限流孔；11—三通阀；12—真空表；13—泵

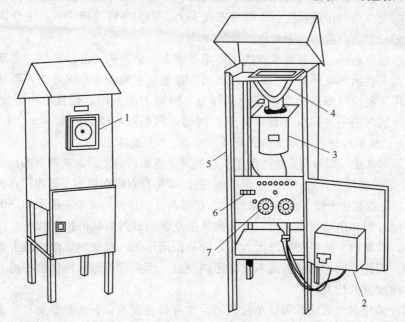

图 3-15　大流量采样器结构示意图

1—流量记录器；2—流量控制器；3—抽气风机；4—滤膜夹；5—铝壳；6—工作计时器；7—计时器的程序控制器

护，可防止雨、雪及粒径大于 $100\mu m$ 的颗粒进入。当采气量为 $1500\sim2000m^3$ 时，样品滤膜可用于测定颗粒物中的金属元素（如 Pb、Cd、Cr、Mn 等）、无机盐离子及有机污染物（如苯并［a］芘）等组分。

二、采样点的布设

1. 采样点的布设原则

① 采样点应设在整个监测区域的高、中、低三种不同污染物浓度的地方。

② 采样点应选择在有代表性的区域内，按工业及人口密集的程度以及城市郊区和农村的状况，可酌情增加或减少采样点。

③ 采样点要选择在开阔地带，应在风向的上风口，采样口水平线与周围建筑物高度的夹角应不大于 $30°$，交通密集区的采样点应设在距人行道边缘至少 1.5m 处。

④各采样点的设置条件要尽可能一致或标准化，使获得的监测数据具有可比性。

⑤采样高度应根据监测目的而定。研究大气污染对人体的危害，采样口应在离地面1.5～2m处；研究大气污染对植物或器物的影响，采样口的高度应与植物或器物的高度相近。在例行监测中，二氧化硫、氮氧化物、TSP及硫酸盐化速率的采样高度为3～15m，以5～10m为宜；降尘的采样高度为5～15m，以8～12m为宜。TSP、降尘、硫酸盐化速率的采样口应与基础面有1.5m以上相对高度，以减少扬尘的影响。

2. 采样点布设方法和数目

(1) 功能区布点法　功能区布点法多用于区域性常规监测。布点时先将监测地区按环境空气质量标准划分成若干"功能区"——工业区、商业区、居民区、交通密集区、清洁区等，再按具体污染情况和人力、物力条件在各区域内设置一定数目的采样点。各功能区的采样点数不要求平均，一般在污染较集中的工业区和人口较密集的居民区多设采样点。

(2) 网格布点法　对于多个污染源，且在污染源分布较均匀的情况下，通常采用网格布点法。此法是将监测区域地面划分成若干均匀网状方格，采样点设在两条直线的交点处或方格中心。网格大小是由污染强度、人口分布及人力、物力条件等确定，若主导风向明显，下风向设点要多一些，一般约占采样点总数的60%。

(3) 同心圆布点法　同心圆布点法主要用于多个污染源构成的污染群，且重大污染源较集中的地区。先找出污染源的中心，以此为圆心在地面上画若干个同心圆，再从圆心做若干条放射线，将放射线与圆周的交点作为采样点，圆周上的采样点数目不一定相等或均匀分布，常年主导风向的下风向应多设采样点，例如，同心圆半径分别取5km、10km、15km、25km、40km，从里向外各圆周上分别设4、8、8、4个采样点。

(4) 扇形布点法　扇形布点法适用于孤立的高架点源，且主导风向明显的地区。以点源为顶点，成45°扇形展开，夹角可大些，但不能超过90°采样点设在扇形平面内距点源不同距离的若干弧线上。每条弧线上设3或4个采样点，相邻两点与顶点的交角一般取10°～20°。

在采用同心圆和扇形布点法时，应考虑高架点源排放污染物的扩散特点。在不记污染物本底浓度时，点源脚下的污染物浓度为零，随着距离增加，很快出现浓度最大值，然后按指数规律下降。因此，同心圆或弧线不宜等距离划分，而是靠近最大浓度值的地方密一些，以免漏测最大浓度值的位置。

以上四种采样布点方法，可以单独使用，也可综合使用，目的就是要有代表性地反映污染物浓度，为大气环境监测提供可靠的样品。

在一个监测区域内，采样点数目是与经济投资和精度要求相应的一个效益函数，应根据监测范围大小，污染物的空间分布特征，人口分布密度及气象、地形、经济条件等因素综合考虑决定。

3. 采样时间和采样频率

采样时间是指每次开始到结束所经历的时间，也称采样时段，采样频率指一定时间范围内的采样次数。采样时间和频率要根据监测目的，污染物分布特征及人力，物力等因素决定。

短时间采样，试样缺乏代表性。监测结果不能反映污染物浓度随时间的变化，仅适用于事故性污染，初步调查等的应急监测。增加采样频率，也就相应地增加了采样时间，积累足够多的数据，样品就具有较好的代表性。

最佳采样和测定方式是使用自动采样仪器进行连续自动采样，再配以污染组分连续或间歇自动监测仪器，其监测结果能很好地反映污染物浓度的变化，能取得任意一段时间（一天、一月或一季)的代表值(平均值)。

三、采样效率的评价方法

一个采样方法的采样效率是指在规定的采样条件(如采样流量、污染物浓度、采样时间等)下所采集到的量占总量的百分数。采样效率评价方法通常与污染物在空气中存在状态有很大关系,不同的存在状态有不同的评价方法。此处介绍气态和蒸气态污染物采样效率的评价方法。

采集气态和蒸气态的污染物常用溶液吸收法和填充柱固体吸附法。评价这些采样方法的效率有绝对比较法和相对比较法两种。

1. 绝对比较法

精确配制一个已知浓度的标准气体,然后用所选用的采样方法采集标准气体,测定其浓度,比较实测浓度 c_1 和配气浓度 c_0,其采样效率 K 为:

$$K = \frac{c_1}{c_0} \times 100\% \tag{3-2}$$

用这种方法评价采样效率虽然比较理想,但是由于配制已知浓度标准气体有一定困难,往往在实际应用时受到限制。

2. 相对比较法

配制一个恒定浓度的气体,而其浓度不一定要求准确已知,可用 2~3 个采样管串联起来采样,分别测定各管的含量。计算第一管含量占各管总量的百分数,其采样效率 K 为:

$$K = \frac{c_1}{c_1 + c_2 + c_3} \times 100\% \tag{3-3}$$

其中,c_1、c_2 和 c_3 分别为第一管、第二管和第三管中分析测定的浓度。

用此法计算采样效率时,要求第二管和第三管的浓度与第一管比较是极小的,这样三个管所测得的浓度相加之和就近似于所配制的气体浓度。有时还需串联更多的吸收管采样,以期求得与所配制的气体浓度更加接近。用这种方法评价采样效率也只适用于一定浓度范围的气体,如果气体浓度太低,由于分析方法灵敏度所限,测定结果误差较大,采样效率只是一个估计值。

[思考题]

1. 什么是直接采样?什么是富集采样?它们各自适用于什么情况?
2. 大气采样点该如何布设?各适用于什么情况?
3. 如何评价采样效率?

任务二 大气污染物的测定

学习情境1 二氧化硫的测定——甲酸吸收-盐酸玫瑰苯胺分光光度法

★ 学习任务分析
① 校园空气中二氧化硫的测定。
② 校园空气中二氧化硫测定监测方法的选择及方案的制定。
③ 监测点位及其布点方法的确定。
④ 校园空气中二氧化硫测定采样方法的掌握。
⑤ 校园空气中二氧化硫测定监测数据的处理及报告分析。

★ 能力发展目标

① 掌握分光光度法测定校园空气中二氧化硫。

② 掌握查阅与实验相关资料的技能，学会处理数据并出具合格报告。

③ 树立认真、准确、严谨、科学的实验工作态度。

④ 学会与他人合作共同完成实验。

⑤ 形成自我管理与自我约束能力。

★ 任务开始前的思考

① 如何与小组成员共同计划完成学习任务？

② 选取何种方法进行相应任务监测？

③ 根据前述学习的内容如何确定监测点位？

④ 采样前需准备一些什么物品？如何到现场进行采样？

⑤ 实验室分析前应做哪些准备？现有条件能不能满足要求？

二氧化硫是大气中主要污染物之一，它来源于煤和石油等燃料的燃烧、含硫矿物的冶炼、硫酸等化工产品生产排放的废气等。二氧化硫对呼吸道黏膜有强烈的刺激性，是诱发支气管炎疾病的原因之一，特别是当它与烟尘等气溶胶共存时，可加重对呼吸道黏膜的损害。

测定二氧化硫常用的方法有分光光度法、紫外荧光法、电导法、库仑滴定法、火焰光度法等。国家规定的标准分析方法是：四氯汞钾溶液吸收-盐酸副玫瑰苯胺分光光度法和甲醛吸收-副玫瑰苯胺分光光度法。此处介绍甲醛吸收-盐酸玫瑰苯胺分光光度法。

1. 原理

二氧化硫被甲醛缓冲溶液吸收后，生成稳定的羟甲基磺酸加成化合物。在样品溶液中加入氢氧化钠使加成化合物分解，释放出二氧化硫与副玫瑰苯胺、甲醛作用，生成紫红色化合物，于波长 577nm 处测定吸光度。

此法适用于环境空气中的二氧化硫的测定，当用 10mL 吸收液采样 30L 时，测定下限为 0.007mg/m³，当用 50mL 吸收液连续 24h 采样 300L 时，测定下限为 0.003mg/m³。

2. 仪器

(1) 分光光度计　可见光波长 380～780nm。

(2) 多孔玻板吸收管　10mL，用于短时间采样。

(3) 恒温水浴器。

(4) 具塞比色管　10mL。

(5) 空气采样器　用于短时间采样的普通空气采样器，流量范围 0～1mL/min。

3. 试剂

(1) 氢氧化钠溶液　1.5mol/L。

(2) 环己二胺四乙酸二钠溶液　$c(\text{EDTA-2Na}) = 0.05\text{mol/L}$。

称取 1.82g 反式-1,2-环己二胺四乙酸（简称 EDTA），加入氢氧化钠溶液 6.5mL，用水稀释至 100mL。

(3) 甲醛缓冲吸收储备液　吸取 36%～38% 的甲醛溶液 5.5mL。EDTA-2Na 溶液 20.00mL；称取 2.04g 邻苯二甲酸氢钾，溶于少量水中；将三种溶液合并，再用水稀释至 100mL，储于冰箱可保存一年。

(4) 甲醛缓冲吸收液　用水将甲醛缓冲吸收储备液稀释 100 倍而成，使用时现配。此溶液每毫升含 0.2mg 甲醛。

(5) 氨磺酸钠溶液　0.60g/100mL。

称取 0.60g 氨磺酸（H_2NSO_3H）置于 100mL 容量瓶中，加入 4.0mL 氢氧化钠溶液，用水稀释至标线，摇匀。此溶液密封保存可用 10d。

（6）碘储备液 $c(\frac{1}{2}I_2)=0.1mol/L$　称取 12.7g 碘于烧杯中，加入 40g 碘化钾和 25mL 水，搅拌至完全溶解，用水稀释至 1000mL，储存于棕色细口瓶中。

（7）碘溶液 $c(\frac{1}{2}I_2)=0.05mol/L$　量取碘储备液 250mL，用水稀释至 500mL，贮存于棕色细口瓶中。

（8）淀粉溶液　0.5g/100mL。

称取 0.5g 可溶性淀粉，用少量的水调成糊状，慢慢倒入 100mL 沸水中，继续煮沸至溶液澄清，冷却后储于试剂瓶中。临用现配。

（9）碘酸钾标准溶液 $c(\frac{1}{6}KIO_3)=0.1000mol/L$　称取 3.5667g 碘酸钾（优级纯，经 110℃ 干燥 2h）溶于水，移入 1000mL 容量瓶中，用水稀释至标线，摇匀。

（10）盐酸溶液 1∶9。

（11）硫代硫酸钠储备液 $c(Na_2S_2O_3)=0.10mol/L$　称取 25.0 硫代硫酸钠（$Na_2S_2O_3\cdot 5H_2O$），溶于 1000mL 新煮沸但已冷却的水中，加入 0.2g 无水碳酸钠，贮存于棕色细口瓶中，放置一周后使用，若溶液呈浑浊，必须过滤。

标定方法　吸取三份 10.00mL 碘酸钾标准溶液分别置于 250mL 碘量瓶中，加 70mL 新煮沸但已冷却的水，加 1g 碘化钾，振摇至完全溶解后，加 10mL 盐酸溶液，立即盖好瓶塞，摇匀。于暗处放置 5min 后，用硫代硫酸钠标准溶液滴定至浅黄色，加 2mL 淀粉溶液，继续滴定溶液至蓝色刚好退去为终点。硫代硫酸钠标准溶液的浓度按下式计算：

$$c=0.1000\times 10.00/V$$

式中　c——硫代硫酸钠标准溶液，mol/L；

　　　V——滴定所耗硫代硫酸钠标准溶液的体积，mL；

平行滴定所用去的硫代硫酸钠溶液体积之差不超过 0.05mL。

（12）硫代硫酸钠标准溶液 $c(Na_2S_2O_3)=0.05mol/L$　取标定后的硫代硫酸钠储备液适量置于 500mL 容量瓶中，用新煮沸但已冷却的水稀释至标线，摇匀。

（13）EDTA 溶液　0.05g/100mL。

称取 0.25g EDTA 溶于 500mL 新煮沸但已冷却的水中，使用时现配。

（14）二氧化硫标准溶液　称取 0.200g 亚硫酸钠（Na_2SO_3），溶于 200mL EDTA-2Na 溶液中，缓缓摇匀以防充氧，使其溶解。放置 2～3h 后标定。此溶液每毫升相当于 320～400μg 二氧化硫。

标定方法：吸取三份 20.00mL 二氧化硫标准溶液，分别置于 250mL 碘量瓶中，加入 50mL 新煮沸但已冷却的水，20.00mL 碘溶液及 1mL 冰醋酸，盖塞，摇匀。于暗处放置 5min 后，用硫代硫酸钠标准溶液滴定至浅黄色，加入 2mL 淀粉溶液，继续滴定至溶液蓝色刚好退去为终点。记录滴定硫代硫酸钠标准溶液的体积 V，mL。

另取三份 EDTA-2Na 溶液 20mL，用同方法进行空白试验。记录滴定硫代硫酸钠标准溶液的体积 V，mL。

平行样滴定所耗硫代硫酸钠标准溶液体积之差应不大于 0.04mL。取其平均值，二氧化硫标准溶液浓度按式(3-4) 计算

$$c(SO_2\mu g/mL) = \frac{(V_0 - V) \times c \times 32.02}{20.00} \times 1000 \tag{3-4}$$

式中　V_0——空白滴定所消耗硫代硫酸钠溶液的体积，mL；

　　　　V——二氧化硫标准溶液滴定所消耗硫代硫酸钠标准溶液的体积，mL；

　　　　c——硫代硫酸钠标准溶液的浓度，mol/L；

　32.02——二氧化硫（$1/2SO_2$）的摩尔质量，g/mol。

标定出准确浓度后，立即用吸收液稀释为 10.00μg/mL 二氧化硫的标准溶液储备液，临用时再用吸收液稀释为 1.00μg/mL 二氧化硫的标准溶液。在冰箱中 5℃ 保存。10.00μg/mL 的二氧化硫标准溶液储备液可稳定 6 个月；1.00μg/mL 二氧化硫的标准溶液可稳定 1 个月。

（15）0.25％盐酸副玫瑰苯胺（简称 PRA，即副品红，对品红）储备液的配制及提纯　取正丁醇和 1.0mol/L 盐酸溶液各 500mL，放入 1000mL 分液漏斗中，盖塞，振摇 3min，使其互溶达到平衡，静置 15min，待完全分层后，将下层水相（盐酸溶液）和上层有机相（正丁醇）分别移入细口瓶中备用。称取 0.125g 盐酸副玫瑰苯胺（又名对品红，副品红，简称 PRA），放入小烧杯中，加平衡过的 1.0mol/L 盐酸溶液 40mL，用玻璃棒搅拌至完全溶解后，移入 250mL 分液漏斗中，再用 80mL 平衡过的正丁醇洗涤小烧杯数次，洗涤液并入同一分液漏斗中。盖塞，振摇 3min，静置 15min 待完全分层后，将下层水相移入另一 250mL 分液漏斗中，加入 80mL 平衡过的正丁醇，依上法提取一次，将水相移入另一分液漏斗中，加 40mL 平衡过的正丁醇，依上法反复提取 8～10 次后，将水相滤入 50mL 容量瓶中，用 1.0mol/L 盐酸溶液稀释至标线，摇匀。此 PRA 储备液为橙黄色。

（16）PRA 溶液　0.05g/100mL。

吸取 20.00mL PRA 储备液于 100mL 容量瓶中，加 30mL 85％的浓磷酸，10mL 浓盐酸，用水稀释至标线，摇匀，放置过夜后使用。避光密封保存，可使用 9 个月。

4. 测定步骤

（1）采样　根据空气中二氧化硫浓度的高低，采用内装 10mL 吸收液的 U 形多孔玻板吸收管，以 0.5L/min 的流量采样。采样时吸收液温度的最佳范围在 23～29℃。样品运输和贮存过程中，应注意避光保存。

（2）标准曲线的绘制　取 14 支 10mL 具塞比色管，分 A、B 两组，每组 7 支，分别对应编号。A 组按表 3-2 配制标准溶液系列。

表 3-2　标准溶液系列的配制

项　目	管　号						
	1	2	3	4	5	6	7
二氧化硫标准溶液/mL	0	0.50	1.00	2.00	5.00	8.00	10.00
甲醛缓冲吸收液/mL	10.00	9.50	9.00	8.00	5.00	2.00	0
二氧化硫质量/μg	0	0.50	1.00	2.00	5.00	8.00	10.00

B 组各管加入 1.00mL PRA 溶液，A 组各管分别加入 0.5mL 氨磺酸钠溶液和 0.5mL 氢氧化钠溶液，混匀。再逐管迅速将溶液全部倒入对应编号并盛有 PRA 溶液的 B 管中，立即具塞混匀后放入恒温水浴中显色。显色温度与室温之差应不超过 3℃，根据不同季节和环境条件按表 3-3 选择显色温度与显色时间。

表 3-3 显色温度与显色时间

项　目	显色温度/℃				
	10	15	20	25	30
显色时间/min	40	25	20	15	5
稳定时间/min	35	25	20	15	10
试剂空白吸光度 A	0.03	0.035	0.04	0.05	0.06

在波长 577nm 处，用 1cm 的比色皿，以水为参比溶液测量吸光度，并用最小二乘法计算标准曲线的回归方程。

$$y = bx + a$$

式中　y——（$A-A_0$），标准溶液的吸光度 A 与试剂空白液吸光度 A_0 之差；

　　　x——二氧化硫含量，μg；

　　　b——回归方程式的斜率；

　　　a——回归方程式的截距。

相关系数应大于 0.999。

（3）样品测定　样品放置 20min，以使臭氧分解，然后将吸收管中样品溶液全部移入 10mL 比色管中，用吸收液稀释至标线，加 0.5mL 氨磺酸钠溶液，混匀，放置 10min 以除去氮氧化物的干扰，以下步骤同标准曲线的绘制。如样品吸光度超过标准曲线上限，则可以用试剂空白溶液稀释，在数分钟内再测量其吸光度。但稀释倍数不应大于 6 倍。

5. 计算

$$二氧化硫含量(mg/m^3) = \frac{(A-A_0)-a}{b \times V_{标}} \tag{3-5}$$

式中　A——样品溶液的吸光度；

　　　A_0——试剂空白溶液的吸光度；

　　　b——回归方程式的斜率；

　　　a——回归方程式的截距；

　　$V_{标}$——标准状态下的采样体积，L。

6. 注意事项

① 温度对显色影响较大，温度越高，空白值越大，温度高时显色快，褪色亦快。

② 对品红的提纯很重要，因提纯后可降低试剂空白值和提高方法的灵敏度。

③ 六价铬能使紫红色络合物褪色，产生负干扰，所以应尽量避免用硫酸铬酸洗液洗涤玻璃器皿，若已洗，则要用（1+1）盐酸浸泡 1h，用水充分洗涤，出去六价铬。

④ 用过的比色管及比色皿应及时用酸洗涤，否则红色难以洗净。比色管用（1+1）盐酸溶液洗涤，比色皿用（1+4）盐酸加 1/3 体积乙醇的混合液洗涤。

⑤ 加对品红使用液时，每加 3 份溶液，需间歇 3min，依次进行，以使每个比色管中溶液显色时间尽量接近。

⑥ 采样时吸收液应保持在 23～29℃。用二氧化硫标准气体进行吸收试验，23～29℃时，吸收效率为 100%。

⑦ 二氧化硫气体易溶于水，空气中水蒸气冷凝在进气导管管壁上，会吸附、溶解二氧化硫，使测定结果偏低。进气导管应内壁光滑，吸附性小，宜采用聚四氟乙烯管。并且导管应尽量地短，最长不得超过 6m。

学习情境2 二氧化氮的测定——盐酸萘乙二胺分光光度法

★ 学习任务分析

① 校园空气中二氧化氮的测定。

② 校园空气中二氧化氮测定监测方法的选择及方案的制定。

③ 监测点位布点方法的确定。

④ 校园空气中二氧化氮测定采样方法的掌握。

⑤ 校园空气中二氧化氮测定监测数据的处理及报告分析。

★ 能力发展目标

① 掌握分光光度法测定校园空气中二氧化氮。

② 掌握查阅与实验相关资料的技能，学会处理数据并出具合格报告。

③ 树立认真、准确、严谨、科学的实验工作态度。

④ 学会与他人合作共同完成实验。

⑤ 形成自我管理与自我约束能力。

★ 任务开始前的思考

① 如何与小组成员共同计划完成学习任务？

② 选取何种方法进行相应任务监测？

③ 根据前述学习的内容如何确定监测点位？

④ 采样前需准备一些什么物品？如何到现场进行采样？

⑤ 实验室分析前应做哪些准备？现有条件能不能满足要求？

氮的氧化物有 NO、NO_2、N_2O、N_2O_3、N_2O_4、N_2O_5 等多种形式。大气中的氮氧化物主要以 NO、NO_2 的形式存在，它们主要来源于石化燃料高温燃烧和硝酸、化肥等生产排放的废气、汽车排气等。

常用的测定方法有盐酸萘乙二胺分光光度法、化学发光法、恒电流库仑滴定法等。国家规定的标准分析方法是盐酸萘乙二胺比色法，此处主要介绍此法。

1. 方法原理

用冰醋酸、对氨基苯磺酸和盐酸萘乙二胺配成吸收液。空气中的二氧化氮与吸收液中的对氨基苯磺酸进行重氮化反应，再与 N-(1-萘基)乙二胺盐酸盐作用，生成粉红色的偶氮燃料，于波长 540～545nm 之间，测定吸光度。

NO 不与吸收液发生反应，测定 NO_x 总量时，必须先使气样通过三氧化二铬-砂子氧化管，将 NO 氧化成 NO_2 后，再通入吸收液进行吸收和显色。因此气样不通过氧化管测的是 NO_2 含量，通过氧化管测的是 NO_2+NO 的总量，二者之差为 NO 的含量。

2. 仪器

（1）吸收瓶　内装 10mL、25mL 或 50mL 吸收液的多孔玻板吸收瓶。

（2）便携式空气采样器　流量范围 0～1L/min。采气流量为 0.4L/min 时，误差小于 ±5%。

（3）分光光度计。

（4）硅胶管　内径约 6mm。

3. 试剂

（1）N-(1-萘基)乙二胺盐酸盐储备液　称取 0.50g N-(1-萘基)乙二胺盐酸盐于 500mL 容量瓶中，用水溶解稀释至刻度。此溶液储于密闭的棕色瓶中，在冰箱中冷藏，可以稳定三个月。

（2）显色液　称取 5.0g（$NH_2C_6H_4SO_3H$）对氨基苯磺酸溶于 200mL 热水中，将溶液冷却至室温，全部移入 1000mL 容量瓶，加入 50mL 冰醋酸和 50.0mL N-(1-萘基)乙二胺盐酸盐储备液，用水稀释至刻度。此溶液于密闭的棕色瓶中，在 25℃ 以下暗处存放，可稳定三个月。

（3）吸收液　使用时将显色液和水按 4+1（体积比）比例混合，即为吸收液。此溶液于密闭的棕色瓶中，在 25℃ 以下暗处存放，可稳定三个月。若呈现淡红色，应弃之重配。

（4）亚硝酸盐标准储备溶液　250mgNO_2^-/L。准确称取 0.3750g 亚硝酸钠（$NaNO_2$ 优级纯，预先在干燥器内放置 24h），移入 1000mL 容量瓶中，用水稀释至标线。此溶液储于密闭瓶中于暗处存放，可稳定三个月。

（5）亚硝酸盐标准工作液　2.50mgNO_2^-/L。

用亚硝酸盐标准储备液稀释，临用前现配。

4. 测定步骤

（1）采样　取一支多孔玻板吸收瓶，装入 10.0mL 吸收液，以 0.4L/min 流量采气 6～24L。采样、样品运输及存放过程应避免阳光照射。空气中臭氧浓度超过 0.25mg/m³ 时，使吸收液略显红色，对二氧化氮的测定产生负干扰。采样时在吸收瓶入口端串接一段 15～20cm 长的硅胶管，可以将臭氧浓度降低到不干扰二氧化氮测定的水平。

（2）标准曲线的绘制　取 6 支 10mL 具塞比色管，制备标准色列，见表 3-4。

表 3-4　标准色列的配制

项　目	管　号					
	0	1	2	3	4	5
标准液体积/mL	0	0.40	0.80	1.20	1.60	2.00
水体积/mL	2.00	1.60	1.20	0.80	0.40	0
显色液体积/mL	8.00	8.00	8.00	8.00	8.00	8.00
NO_2 浓度/(μg/mL)	0	0.10	0.20	0.30	0.40	0.50

各管混匀，于暗处放置 20min（室温低于 20℃ 时，应适当延长显色时间。如室温为 15℃ 时，显色 40min），用 10mm 比色皿，以水为参比，在波长 540～545nm 之间处，测量吸光度。扣除空白试验的吸光度后，对应二氧化氮的浓度（μg/mL），用最小二乘法计算标准曲线的回归方程。

$$y = bx + a$$

式中　y——（$A-A_0$），标准溶液的吸光度 A 与试剂空白液吸光度 A_0 之差；

　　　x——NO_2^- 含量，μg；

　　　b——回归方程式的斜率；

　　　a——回归方程式的截距。

相关系数应大于 0.999。

（3）样品测定　采样后放置 20min（室温低时，适当延长显色时间。如室温为 15℃ 时，显色 40min），用水将采样瓶中吸收液的体积补至标线，混匀，以水为参比，在 540～545nm 处测量其吸光度和空白试验样品中的吸光度。

若样品的吸光度超过标准曲线的上限，应用空白试验溶液稀释，再测其吸光度。

5. 数据处理

$$氮氧化物含量(NO_2,mg/m^3) = \frac{(A-A_0)-a}{b \times V_标 \times 0.76}$$ (3-6)

式中 A——样品溶液吸光度；

A_0——试剂空白溶液吸光度；

b——回归方程式的斜率；

a——回归方程式的截距；

$V_标$——换算为标准状态下的采样体积，L；

0.76——NO_2（气）转化成 NO_2^-（液）的系数。

6. 注意事项

① 采样后应尽快测量样品的吸光度，若不能及时分析，应将样品于低温暗处存放。样品于30℃暗处存放，可稳定8h；20℃暗处存放，可稳定24h；于0～4℃冷藏，至少可稳定3d。

② 空白试验与采样使用的吸收液应为同一批配制的吸收液。

③ 空气中臭氧浓度超过 $0.25mg/m^3$ 时，使吸收液略显红色，对二氧化氮的测定产生干扰。采样时在吸收瓶入口端串接一段15～20cm长的硅胶管，即可将臭氧浓度降低到不干扰二氧化氮测定的水平。

学习情境3 总悬浮颗粒物的测定——重量法

★ **学习任务分析**

① 校园空气中总悬浮颗粒物的测定。

② 校园空气中总悬浮颗粒物测定监测方法的选择及方案的制定。

③ 监测点位布点方法的确定。

④ 校园空气中总悬浮颗粒物测定采样方法的掌握。

⑤ 校园空气中总悬浮颗粒物测定监测数据的处理及报告分析。

★ **能力发展目标**

① 掌握分光光度法测定校园空气中总悬浮颗粒物。

② 掌握查阅与实验相关资料的技能，学会处理数据并出具合格报告。

③ 树立认真、准确、严谨、科学的实验工作态度。

④ 学会与他人合作共同完成实验。

⑤ 形成自我管理与自我约束能力。

★ **任务开始前的思考**

① 如何与小组成员共同计划完成学习任务？

② 选取何种方法进行相应任务监测？

③ 根据前述学习的内容如何确定监测点位？

④ 采样前需准备一些什么物品？如何到现场进行采样？

⑤ 实验室分析前应做哪些准备？现有条件能不能满足要求？

大气中总悬浮颗粒物是指能悬浮在空气中，空气动力学当量直径为 $100\mu m$ 以下的颗粒物，以 TSP 表示。常用的测定方法是：重量法，适合于大流量或中流量总悬浮颗粒物采样器进行空气中总悬浮颗粒物的测定，检测极限为 $0.001mg/m^3$。此处主要介绍重量法。

1. 原理

抽取一定体积的空气，通过已恒重的滤膜，空气中的粒径在 $100\mu m$ 以下的悬浮颗粒物被阻留在滤膜上，根据采样前后滤膜质量之差及采样体积，可计算总悬浮颗粒物的质量浓度。滤膜经处理后，可进行组分分析。

2. 仪器

(1) 大流量（或中流量）采样器。

(2) 温度计。

(3) 气压计。

(4) 滤膜：20cm×25cm 超细玻璃纤维滤膜。

(5) 滤膜贮存袋。

(6) 感量 0.1mg 电子天平。

3. 测定步骤

(1) 采样

① 每张滤膜使用前均需用光照检查，不得使用有针孔或有任何缺陷的滤膜采样。

② 采样滤膜在称重前需在平衡室内平衡 24h，然后在规定条件下迅速称重，读书准确至 0.1mg，记下滤膜的编号和质量，将滤膜平展地放在光滑洁净的纸袋内，然后贮于盒内备用。采样前，滤膜不能弯曲或折叠。

平衡室放置在天平室内，平衡温度在 20～25℃之间，温度变化小于±3℃，相对湿度小于 55%，变化小于 5%。天平室温度应维持在 15～30℃之间，相对湿度 50%。

③ 采样前，滤膜毛面向上，将其放在网托上（网托事先用纸擦净），放上滤膜夹，拧紧螺丝。盖好采样器顶盖。将电机电压调至 180～200V 之间，然后开机采样，调节采样流量在 1.13m³/min。

④ 采样开始后 5min 和采样结束前 5min 各记录一次流量。

⑤ 用一张滤膜连续采样 24h。

⑥ 采样后，用镊子小心取下滤膜，使采样毛面朝内，以采样有效面积长边为中线对叠。

⑦ 将折叠好的滤膜放回表面光滑的纸袋并贮于盒内，取采样后的滤膜时应注意滤膜是否出现物理性损伤及采样过程中有否穿孔漏气现象，若发现有损伤，穿孔漏气现象，应作废，重新取样。

⑧ 记录采样期的温度、压力。

(2) 样品测定　采样后的滤膜在平衡室内平衡 24h，迅速称重。读数准确至 0.1mg。

4. 计算

$$总悬浮颗粒物含量(TSP, mg/m^2) = \frac{W}{Q_n \times t} \tag{3-7}$$

式中　W——采集在滤膜上的总悬浮颗粒物质量，mg；

　　　t——采样时间，min；

　　　Q_n——标准状态下的采样流量，m³/min。

5. 注意事项

① 由于采样流量计上表观流量与实际流量随温度、压力的不同而变化，所以采样流量计必须校正后使用。

② 要经常检查采样头是否漏气。当滤膜上颗粒物与四周白边之间的界线模糊，表明面板密封垫密封性能不好或螺丝没有拧紧，测定值将会偏低。

任务三　室内空气监测

学习情境1　甲醛的测定——AHMT 分光光度法

★ 学习任务分析

① 校园中某实验室或办公室甲醛含量的测定。

② 甲醛含量测定监测方法的选择及方案的制定。

③ 监测点位布点方法的确定。

④ 校园中某实验室或办公室甲醛含量测定采样方法的掌握。

⑤ 校园中某实验室或办公室甲醛含量监测数据的处理及报告分析。

★ 能力发展目标

① 掌握 AHMT 分光光度法测定校园中某实验室或办公室甲醛含量。

② 掌握查阅与实验相关资料的技能，学会处理数据并出具合格报告。

③ 树立认真、准确、严谨、科学的实验工作态度。

④ 学会与他人合作共同完成实验。

⑤ 形成自我管理与自我约束能力。

★ 任务开始前的思考

① 如何与小组成员共同计划完成学习任务？

② 甲醛的来源、危害及解决办法有哪些？

③ 根据前述学习的内容如何确定监测点位？

④ 采样前需准备一些什么物品？如何到现场进行采样？

⑤ 实验室分析前应做哪些准备？现有条件能不能满足要求？

甲醛是一种无色、具有刺激性且易溶于水的气体。它有凝固蛋白质的作用，其 35%～40% 的水溶液通称为福尔马林，常作为浸渍标本的溶液。它主要来源于建筑材料、装修物品及生活用品等在室内的使用。甲醛具有较强的黏合性，同时可加强板材的硬度和防虫、防腐能力，因此目前市场上的各种刨花板、中密度纤维板、胶合板中均使用以甲醛为主要成分的脲醛树脂作为胶黏剂。另外，新式家具，墙面、地面的装修辅助材料中都要使用胶黏剂，而凡是用到胶黏剂的地方总会有甲醛的释放，对室内环境造成一定危害。由于脲醛树脂制成的脲甲醛泡沫树脂隔热材料有很好的隔热作用，因此常被制成建筑物的维护结构使室内温度不受室外的影响。此外甲醛还可来自化纤地毯、涂料、化妆品、清洁剂、杀虫剂、消毒剂、防腐剂、印刷油墨、纸张等。

甲醛对人体健康的影响主要表现在嗅觉异常、刺激、过敏、肺功能异常、免疫功能下降等方面。当室内空气中甲醛含量为 $0.1mg/m^3$ 时就有异味和不适感；$0.5mg/m^3$ 时可刺激眼睛引起流泪；$0.6mg/m^3$ 时引起咽喉不适或疼痛；浓度再高可引起恶心、呕吐、咳嗽、胸闷、气喘甚至肺气肿。长期低浓度接触甲醛气体，可出现头痛、头晕、乏力、两侧不对称感觉障碍和排汗过剩以及视力障碍，且能抑制汗腺分泌，导致皮肤干燥皲裂。浓度较高时，对黏膜、上呼吸道、眼睛和皮肤具有强烈刺激性，对神经系统、免疫系统、肝脏等产生毒害。

测定甲醛常用的发放分光光度法、气相色谱法等。国家规定的标准分析方法是：酚试剂分光光度法、乙酰丙酮分光光度法和气相色谱法。

1. 实验原理

空气中甲醛与 4-氨基-3-联氨-5-巯基-1,2,4-三氮杂茂（Ⅰ）在碱性条件下缩合（Ⅱ），然后经高碘酸钾氧化成 6-巯基-5-三氮杂茂(4,3-b)-S-四氮杂苯（Ⅲ）紫红色化合物，其色泽深浅与甲醛含量成正比。

2. 试剂

（1）吸收液　称取 1g 三乙醇胺，0.25g 偏重亚硫酸钠和 0.25g 乙二胺乙酸二钠溶于水并稀释至 1000mL。

（2）0.5％4-氨基-3-联氨-5-巯基-1,2,4-三氮杂茂（简称 AHMT）溶液　称取 0.25gAHMT 溶于 0.5mol/L 盐酸中，并稀释至 50mL，此试剂置于棕色瓶中，可保存半年。

（3）5mol/L 氢氧化钾溶液　称取 28.0g 氢氧化钾溶于 100mL 水中。

（4）1.5％高碘酸钾溶液　称取 1.5g 高碘酸钾溶于 0.2mol/L 氢氧化钾溶液中，并稀释至 100mL，于水浴上加热溶解，备用。

（5）硫酸（$\rho=1.84g/mL$）。

（6）30％氢氧化钠溶液。

（7）1mol/L 硫酸溶液。

（8）0.5％淀粉溶液。

（9）0.1000mol/L 硫代硫酸钠标准溶液。

硫代硫酸钠溶液需要标定，其标定方法见本方法后面的附录。

（10）0.0500mol/L 碘溶液。

（11）甲醛标准储备溶液　取 2.8mL 甲醛溶液（含甲醛 36％～38％）于 1L 容量瓶中，加 0.5mL 硫酸并用水稀释至刻度，摇匀。其准确浓度用下述碘量法标定。

甲醛标准储备溶液的标定：精确量取 20.00mL 甲醛标准储备溶液，置于 250mL 碘量瓶中。加入 20.00mL 0.0500mol/L 碘溶液和 15mL 1mol/L 氢氧化钠溶液，放置 15min。加入 20mL 0.5mol/L 硫酸溶液，再放置 15min，用硫代硫酸钠标准溶液滴定，至溶液呈现淡黄色时，加入 1mL 0.5％淀粉溶液，继续滴定至刚使蓝色消失为终点，记录所用硫代硫酸钠溶液体积。同时用水作空白滴定。甲醛溶液的浓度用式(3-8)计算。

$$c=(V_1-V_2)\times M\times\frac{15}{20} \tag{3-8}$$

式中　c——甲醛标准储备溶液中甲醛浓度，mg/mL；

　　　V_1——滴定空白时所用硫代硫酸钠标准溶液体积，mL；

　　　V_2——滴定甲醛溶液时所用硫代硫酸钠标准溶液体积，mL；

　　　M——硫代硫酸钠标准溶液的质量摩尔浓度；

　　　15——甲醛的换算值。

取上述标准溶液稀释（约）10 倍作为储备液，此溶液置于室温下可使用 1 个月。

（12）甲醛标准溶液　用时取上述甲醛储备液，用吸收液稀释成 1.00mL 含 2.00μg 甲醛。

3. 仪器和设备

（1）气泡吸收管　有 5mL 和 10mL 刻度线。

（2）空气采样器　流量范围 0～2L/min。

（3）10mL 具塞比色管。

（4）分光光度计　具有 550nm 波长，并配有 10mm 光程的比色皿。

4. 实验步骤

(1) 采样 用一个内装 5mL 吸收液的气泡吸收管，以 1.0L/min 流量，采气 20L，并记录采样时的温度和大气压。

(2) 标准曲线的绘制 用标准溶液绘制标准曲线：取 7 支 10mL 具塞比色管，按表 3-5 制备标准色列管。

表 3-5 甲醛标准曲线绘制表

管号	0	1	2	3	4	5	6
标准溶液/mL	0.0	0.1	0.2	0.4	0.8	1.2	1.6
吸收溶液/mL	2.0	1.9	1.8	1.6	1.2	0.8	0.4
甲醛含量/μg	0.0	0.2	0.4	0.8	1.6	2.4	3.2

各管加入 1.0mL 5mol/L 氢氧化钾溶液，1.0mL 0.5％ AHMT 溶液，盖上管塞，轻轻颠倒混匀三次，放置 20min。加入 0.3mL 1.5％高碘酸钾溶液，充分振摇，放置 5min。用 10mm 比色皿，在波长 550nm 下，以水作参比，测定各管吸光度。以甲醛含量为横坐标，吸光度为纵坐标，绘制标准曲线，并计算回归线的斜率，以斜率的倒数作为样品测定计算因子 B_s（μg/吸光度）。

(3) 样品测定 采样后，补充吸收液到采样前的体积。准确吸取 2mL 样品溶液于 10mL 比色管中，按制作标准曲线的操作步骤测定吸光度。

在每批样品测定的同时，用 2mL 未采样的吸收液，按相同步骤作试剂空白值测定。

5. 结果计算

(1) 将采样体积按式(3-9)换算成标准状况下的采样体积。

$$V_0 = V_t \times \frac{T_0}{273+t} \times \frac{p}{p_0} \tag{3-9}$$

式中　V_0——标准状况下的采样体积，L；

　　　V_t——采样体积，L；

　　　t——采样时的空气温度，℃；

　　　T_0——标准状况下的热力学温度，273K；

　　　p——采样时的大气压，kPa；

　　　p_0——标准状况下的大气压，101.3kPa。

(2) 空气中甲醛浓度按式(3-10)计算。

$$c = \frac{(A-A_0) \times B_s}{V_0} \times \frac{V_1}{V_2} \tag{3-10}$$

式中　c——空气中甲醛浓度，mg/m^3；

　　　A——样品溶液的吸光度；

　　　A_0——试剂空白溶液的吸光度；

　　　B_s——计算因子，由标准曲线求得，μg/吸光度；

　　　V_0——标准状态下的采样体积，L；

　　　V_1——采样时吸收液体积，mL；

　　　V_2——分析时取样品体积 mL。

附录：硫代硫酸钠标准溶液的制备及标定方法

（1）试剂

① 0.1000mol/L 碘酸钾标准溶液 $\left[c(\frac{1}{6}KIO_3)=0.1000mol/L\right]$：准确称量 3.5667g 经 105℃烘干 2h 的碘酸钾（优级纯），溶解于水，移入 1L 容量瓶中，再用水定容至 1000mL。

② 1mol/L 盐酸溶液：量取 82mL 浓盐酸加水稀释至 1000mL。

③ 0.1000mol/L 硫代硫酸钠标准溶液 $\left[c(Na_2S_2O_3)=0.1000mol/L\right]$：称取 25g 硫代硫酸钠，溶于 1000mL 新煮沸并已放冷的水中。加入 0.2g 无水碳酸钠，贮存于棕色瓶内，放置一周后，再标定其准确浓度。

（2）硫代硫酸钠溶液的标定方法　精确量取 25.00mL 碘酸钾标准溶液 $\left[c(\frac{1}{6}KIO_3)=0.1000mol/L\right]$，于 250mL 碘量瓶中，加入 75mL 新煮沸并已放冷的水，加 3g 碘化钾及 10mL 盐酸溶液，摇匀后放入暗处静置 3min。用硫代硫酸钠标准溶液滴定析出的碘，至淡黄色，加入 1mL0.5％淀粉溶液呈蓝色。再继续滴定至蓝色刚刚褪去，即为终点，记录所用硫代硫酸钠溶液体积，其准确浓度用式(3-11) 计算：

$$c=\frac{0.1000\times25.00}{V} \tag{3-11}$$

式中　c——硫代硫酸钠标准溶液的浓度；

　　　V——所用硫代硫酸钠标准溶液体积。

平行滴定两次，所用硫代硫酸钠标准溶液相差不能超过 0.04mL，否则应重新作平行测定。

学习情境2　氨气的测定——靛酚蓝分光光度法

★ 学习任务分析

① 校园中某实验室或办公室氨气含量的测定。

② 氨气含量测定监测方法的选择及方案的制定。

③ 监测点位布点方法的确定。

④ 校园中某实验室或办公室氨气含量测定采样方法的掌握。

⑤ 校园中某实验室或办公室氨气含量监测数据的处理及报告分析。

★ 能力发展目标

① 掌握 AHMT 分光光度法测定校园中某实验室或办公室氨气含量。

② 掌握查阅与实验相关资料的技能，学会处理数据并出具合格报告。

③ 树立认真、准确、严谨、科学的实验工作态度。

④ 学会与他人合作共同完成实验。

⑤ 形成自我管理与自我约束能力。

★ 任务开始前的思考

① 如何与小组成员共同计划完成学习任务？

② 氨气的来源、危害及解决办法有哪些？

③ 根据前述学习的内容如何确定监测点位？

④ 采样前需准备一些什么物品？如何到现场进行采样？

⑤ 实验室分析前应做哪些准备？现有条件能不能满足要求？

室内氨气主要来源于混凝土防冻剂。在冬季施工中，为了提高混凝土的强度，在混凝土中加入了含有尿素的防冻剂，房屋建成后，混凝土中的大量氨气释放出来。其次，氨也可来自室内装饰材料和木制板材，比如家具涂饰时使用的添加剂和增白剂大部分都是氨水。烫发过程中氨水作为一种中和剂而被理发店和美容院大量使用。

按毒理学分类，氨属于低毒类化合物。氨是无色气体，当环境空气中氨达到一定浓度时，才有强烈的刺激气味。人对氨的嗅阈值为 $0.5 \sim 1.0 mg/m^3$。氨是一种碱性物质，进入人体后可以吸收组织中的水分，溶解度高，氨对人体的危害主要是对呼吸道、眼黏膜及皮肤的损害。短期内吸入大量的氨会出现流泪、头疼、头晕症等症状，严重者会出现肺水肿或呼吸窘迫综合征，同时发生呼吸道刺激症状。氨进入肺泡后易和血红蛋白结合破坏运氧功能。美国制造化学师协会规定，允许工作人员在低于 $100 \mu g/L$ 的氨浓度下工作 8h。2001 年《民用建筑工程室内环境污染控制规范》规定室内空气中氨浓度为每立方米低于 0.2mg。

测定氨常用的方法是靛酚蓝分光光度法、纳氏试剂分光光度法、次氯酸钠-水杨酸分光光度法、离子选择电极法。此处主要介绍靛酚蓝分光光度法。

1. 实验原理

空气中氨吸收在稀硫酸中，在亚硝基铁氰化钠及次氯酸钠存在下，与水杨酸生成蓝绿色的靛酚蓝染料，根据着色深浅，比色定量。

2. 试剂

本实验所用试剂均为分析纯，水为无氨蒸馏水（制备方法见本方法后的附录）。

（1）吸收液 $[c(H_2SO_4)=0.005mol/L]$　量取 2.8mL 浓硫酸加入水中，并稀释至 1L。临用时再稀释 10 倍。

（2）水杨酸溶液（50g/L）　称取 10.0g 水杨酸 $[C_6H_4(OH)COOH]$ 和 10.0g 柠檬酸钠，加水约 50mL，再加 55mL 氢氧化钠溶液 $[c(NaOH)=2mol/L]$，用水稀释至 200mL。此试剂稍有黄色，室温下可稳定一个月。

（3）亚硝基铁氰化钠溶液（10g/L）　称取 1.0g 亚硝基铁氰化钠 $[Na_2Fe(CN)_5 \cdot NO \cdot 2H_2O]$，溶于 100mL 水中，贮于冰箱中可稳定一个月。

（4）次氯酸钠溶液 $[c(NaClO)=0.05mol/L]$　取 1mL 次氯酸钠试剂原液，用碘量法标定其浓度。然后用氢氧化钠溶液 $[c(NaOH)=2mol/L]$ 稀释成 0.05mol/L 的溶液。贮于冰箱中可保存两个月。

（5）氨标准溶液

① 标准储备液：称取 0.3142g 经 105℃ 干燥 1h 的氯化铵，用少量水溶解，移入 100mL 容量瓶中，用上述（1）中配制的吸收液稀释至刻度，此液 1.00mL 含 1.00mg 氨。

② 标准工作液：临用时，将标准储备液用吸收液稀释成 1.00mL 含 $1.00 \mu g$ 氨。

3. 仪器和设备

（1）大型气泡吸收管　有 10mL 刻度线，出气口内径为 1mm，与管底距离应为 $3 \sim 5mm$。

（2）空气采样器　流量范围 $0 \sim 2L/min$，流量稳定。使用前后，用皂膜流量计校准采样系统的流量，误差应小于 $\pm 5\%$。

（3）具塞比色管　10mL。

（4）分光光度计　可测波长为 697.5nm，狭缝小于 20nm。

4. 实验步骤

（1）采样 用一个内装 10mL 吸收液的大型气泡吸收管，以 0.5L/min 流量，采气 5L。并及时记录采样时的温度和大气压，采样后在室温下保存，于 24h 内分析。

（2）标准曲线的绘制 用标准溶液绘制标准曲线：取 7 支 10mL 具塞比色管，按表3-6 制备标准色列管。

表 3-6　氨标准曲线绘制表

管　号	0	1	2	3	4	5	6
氨标准工作液/mL	0.0	0.50	1.00	3.00	5.00	7.00	10.00
吸收溶液/mL	10.00	9.50	9.00	7.00	5.00	3.00	0.00
氨含量/μg	0.0	0.50	1.00	3.00	5.00	7.00	10.00

各管加入 0.50mL 水杨酸溶液，再加入 0.10mL 亚硝基铁氰化钠溶液和 0.10mL 次氯酸钠溶液，混匀，室温下放置 1h。用 10mm 比色皿，于波长 697.5nm 处，以水作参比，测定各管吸光度。以氨含量为横坐标，吸光度为纵坐标，绘制标准曲线，并用最小二乘法计算回归线的斜率，截距及回归方程如下式。

$$Y = bX + a \tag{3-12}$$

式中　Y——标准溶液的吸光度；

$\quad\quad X$——氨含量，μg；

$\quad\quad a$——回归方程式的截距；

$\quad\quad b$——回归方程式的斜率，吸光度/μg。

标准曲线斜率 b 应为 0.081±0.003 吸光度/μg 氨。以斜率的倒数作为样品测定时的计算因子（B_s）。

（3）样品测定 将样品溶液转入具塞比色管中，用少量的水洗吸收管，合并，使总体积为 10mL。再按制备标准曲线的操作步骤测定样品的吸光度。在每批样品测定的同时，用 10mL 未采样的吸收液作试剂空白测定。如果样品溶液吸光度超过标准曲线范围，则可用试剂空白稀释样品显色液再分析。计算样品浓度时，要考虑样品溶液的稀释倍数。

5. 结果计算

（1）将采样体积按下式换算成标准状况下的采样体积。

$$V_0 = V_t \times \frac{T_0}{273+t} \times \frac{p}{p_0} \tag{3-13}$$

式中　V_0——标准状况下的采样体积，L；

$\quad\quad V_t$——采样体积，L；

$\quad\quad t$——采样时的空气温度，℃；

$\quad\quad T_0$——标准状况下的热力学温度，273K；

$\quad\quad p$——采样时的大气压，kPa；

$\quad\quad p_0$——标准状况下的大气压，101.3kPa。

（2）空气中氨浓度按下式计算。

$$c(\text{NH}_3) = \frac{(A - A_0) \times B_s}{V_0} \tag{3-14}$$

式中　c——空气中氨浓度，mg/m³；

　　A——样品溶液的吸光度；

　　A_0——试剂空白溶液的吸光度；

　　B_s——计算因子，由标准曲线求得，μg/吸光度；

　　V_0——标准状态下的采样体积 L。

项目四 土壤污染监测

学习指南

　　土壤是环境组成的重要部分，是人类生存的基础和活动场所。人类的生活活动与生产活动造成了土壤污染，其污染结果又影响到人类的生活和健康。本项目结合实际客观实验条件，选取土壤污染常见的具有代表性的污染指标进行监测，通过这些监测项目的开展掌握土壤污染监测的通用方法和程序并养成良好的监测职业习惯。

※ 项目介绍

项目相关背景	土壤是人类及万物赖以生存的基础,然而随着经济和社会生活的发展,一方面土壤资源越来越短缺,另一方面土壤受到的污染越来越严重,因此对土壤进行及时监测对保护我们的生态环境具有重要意义
项目任务描述	任务一　土壤样品的采集与预处理 任务二　土壤中典型重金属及有机物的监测

※ 学习目标

1. 理解土壤的概念及土壤污染的概念。
2. 掌握土壤样品的采集、运输与预处理技术。
3. 掌握土壤常见重金属及有机污染物的监测技术。

※ 项目实施

任务一　样品的采集及预处理

★ 学习任务分析
① 勘察并调查就近公园的地形。
② 以小组为单位练习土壤的采集、运输与管理。
③ 练习土壤样品采集时各种记录表的填写。

★ 能力发展目标

① 掌握土壤采样的常见方法及预处理方法。

② 掌握查阅与任务相关资料的技能，学会制定方案。

③ 树立认真、准确、严谨、科学的监测工作态度。

④ 初步学会与他人合作共同完成任务。

★ 任务开始前的思考

① 如何与小组成员共同计划完成学习任务？

② 采样前需做什么样的准备？

土壤是环境组成的重要部分，是人类生存的基础和活动场所。人类的生活活动与生产活动造成了土壤的污染，污染的结果又影响到人类的生活和健康。由于土壤污染的功能、组成、结构、特征以及土壤在环境生态系统中的特殊地位和作用，土壤污染不同于大气污染，也不同于水体污染，而且比它们要复杂得多。因此，防止土壤污染及时进行土壤污染监测是环境监测中的重要内容。

土壤污染监测是环境监测的重要内容之一，目的是监测、预报和控制土壤环境质量。环境污染从各种途径进入土壤后，其中有些污染物易被土壤中的微生物降解和转化，但大部分不易降解的污染物被土壤吸附积累，造成土壤质量恶化。根据实际情况，我国规定的土壤监测指标有：铜、铅、镉、铬、汞等金属化合物；砷、氰化物、氟化物、硫化物等非金属化合物；苯并 [a] 芘、挥发酚、DDT 等有机化合物。

土壤中污染组分的测定，属痕量和超痕量分析，加之土壤环境的特殊性，所以更须注意监测结果的准确性。保证监测结果准确，首先要保证样品采集的代表性，其次保证测定前样品预处理的定量性，最后还必须有足够灵敏、可靠的分析方法。

一、样品采集

1. 采样点的布设

不同类型的土壤都要进行布点。在一定区域面积内，要有一个观察采样点。在非污染区的同类土壤中，也要选择少数观察点作为分析对照之用。必须明确，每一个采样点，实际上是一个采样测定单位，它应具有代表它所在整个田块土壤。由于土壤本身在空间分布上具有一定程度的不均一性，故应使用多点采样，均匀混合，以保证样品具有代表性。在同一个采样测定单位里，若面积不大，在 $1000\sim1500m^2$ 以内，可在不同方位选择 $5\sim10$ 个具有代表性的采样点。采样点的分布应尽量照顾土壤的全面情况。通常使用下列四种布点方法，见图 4-1～图 4-4。

（1）对角线布点法　适用于污水灌溉或受污染的水灌溉的田块。由田块进水口向对角引一斜线，将此对角线三等分，在每一等分的中央点采样。每一田块采样点不一定是三个，应根据调查目的、田块面积和地形等条件做变动。

（2）梅花形布点法　适用于面积较小，地形平坦，土壤较均匀的田块，中心点设在两线相交处，一般采样点为 $5\sim10$ 个。

（3）棋盘式布点法　适用于中等面积，地势平坦，地形开阔，但土壤较不均匀的田块，一般采样点设 10 个以上。此法也适用于受固体废物污染的土壤，因固体废物分布不均匀，采样点应设 20 个以上为宜。

（4）蛇形布点法　适用于面积较大，地势不太平坦，土壤不够均匀的田块。采样点布设较多。

实际工作中，采样方法应根据田块形态特征，结合土壤、灌溉、施肥、施用农药等情况

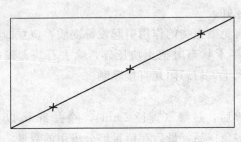

图 4-1　对角线布点法

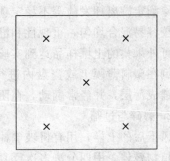

图 4-2　梅花形布点法

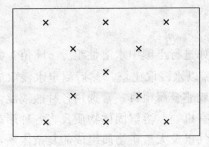

图 4-3　棋盘式布点法

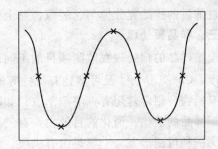

图 4-4　蛇形布点法

划分为不同类型的地段，分别进行采样或取混合后的样品进行测定。另外，还需采集非污染同类土壤作对照。

2. 采样深度

采样深度视监测目的而定。如果是一般了解土壤污染状况，采样只需在深 20～40cm 土层处，使用蕊形采样器采集土壤。如果需掌握土壤污染深度，则应按土壤剖面层次分层取样。其采样程序是先选择挖掘土壤剖面的位置，挖一个 1m×1.5m 左右的长方形土坑，深度达潜水区或视情况而定。然后根据土壤剖面的颜色、结构、质地等情况划分土层，最后由剖面下层向上逐层采集，在各层内分别用小土铲切取一片片土壤，集中起来混合均匀。注意，用于重金属项目分析的样品，需将和金属采样器接触的部分弃去。

3. 采样时间

为了了解土壤污染状况，可随时采集样品进行测定。如需同时了解在土壤上生长的植物受污染的状况，则应依季节变化或作物收获期采集，一年中在同一地点采集两次进行对照。

4. 采样量

由上述方法取得的土壤样品是由多点采集混合而成，取土量往往较大，而一般只要求采集 1～2kg 即可。因此，对多点采集的样品，可反复按四分法弃取，最后留下所需的土量，将样品装入塑料袋或布袋内。

5. 采样注意事项

① 采样点不能设在田块、沟边、路边或肥堆边。

② 要将现场采样点的具体情况，如土壤剖面形态特征等详细记在记录本上。

③ 应在现场写好标签两张（地点、深度、日期、姓名）、一张放入袋内，一张扎在口袋上。

二、样品的制备

1. 样品的风干

除测定游离挥发酚等不稳定项目需要新鲜土样外，多数项目需要风干土样。因为风干土样比较容易混合均匀，重现性和准确性都比较好。

野外采集的土壤样品运到实验室后，为避免微生物的作用引起发霉变质，应立即将全部样品倒在塑料薄膜上或瓷盘内进行风干，趁半干状态时把土块压碎，除去石块、残根等杂物，铺成薄层，并经常翻动，在阴凉处慢慢风干，切忌阳光直接曝晒。

2. 磨碎与过筛

风干后的土样，用有机玻璃棒或木棒碾碎后，过筛（直径 2mm），除去 2mm 以上的砂砾和植物残体。用四分法多次反复缩分弃去多余样品，最后存留足够分析用的数量。如进行重金属项目的测定，可保留约 100g，用玛瑙研钵继续研细，待全部通过 0.16mm 的筛孔为止。过筛后的样品充分搅匀、装瓶，贴上标签备用。

三、样品预处理

土壤样品的预处理视监测项目的不同而不同。如进行土壤中水溶性组分 pH 值、CO_3^{2-}、总碱度、Ca^{2+}、Mg^{2+} 及可溶性有机物等的测定只需以水浸取土壤，然后测定水浸取液；如测定有机物，则常常用有机溶剂萃取；如测重金属或非金属项目，常选用各种酸或混合酸进行土壤样品的消化。消化的目的主要有三个：破坏有机物、溶解固体物质及将各种形态的金属变为一种可测形态。土壤是由有机质、水分、空气以及大量矿物质组成的复杂体系，常用作消化的酸有硫酸、硝酸、高氯酸以及盐酸、磷酸。它们各自的特点如表 4-1 所示。实际工作中，常根据被测定元素性质以及土壤性质来选定不同组成的混合酸。

表 4-1　常用的消化酸特点

消化酸	浓度/(mol/L)	沸点/℃	性　　质
盐酸	11.9	108	强酸,对金属离子有络合性
硫酸	17.8	338	强酸,有氧化性,沸点高,其盐类多不溶于水
硝酸	15.8	121	强酸,有氧化性,其盐类易溶于水
高氯酸	11.8	203	强酸,沸点高,遇有机物易爆炸
磷酸	14.6	213	中强酸,沸点高,络合能力强,是较好的惰性溶剂

[思考题]

1. 土壤样品采样布点的方法有哪些？
2. 土壤样品的制备和预处理方法有哪些？

任务二　土壤中典型重金属及有机物的监测

学习情境1　土壤中镉的监测——原子吸收分光光度法

★ 学习任务分析

① 指定地点（视具体情况而定）土壤中镉的测定。

② 土壤中镉的测定监测方法的选择及方案的制定。

③ 监测点位布点方法的确定。

④ 土壤中镉测定采样方法的掌握。

⑤ 土壤中镉测定监测数据的处理及报告分析。

★ 能力发展目标

① 掌握原子吸收光度法测定土壤中的镉。

② 掌握查阅与实验相关资料的技能,学会处理数据并出具合格报告。

③ 树立认真、准确、严谨、科学的实验工作态度。

④ 学会与他人合作共同完成实验。

⑤ 形成自我管理与自我约束能力。

★ 任务开始前的思考

① 如何与小组成员共同计划完成学习任务?

② 选取何种方法进行相应的任务监测?

③ 根据前述学习的内容如何确定监测点位?

④ 采样前需准备一些什么物品?如何到现场进行采样?

⑤ 实验室分析前应做哪些准备?现有条件能不能满足要求?

土壤中的镉来源广泛,若土壤中的镉浓度超标,会通过食物链进入人体,从而对人类健康造成危害。镉的监测方法主要有原子吸收分光光度法。本章主要介绍此法。

1. 实验原理

土壤样品消化液中成分比较复杂,原子吸收分光光度法灵敏度高、选择性好,操作简单快速,对于易产生背景吸收的样品一般采取氘灯或塞曼效应扣除背景,可有效地消除干扰。火焰原子吸收分光光度法的检出下限远低于消化液中镉的最高允许浓度,因此,消化液一般可直接喷入空气-乙炔焰中进行测定。

火焰原子吸收分光光度法是将土壤样品用硝酸-氢氟酸-高氯酸或盐酸-硝酸-氢氟酸-高氯酸混酸体系消化后,将消化液直接喷入空气-乙炔火焰,在一定温度下消化液中被测元素由分子态离解或还原成基态原子蒸气,原子蒸气对锐线光源(空心阴极灯或无极放电灯)发射的特征电磁辐射谱线产生选择性吸收,在一定条件下试液的吸光度与试样中被测元素的浓度成正比,根据这种关系即可定量测得土壤中重金属元素镉的含量。

火焰原子吸收分光光度法适用于高背景土壤(必要时应消除基体元素干扰)和受污染土壤中重金属的测定。

2. 仪器

主要仪器为原子吸收分光光度计,仪器带有空气-乙炔火焰原子化器,镉空心阴极灯。

仪器工作条件为测定波长228.8nm;通带宽度1.3nm;灯电流7.5mA;火焰类型空气-乙炔氧化型蓝色火焰;火焰高度7.5mm;乙炔和空气体积配比1:4。

3. 试剂

(1) 硝酸溶液(1+5)。

(2) 镉标准储备液1.00mg/mL 准确称取0.5000g高纯度或光谱纯金属镉粉于100mL烧杯里,加入25mL(1+5)的硝酸溶液微热溶解,待溶液冷却后转移到500mL容量瓶中,用去离子水稀释并定容。

(3) 镉标准操作液 分别吸取10.00mL镉标准储备液于100mL容量瓶中,用去离子水稀释至标线,摇匀备用。吸取5.00mL稀释后的标准液于另一100mL容量瓶中,用去离子水稀释至标线即得每毫升含$5\mu g$镉的标准操作液。

(4) 优级纯试剂 浓盐酸$\rho_{20}=1.19g/mL$;浓硝酸$\rho_{20}=1.42g/mL$;氢氟酸$\rho_{20}=1.13g/mL$;高氯酸$\rho_{20}=1.38g/mL$。

4. 操作步骤

(1) 土样试液的制备　准确称取 0.5000～1.0000g 土样于 25mL 聚四氯乙烯坩埚中，用少许去离子水润湿，加入 10mL 浓盐酸，在电热板上加热消化 2h，然后加入 15mL 浓硝酸，继续加热至溶解物剩余约为 5mL 时，再加入 5mL 氢氟酸并加热分解除去硅化合物，最后加入 5mL 高氯酸加热（＜200℃）至消解物呈淡黄色时，打开瓶盖，蒸至近干。取下冷却，加入 1+5 硝酸 1mL 微热溶解残渣，移入 50mL 容量瓶中，用去离子水定容。同时进行全程序试剂空白试验。

(2) 样品的测定　样品的测定有两种方法，即标准曲线法和标准加入法。现分别介绍如下。

① 标准曲线法

a. 标准曲线的绘制　吸取镉标准操作液 0、0.50mL、1.00mL、2.00mL、3.00mL、4.00mL 分别于 6 个 50mL 容量瓶中，用 1+499 硝酸溶液（取 1mL 优级纯硝酸于 500mL 容量瓶中，用去离子水稀释至标线的溶液）定容、摇匀。此标准系列分别含镉 0、0.05μg/mL、0.10μg/mL、0.20μg/mL、0.30μg/mL、0.40μg/mL。在选定的仪器工作条件下，以空白溶液调零后，将所配制的镉标准溶液由低浓度到高浓度依次喷入火焰，分别测出各溶液的吸光度，以镉标准系列溶液的浓度做横坐标，以吸光度做纵坐标绘制吸光度-浓度标准工作曲线。

b. 土样试液的测定　在仪器和操作方法与绘制标准曲线相同的条件下，测定土样试液的吸光度，直接在标准曲线上查得土样试液中镉的浓度，然后求出镉元素的含量。土壤中污染物的监测结果规定用 mg/kg 表示。

② 标准加入法　分别吸取 5.00mL 土壤试液于 4 个已编好号的 10mL 容量瓶中，然后在这 4 个容量瓶中依次分别加入镉标准操作液 0、0.50mL、1.00mL、1.50mL，用 1+499 硝酸溶液定容，在相同的实验条件下依次测得各溶液的吸光度。以吸光度为纵坐标，以加入标准操作液的绝对含量（μg）为横坐标，绘出吸光度-加入量曲线图，外延曲线与横坐标相交于一点，此点与原点的距离，即为所测土样试液中镉的含量。

$$\text{Cd 含量(mg/kg)} = \frac{m_x V_1}{V_2 m} \tag{4-1}$$

式中　m_x——从标准加入法曲线查得的 5.00mL 试液中镉的含量，μg；

V_1——土样试液总体积，mL；

V_2——测定时吸取土样试液体积，mL；

m——称量土样质量，g。

5. 计算

$$\text{Cd 含量(mg/kg)} = (\rho_x \cdot V)/m \tag{4-2}$$

式中　ρ_x——从标准曲线上查得的镉质量浓度，μg/mL；

m——称量土壤质量，g；

V——土样试液的总体积，mL。

6. 注意事项

① 标准曲线法适用于组成简单的试样，标准加入法适用于组成复杂且配制标准操作液困难的试样。

② 土样消化过程中，最后除 $HClO_4$ 时必须防止将溶液蒸干，不慎蒸干时 Fe、Al 盐可能形成难溶的氧化物而包藏镉，使结果偏低。注意无水 $HClO_4$ 会爆炸。

③ 土壤用高氯酸消化并蒸至近干后，土样仍为灰色，说明有机物还未消化完全，应再加 3mL HClO$_4$ 重新消化至淡黄色为止。

④ 镉的测定波长为 228.8nm，该分析线处于紫外光区，易受光散射和分子吸收的干扰，另外，Ca、Mg 的分子吸收和光散射也十分强。这些因素皆可造成镉的表观吸光度增大。为消除基体干扰，可在测量体系中加入适量基体改进剂，如在标准系列溶液和试样中分别加入 0.5g La(NO$_3$)$_3$ · 6H$_2$O。此法适用于测量土壤中含镉量较高和受污染土壤中的铜含量。

⑤ 高氯酸的纯度对空白值的影响很大，直接关系到测定结果的标准度，因此必须注意全过程空白值的扣除，并尽量减少加入量以减低空白值。

学习情境 2　土壤中铬的监测——二苯碳酰二肼比色分光光度法

★ 学习任务分析

① 指定地点（视具体情况而定）土壤中铬的测定。

② 土壤中铬的测定监测方法的选择及方案的制定。

③ 监测点位布点方法的确定。

④ 土壤中铬测定采样方法的掌握。

⑤ 土壤中铬测定监测数据的处理及报告分析。

★ 能力发展目标

① 掌握分光光度法测定土壤中的铬。

② 掌握查阅与实验相关资料的技能，学会处理数据并出具合格报告。

③ 树立认真、准确、严谨、科学的实验工作态度。

④ 学会与他人合作共同完成实验。

⑤ 形成自我管理与自我约束能力。

★ 任务开始前的思考

① 如何与小组成员共同计划完成学习任务？

② 选取何种方法进行相应任务监测？

③ 根据前述学习的内容如何确定监测点位？

④ 采样前需准备一些什么物品？如何到现场进行采样？

⑤ 实验室分析前应做哪些准备？现有条件能不能满足要求？

土壤中铬含量通常为 1.0～1200mg/kg。土壤中的铬浓度超标同样会通过食物链对人类造成伤害。土壤中铬的监测方法主要有 AAS、XRF 和二苯碳酰二肼比色分光光度法。此处主要介绍二苯碳酰二肼比色分光光度法。

1. 方法原理

土壤样品先在硫酸-磷酸或硝酸-硫酸-磷酸的作用下进行消化。土壤样品经混合酸消化后，在 Mn(Ⅱ) 存在下，以 Ag$^+$ 为催化剂，用 20% 的过硫酸铵氧化低价态铬至高价态。再以叠氮化钠或尿素-亚硝酸钠分解剩余的过硫酸铵。经消化、氧化之后，以浓氨水调节酸度，使铁、铝、铜、锌等多种干扰离子形成沉淀，而铬在溶液中与二苯碳酰二肼反应生成红色络合物，最后在 540nm 处测定吸光度。

2. 仪器

① 分光光度计。

② 0～4000r/min 离心机。

③ 25mL 比色管。

④ 烧杯、容量瓶等其他玻璃仪器。

3. 试剂

① 浓硝酸（优级纯）。

② （1＋1）硫酸。

③ 硫酸溶液，$c(\frac{1}{2}H_2SO_4)＝5mol/L$。

④ 20％的过硫酸铵。

⑤ 0.5％硝酸银。

⑥ 0.5％硫酸锰。

⑦ 0.5％叠氮化钠或 10％尿素-2％亚硝酸钠。

⑧ 0.25％二苯碳酰二肼丙酮溶液 $[CO(NH_2 \cdot NH \cdot C_5H_5)_2]$　称取 0.25g 二苯碳酰二肼，溶于丙酮中，并以丙酮稀释至 100mL。临用现配。

⑨ 浓氨水（优级纯）。

⑩ 铬标准储备液：准确称取 0.2829g 重铬酸钾（优级纯，110～120℃烘 2h），溶于蒸馏水，转移至 1000mL 容量瓶中并稀释至标线。即得含铬 100μg/mL 的标准储备液。

⑪ 铬标准使用液：准确吸取铬标准储备液 10.0mL，于另一 100mL 容量瓶中稀释至标线，即得含铬 10μg/mL 的铬标准使用液。

4. 测定步骤

（1）样品预处理

① 消化：准确称取 0.500g 风干土样于 100mL 高型烧杯中，加少许水润湿，再加（1＋1）硫酸 4mL，浓硝酸 1mL，盖上表面皿，放在电炉或电热板上加热至冒白烟，如果消化液呈灰色，可取下烧杯稍冷后，滴加硝酸，再加热至冒大量白烟，土样变白为止。

② 氧化还原：用水冲洗表面皿和烧杯壁至溶液约为 40mL 左右，加 1mL 0.5％硝酸银和 5mL 20％过硫酸铵［无锰（Ⅱ）时加 2 滴 0.5％的硫酸锰］，加数粒玻璃珠，置电热板上加热煮沸 5min，如果溶液不呈紫红色，可再加过硫酸铵，继续煮沸 5min，并保持溶液呈紫红色。向烧杯中滴加 0.5％叠氮化钠至紫红色褪去，取下烧杯在冷水浴中冷却。

③ 沉淀分离：向冷却后的溶液中滴加浓氨水至黄棕色出现，再滴加 0.5mL，然后将溶液转移至 200mL 容量瓶中。充分洗涤烧杯，洗液并入容量瓶，用蒸馏水稀释至标线，充分摇匀，取出 50mL 溶液于离心管中，离心 5min（也可静置至上清液清亮）。

（2）标准曲线绘制　分别准确吸取铬标准使用液 0.00mL、1.00mL、2.00mL、4.00mL、8.00mL、10.00mL 于 250mL 比色管中，加 1mL 5mol/L 硫酸，加水至标线，摇匀。分别加 1mL 二苯碳酰二肼溶液立即摇匀。10～15min 后以 3cm 比色皿于 540nm 波长处测定吸光度，绘制标准曲线。

（3）样品测定　准确吸取 20.00mL 试样清液于 25mL 比色管中，加 1mL 5mol/L 硫酸，加水至标线，摇匀，以下操作同标准曲线。

5. 计算

$$铬含量(mg/kg)＝\frac{M \times V_{总}}{V \times W_{总}} \tag{4-3}$$

式中　M——从标准曲线上查得铬含量，μg；

　　　$V_{总}$——试样定容体积，mL；

V——测定时取样体积，mL；

$W_总$——试样质量，g。

6. 注意事项

① 用氨水滴定加至消化液出现黄棕色沉淀，说明铁已开始形成氢氧化铁沉淀，但这时铁沉淀并不完全，上清液也不清亮，须再加氨水提高溶液的 pH 值。试验证明，过量滴加 0.5mL、1mL、2mL 对结果并无影响。为了使沉淀完全，并使显色时酸度一致，实验中氨水常规过量滴加 0.5mL。

② 无叠氮化钠时，以10％尿素＋2％亚硝酸钠代替，注意，需先加入尿素，再加亚硝酸钠，否则过剩的亚硝酸钠重将六价铬还原。

项目五　放射性及噪声污染监测

> **♪》学习指南**
>
> 通过本项目的实施，掌握一些放射性和噪声的基本概念、放射性和噪声的分布、放射性和噪声度量单位、放射性和噪声监测仪器、放射性样品的采集和预处理、放射性样品的监测方法等知识，掌握噪声的监测方法。

※ 项目介绍

项目相关背景	随着经济和社会生活的发展,放射性及噪声污染越来越严重,这些污染已经严重危及人类健康与安全,因此对大气及室内空气放射性及噪声进行及时监测是保护人类免受放射性及噪声污染危害的前提和基础
项目任务描述	任务一　室内空气中放射性氡的测定 任务二　校园及周边环境噪声的监测

※ 学习目标

1. 理解放射性、噪声污染的概念。
2. 掌握室内环境放射性氡的监测技术。
3. 掌握校园及周边环境噪声监测技术。

※ 项目实施

任务一　室内空气环境放射性氡的监测

★ 学习任务分析

① 以小组为单位测定指定室内环境放射性氡。

② 室内环境放射性氡监测布点的掌握。

③ 放射性氡测定仪器的熟练使用。

★ 能力发展目标

① 掌握放射性氡的监测方法。

② 掌握查阅与任务相关资料的技能，学会制定方案。

③ 树立认真、准确、严谨、科学的监测工作态度。

④ 学会与他人合作共同完成任务。

★ 任务开始前的思考

① 如何与小组成员共同计划完成学习任务？

② 监测前需做什么样的准备？

随着核技术的广泛应用和发展，人们的生存环境正遭受着各种放射性的污染。环境受到放射性污染后，将会导致人患癌症、白血病等病症。放射性污染问题越来越受到人们的广泛关注。

一、放射性概述

1. 放射性

自然界的各种物质都是由元素组成的。有些元素的原子核是不稳定的，它们能自发地改变原子核结构形成另一种核素，这种现象称为核衰变。在核衰变过程中不稳定的原子核总能放出具有一定动能的带电或不带电的粒子（如 α 射线、β 射线和 γ 射线），这种现象称为放射性。

放射性分为天然放射性和人工放射性。天然放射性指天然不稳定核素能自发放出射线的性质，而人工放射性指通过核反应由人工制造出来的核素的放射性。

2. 放射性衰变的类型

放射性衰变按其放出的粒子性质，分为 α 衰变、β 衰变、γ 衰变。

（1）α 衰变　是一种放射性衰变。在此过程中，一个原子核释放一个 α 粒子（由两个中子和两个质子形成的氦原子核），并且转变成一个质量数减少 4，核电荷数减少 2 的新原子核。α 衰变的通式及其例子分别可写成式（5-1）和式（5-2）。

$$_{Z}^{A}X \longrightarrow _{Z-2}^{A-4}Y + \alpha \tag{5-1}$$

$$_{88}^{226}Ra \longrightarrow _{86}^{222}Rn + _{2}^{4}He \tag{5-2}$$

（2）β 衰变　指放射性核素放射 β 粒子（即快速电子）的过程。它是原子核内质子和中子发生互变的结果。β 衰变分为 β$^+$ 衰变、β$^-$ 衰变、电子俘获三种类型。

① β$^+$ 衰变　放射性核素中 1 个质子转变为中子并放出 β$^+$ 和中微子（ν）的核衰变。β$^+$ 衰变的通式见式（5-3）。

$$_{Z}^{A}X \longrightarrow _{Z-1}^{A}Y + \beta^+ + \nu \tag{5-3}$$

② β$^-$ 衰变　指放射性核素内一个中子转变为质子并放出 β$^-$ 粒子和中微子的过程。β$^-$ 粒子是电子质量约等于 0、电荷＝－1。β$^-$ 衰变的通式见式（5-4）。

$$_{Z}^{A}X \longrightarrow _{Z+1}^{A}Y + \beta^- + \gamma \tag{5-4}$$

③ 电子俘获　放射性核素俘获核外绕行的一个电子，使核内一个质子转变成中子，并放出中微子的过程。电子俘获的通式见式（5-5）。

$$_{Z}^{A}X + e \longrightarrow _{Z-1}^{A}Y + X \tag{5-5}$$

核外 K 层电子由于离核最近而被俘获的概率最大，故这种衰变又称为 K 电子层俘获。当 K 电子被俘获后该核层产生空位，则更高能级的电子可来填充空位，同时放射特征 X 射线。

（3）γ 衰变　是放射性核素的原子核从比较高能态跃迁至较低能态时放出一种波长很短的电磁辐射（高能光子）的过程。这种跃迁对原子核的原子序数和原子质量都没有影响，但所处的能态降低。某些不稳定的核素经过 α 或 β 衰变后仍处于高能状态，很快（约 10^{-13} s）再发射 γ 射线而达到稳定的能态。

3. 半衰期（$T^{1/2}$）

放射性核素由于衰变使其原有质量（或原有核数）减少一半所需的时间称为半衰期，用 $T^{1/2}$ 表示。

实际上，一般放射性核素经历 5 个～10 个半衰期后，原一定质量的核素分别衰变掉 96.8%～99.9%。目前，由于采用任何化学、物理或生物的方法都无法有效破坏这些核素，改变其放射性，因此对一些 $T^{1/2}$ 较长的核素（$T^{1/2}=29$ 年的 ^{90}Sr）来说，环境一旦受其污染，令其自行消失，需时是十分长久的。

二、放射性的分布

1. 放射性来源和进入人体的途径

（1）放射性来源 环境中的放射性来源于自然放射性和人为放射性核素。

① 天然放射性的来源

a. 宇宙射线及由其引生的放射性核素 宇宙射线是从宇宙空间辐射到地球表面的射线，可分为初级宇宙射线和次级宇宙射线两类。初级宇宙射线是指从外层空间射到地球大气的高能辐射，主要由质子、α粒子、原子序数为 4～26 的轻核和高能电子所组成。其能量很高（可达 $10^{20}\,eV$ 以上）穿透力很强。初级宇宙射线进入大气层后与空气中原子核发生碰撞，引起核反应并产生一系列其他粒子，通常这些粒子自身转变或进一步与周围物质发生作用，就形成次级宇宙射线。次级宇宙射线（可穿透 15cm 铅层）的主要成分（在海平面上观察）为介子、核子和电子，其特点是能量高，强度低。

由于宇宙射线与大气层、土壤、水中的核素发生反应，所产生的放射性核素约 20 余种，其中具代表性的有 $^{14}N\,(n,\,T)^{12}C$ 反应产生的氚等。

b. 天然放射性核素 多数天然放射性核素是在地球起源时就存在于地壳之中的，经过天长日久的地质年代，母子体间达到放射性平衡，且已建立了放射性核素系列。

铀系，母体是 U（$T^{1/2}=4.49\times10^{9}$ 年），系列中有 19 种核素。

锕系，母体是 U（$T^{1/2}=7.1\times10^{9}$ 年），系列中有 17 种核素。

钍系，母体是 U（$T^{1/2}=1.39\times10^{9}$ 年），系列中有 13 种核素。

它们共同的特点是起始母体均具有极长的 $T^{1/2}$，其值可与地球年龄相当；各代母子体间均达成了放射性平衡；每个系列中都有放射性气体 Rn 核素，且末端都是稳定的 Pb 核素。

c. 自然界中单独存在的核素 这类核素约有 20 种，如存在于人体中的 ^{40}K（$T=1.26\times10^{9}$ 年）、^{209}Bi（$T=2\times10^{18}$ 年）等。它们的特点是半衰期极长，但强度极弱，只有采用灵敏的检测技术才能发现它们。

② 人为放射性的来源。引起环境放射性污染的主要来源是生产和应用放射性物质的单位所排的放射性废物，以及核武器试验、爆炸、核事故等产生的放射性核素。

a. 核试验及航天事故 大气层核试验、地下核爆炸冒顶、外层空间核动力航天器事故等，所产生的核裂变产物包括 200 多种放射性核素（^{90}Sr、^{131}I），中子活化产物（^{3}H、^{14}C）及未起反应的核素。

b. 放射性矿的开采、冶炼及各类核燃料加工厂 在稀土金属和其他共生产金属矿开采、提炼过程中，其三废排放物中含有铀、钍、镭、氡等放射性核素及其子体，将会造成局部环境污染。

c. 核工业 核动力潜艇、核电站、核反应堆等，在运行过程中排放含有各种核裂变产物（^{131}I、^{60}Co、^{137}Cs）的三废排放物。

d. 医学、科研和农业等部门使用放射性核素 放射性核素在这些部门的应用越来越广泛，其排放废物也是主要的人为污染源之一。在医学上使用的等几十种放射性核素；发光钟表工业应用同位素作长期的光激发源；生产使用磷肥、钾肥中的^{226}Ra，^{32}P，^{40}K等。

（2）放射性进入人体的途径　主要有三种途径：呼吸道进入、消化道进入、皮肤或黏膜侵入。

当放射性物质进入环境之后，首先通过直接辐射即外辐射对人体产生危害。另外也可通过以上三种途径进入人体，对人体产生内辐射，损害人体的组织器官。为保护人体的健康，应对人类活动中可能产生的放射性物质采取妥善防护措施，严格将其含量控制在规定范围内。

2. 放射性的危害

一切形式的放射性对人体都是有伤害的，所有的放射线都能使被照射物质的原子激发或电离，从而使机体的各种分子变得极不稳定，发生化学键断裂、基因突变、染色体畸变等，从而引起损害症状。

放射性物质对人体的损害是由核辐射引起的。辐射对人体的损害可以分为急性效应、晚发效应、遗传效应。

急性效应是一次或在短期内接受大剂量照射所引起的损害。这种效应仅发生在最大的核事故、核爆炸和违章操作大型辐射源等特殊情况中。

晚发效应是受照射后经过数月或数年，甚至更长时期才出现的损害。急性放射病恢复后若干时间，小剂量长期或低于容许水平长期照射，均有可能产生晚发效应。常见的危害为白细胞减少、白血病、白内障及其他恶性肿瘤。日本广岛、长崎第二次世界大战原子弹爆炸幸存者的调查表明，在幸存者中白血病发病率明显高于未受辐射的居民。

遗传效应是指出现在受照者后代身上的损害效应。它主要是由于被照射者体内生殖细胞受到辐射损伤，发生基因突变或染色体畸变，传给后代而产生某种程度异常的子孙或致死性疾病。

3. 放射性核素的分布

（1）在土壤和岩石中分布　土壤、岩石中天然放射性核素的含量因地域不同而变动很大，其含量主要决定于岩石层的性质及土壤类型。

（2）在水中的分布　不同水体中天然放射性核素的含量是不同的，其影响因素很复杂。淡水中天然放射性核素的含量与所接触的岩石、水文地质、大气交换及自身理化性质等因素有关。海水中天然放射性核素的含量与所处地理区域、流动状况、淡水和淤泥入海情况等因素有关。

（3）在大气中的分布　大多数放射性核素均可出现在大气中，但主要是氡的同位素，它是镭的衰变产物，能从含镭的岩石、土壤、水体和建筑材料中逸散到大气，其衰变产物的金属元素，极易附着于气溶胶颗粒上。一般情况下，陆地和海洋的近地面大气中氡的浓度分别为$1.11×10^{-5}$Bq/L 和 $2.2×10^{-3}$Bq/L。

三、放射性度量单位

1. 放射性活度（A）

放射性活度是度量核素放射性强度的基本物理量，它是指放射性核素在单位时间发生核衰变的数目。可表示为

$$A = -\frac{\mathrm{d}N}{\mathrm{d}t} = \lambda N \tag{5-6}$$

式中 A——放射性活度，s^{-1}，单位为贝可，用符号 Bq 表示，$1\mathrm{Bq}=1\mathrm{s}^{-1}$；

N——t 瞬时未衰变的核数；

$\mathrm{d}N$——时间间隔 $\mathrm{d}t$ 内衰变的核数；

λ——核衰变常数；

$\mathrm{d}N/\mathrm{d}t$——核衰变速率。

2. 吸收剂量（D）

吸收剂量指单位质量物质所吸收的辐射能量，是反映物质对辐射能量的吸收状况的物理量。可表示为

$$D = \frac{\mathrm{d}\overline{E_{\mathrm{D}}}}{\mathrm{d}m} \tag{5-7}$$

式中 $\mathrm{d}\overline{E_{\mathrm{D}}}$——电离辐射给予质量为 $\mathrm{d}m$ 的物质的平均能量。

吸收剂量的 SI 单位为焦耳每千克（J/kg），称戈瑞，用符号 Gy 表示，$1\mathrm{Gy}=1\mathrm{J/kg}$（$10\mathrm{mGy}=1\mathrm{rad}$）。

3. 剂量当量（H）

辐射对生物的危害与机体组织的吸收剂量有关外，还与辐射类型和辐射方式有联系，因此，为了统一表示各种辐射对生物的危害效应，需用吸收剂量和其他影响危害的修正因数的乘积来度量，这一度量称为剂量当量。

$$H = DQN \tag{5-8}$$

式中 D——该点处的吸收剂量；

Q——该点处的辐射品质因数（表示在吸收剂量相同时各种辐射的相对危害程度）；

N——所有其他修正因素的乘积，通常取为 1。

剂量当量（H）的 SI 基本单位为焦耳每千克（J/kg），导出单位为希沃特（Sv），$1\mathrm{Sv}=1\mathrm{J/kg}$（$1\mathrm{rem}=10\mathrm{mSv}$）。

4. 照射量（X）

照射量是根据 γ 或 X 射线在空气中的电离能力来度量其辐射强度的物理量。指在一个体积单位的空气中（质量为负的）绝对值。可表示为

$$X = \frac{\mathrm{d}Q}{\mathrm{d}m} \tag{5-9}$$

式中 $\mathrm{d}Q$——一个体积单元内形成的离子的总电荷绝对值，C；

$\mathrm{d}m$——一个体积单元内空气的质量，kg。

照射量的 SI 单位是库仑每千克（C/kg），暂时并用的单位是伦琴（R），$1\mathrm{R}=2.58\times10^{-4}\mathrm{C/kg}$。

伦琴单位的定义是凡 1 伦琴 γ 或 X 射线在 $1\mathrm{cm}^3$ 标准状况下的空气上，能引起空气电离而产生 1 静电单位正电荷和 1 静电单位负电荷的带电粒子。

四、放射性监测对象、内容和目的

1. 放射性监测对象

（1）现场监测   即对放射性产生或应用单位内部工作区域所做的监测。

（2）个人剂量监测   即对专业人员或公众做内部环境包括空气、水体、土壤、生物等场所做的监测。

2. 放射性监测内容

（1）对放射源强度、半衰期、射线种类及能量的监测。

（2）对环境和人体中放射性物质的含量、放射性强度、空间放射量或电离辐射量的监测。

3. 放射性监测目的

放射性监测的目的最终在于保护专业人员和公众健康。为防止放射性污染对人体的辐射损伤，保护环境，各国均制定了放射性防护标准。放射性监测的具体目的有以下几点：

① 确定民众日常所受辐射剂量（实测值或推算值）是否在允许剂量之下；

② 监督和控制生产、应用单位的不合法排放；

③ 把握环境放射性物质积累的倾向。

五、放射性样品的采集和预处理

（一）放射性样品的采集

环境放射性监测的步骤是样品的采集、预处理、总放射性或放射性核素的测定。放射性监测分为定期监测和连续监测。连续监测是在现场安装放射性监测仪，实现采样、预处理、检测自动化。重点介绍定期监测中放射性药品的采集和预处理。

1. 放射性沉降物的采集

沉降物包括干沉降物和湿沉降物，主要来源于大气层核爆炸所产生的放射性裂变产物，小部分来源于其他的人工放射性微粒。沉降物采集点应选择固定的清洁地区，并要求附近无高大建筑物、烟囱和树木，周围也不得有放射性实验室或放射性污染源。

（1）放射性干沉降物的采集　放射性干沉降物的采集方法有水盘法、黏纸法、擦拭法、黏带法、高罐法。

① 水盘法　用不锈钢或聚乙烯塑料纸呈圆形水盘，盘内装有适量的稀酸，沉降物过少的地区应酌情加数毫升的硝酸锶或氯化锶载体。将水盘置于采样点暴露 24h，应始终保持盘中有水，以防止收集到的沉降物因水分蒸干而被风吹走。将采集的样品经浓缩、灰化等处理后，测总 β 放射性。

② 黏纸法　用途有一层黏性油（松香加蓖麻油等）的滤纸贴于圆盘底部（涂油面向上），放置采样点暴露 24h，然后将滤纸灰化，进行总 β 放射性测量。

③ 擦拭法或黏带法　当放射性物质沉降在刚性固体表面（如道路、门窗、地板等）引起污染时，可用这两种方法采样。擦拭法系将一片蘸有三氯甲烷之类有机溶剂的滤纸装在一个类似橡皮塞的托物上，在污染物的表面擦拭，以采集沉降物。黏带法是用一块 $1 \sim 2cm^2$ 大小黏带（可用涂上凡士林和机油的棉纸制作），对着污染物表面压紧，然后撕下黏带，这样就采集到一个可供直接测定的样品。

④ 高罐法　用一个不锈钢罐或聚乙烯圆柱形罐（壁高为直径的 2.5～3 倍）暴露与空气中，以采集放射性沉降物。放置罐子的地方应高于地面 1.5m 以上，以减少地面尘土飞扬的影响。

（2）放射性湿沉降物的采集　湿沉降是指随雨、雪降落的沉降物。采集湿沉降物除可用高罐河水盘作为采样器以外，还常用一种能同时对雨水中核素进行浓缩的采样器。此采样器有一个承接漏斗和一根离子交换柱组成，交换柱的上下层分别装入阳离子和阴离子交换树脂。待沉降物中的核元素被离子交换树脂吸附浓集后再进行洗脱。收集洗脱液进一步作放射性核素分离，也可将树脂从注中取出，经烘干、灰化后测总 β 放射性。

2. 放射性气体的采集

环境中放射性气体的采集方法有固体吸附法、液体吸收法和冷凝法。

(1) 固体吸附法 是利用固体颗粒作吸收器，其中固体吸附剂的选择尤为重要。选择时首先要考虑吸附剂与待测组分的选择性和特效性，以使干扰物将到最小，有利于分离和测量。常用的吸附剂有活性炭、硅胶和分子筛等。活性炭是^{131}I的有效吸附剂，因此，混有活性炭细粒的滤纸可作为气体状态^{131}I的吸收器；硅胶是^{3}H蒸气的有效吸附剂，故采用沙袋硅胶包自然吸附或采用硅胶柱抽气吸附^{3}H蒸气。对于气态^{3}H的采集，必须先用催化氧化法将^{3}H氧化成氚气后，再用上述方法采集。

(2) 液体吸收法 是利用气体在某种液态物质中的特殊反应或气体在液相中的溶解而进行的采集法，具体操作可参见大气采样的部分。为除去气溶胶，可在采样管前安装气溶胶过滤管。

(3) 冷凝法 是用冷凝器对挥发性放射性物质进行采集的方法。一般用冰和液态氮作为冷凝剂，制成冷凝器冷阱，收集有机挥发化合物和惰性气体。气态^{3}H和气态的^{131}I也可用冷凝法收集。

3. 放射性气溶胶的采集

放射性气溶胶包括核爆炸产生的裂变产物、人工放射性物质以及氡、钍射气的衰变子体等天然放射性物质。放射性气溶胶的采集常用过滤法，其原理与大气中的悬浮物的采集相同。

4. 其他类型的样品的采集

对于水体、土壤、生物样品的采集方法与非放射性样品所用方法基本一致，此处不再重述。

(二) 样品的预处理

对样品进行预处理的目的是将样品中预测核素处理成易于进行测量的形态，同时进行浓集和除去干扰。

放射性药品的预处理方法有衰变法、共沉淀法、灰化法、电化学法、有机溶剂溶解法、蒸馏法、萃取法、离子交换法等。

1. 衰变法

衰变法是将采集的放射性样品放置一段时间，使其中的一些寿命短的非待测核素衰变除去，然后进行放射性测定。如用过滤法从大气中采集到的气溶胶样品后，放置4~5h，寿命短的氡、钍子体发生衰变即可除去。

2. 共沉法

由于环境样品中的放射性核素含量很低，用一般化学沉降法分离时，因达不到溶度积(K_{sp})而无法达到分离目的。但如果加入与欲分离核素性质相似的非放射性核素（毫克数量级）作为载体，当非放射性核素以沉降形式析出时，放射性核素就会以混晶或表面吸附的形式混入沉淀中，从而达到分离和富集的目的，如果用^{59}Co作为载体与^{60}Co发生同晶共沉淀。用新沉淀的水合MnO_2作为载体沉降水样的钚，则二者间发生吸附共沉淀。这种分离富集的方法具有操作简便、实验条件容易满足的优点。

3. 灰化法

将蒸干的水样或固体样品放于瓷坩埚中在500℃马弗炉中灰化，冷却后称量，测定。

4. 电化学法

通过电解将放射性核素沉积在阴极上，或以氧化物的形式沉积在阳极上。如 Ag^+、Pb^{2+} 等可以金属形式沉积在阴极；Pb^{2+}、Co^{2+} 等可以氧化物的形式沉积在阳极。

该法的优点是分离核素的纯度高，如将放射性核素沉积于惰性金属片上，就可直接进行放射性测量。若放射性核素是沉积在惰性金属丝上的，则应先将沉积物溶出，再制成样品源。

5. 有机溶剂溶解法

有机溶剂溶解法是用某种适宜的有机溶剂处理固体样品（土壤、沉积物等），使其中所含被测核素溶解浸出的方法。

6. 其他处理法

蒸馏法、溶解萃取法和离子交换法，其原理和操作与非放射性物质的预处理方法没有本质的差别，此处不再作介绍。

用上述方法将环境样品进行预处理后，有的可直接作为放射性测量的样品源，有的则仍需经过蒸发、悬浮、过滤等操作，进一步制成适合于测量要求的状态（液态、气态、固态）的样品源。蒸发法是指将液体样品移入测量盘或承托片上，在红外灯下慢慢蒸干，制成固态薄层样品源；悬浮法是指用水或有机溶剂对沉淀形式的样品进行混悬，再移入测量盘用红外灯烘烤蒸干。

六、放射性监测方法

（一）环境空气中氡的标准测量方法

环境空气中氡及其子体的测定方法有四种，分别是径迹蚀刻法、活性炭盒法、双滤膜法和气球法。下面简要介绍前三种。

1. 径迹蚀刻法

（1）原理 此法是被动式采样，能测量采样期间内氡的累计浓度，暴露 20d，其探测下限可达 $2.1 \times 10^3 Bq/m^3$。探测器是聚碳酸酯片或 CR-39，置于一定形状的采样盒内，组成采样器。

氡及其子体发射的 α 粒子轰击探测器时，使其产生亚微观型损伤径迹。将此探测器在一定条件下进行化学或电化学蚀刻，扩大损伤径迹，以至能用显微镜或自动计数装备进行计数。单位面积上的径迹数与氡浓度和暴露时间的乘积成正比。用刻度系数可将径迹度换算成氡的浓度。

（2）测定 采样器的制备、布放、回收，探测器的蚀刻，计数（将处理好的片子在显微镜下读出面积上的径迹数），通过计算求出氡的浓度。

（3）适用范围 适用于室内外空气中氡 222 及其子体 α 潜能浓度的测定。氡子体 α 潜能指氡子体完全衰变为铅 210 的过程中释放出的 α 粒子能量的总和。

（4）注意事项

① 布放前的采样器应密封起来，隔绝外部空气。

② 用于室内测量时，采样器开口面上方 20cm 内不得有其他物体。

③ 采样终止时，采样器应重新密封，送回实验室。

2. 活性炭盒法

（1）原理 活性炭盒法也是被动式采样，能测量出采样期间内平均氡浓度，暴露 3d 探测下限可达 $6Bq/m^3$。采样盒用塑料或金属制成，直径 $6 \sim 10cm$，高 $3 \sim 5cm$，内装 $25 \sim 100g$ 活性炭。盒的敞开面用滤膜封住，固定活性炭且允许氡进入采样器。空气扩散进炭床内，其中的氡被活性炭吸附，同时衰变，新生的子体便沉积在活性炭内。用 γ 谱仪测量活性炭盒的氡子体特征 γ 射线峰（或峰群）强度。根据特征峰面积可计算出氡的浓度。

（2）测定　活性炭盒的制备、布放、回收、记录、采样停止 3h 后测量，将活性炭盒在 γ 谱仪上计数，测出氡子体特征 γ 射线峰（或峰群）面积，然后计算氡的浓度。

（3）适用范围　同径迹蚀刻法。

（4）注意事项

① 布放前的活性炭盒应密封起来，隔绝外部空气，同时称量其总质量。

② 采样终止时，采样器应重新密封，送回实验室。

③ 采样停止 3h 后，应再次称量活性炭盒质量，以计算水分的吸收量。

3. 双滤膜法

（1）原理　此法是主动式采样，能量采样瞬间的氡浓度，探测下限为 $3.3Bq/m^3$。抽气泵开动后含氡空气经过滤膜进入衰变筒，被滤掉子体的纯氡在通过衰变筒的过程中又生成新子体，新子体的一部分为出口滤膜所收集。测量出口滤膜上的 α 放射性就可换算出浓度。

（2）测定　装好滤膜，把采样设备连接起来。以一定的流速采样 $t$min，在采样结束后一段时间间隔内，用测量仪测出膜上的放射性。计算氡的浓度。

（3）适用范围　适用于室内外空气中氡的测定。

（4）注意事项

① 室外采样时，采样点要远离公路和烟囱，地势开阔，周围 10cm 内无树木和建筑物。

② 在雨天、雨后 24h 内或大风后 12h 内停止采样。

③ 采样前应对采样系统进行检查（又无泄漏、能否达到规定流速等）。

④ 室内采样点应设在卧室、客厅、书房内。

⑤ 室内采样点不要设在有由于加热、空调、火炉、门窗等引起的空气变化剧烈的地方。

（二）水质放射性监测

1. 水样中总 α 放射性活度的测定

（1）原理　水中常见的放射 α 粒子的核素有 ^{226}Ra、^{222}Rn 及其衰变产物等。由于 α 粒子能使硫化锌闪烁体产生荧光光子，因此可用闪烁探测器测定。目前公认的水样总 α 放射性浓度是 0.1Bq/L，当浓度大于此值时，就应对放射 α 粒子的核素进行鉴定和测量，从而发现主要的放射性核素，由此在判断该水是否需做预处理及其使用范围。

（2）测定　水样经过滤、酸化后，蒸发至干，在不超过 350℃下灰化，然后在测量盘中将灰化样品铺展成层，使用闪烁体探测器对样品进行计数，计算其活度。

（3）适用范围　适用于饮用水、地面水、地下水。

（4）注意事项　采集的水样首先应过滤除去固体物质。在蒸发样品时，应慢慢蒸干。测定样品之前，应先测量空测量盘的本底值和已知活度的标准样品（硝酸铀酰）。

2. 水样中总 β 放射性活度的测定

（1）原理　水样中的 β 射线常来自 ^{40}K、^{90}Sr、^{131}I 等核素的衰变。由于 β 射线能引起惰性气体的电离，形成脉冲信号，所以可采用低本底的盖革计数管测量。目前公认的水样总 β 放射性浓度为 1Bq/L，当浓度大于此值时，需进一步测定水样中的放射性核素，确定水质污染状况。

（2）测定　水样中总 β 放射性活度的测定与水样总 β 放射性活度的步骤相同，但计数装置采用低本底的盖革计数管，且以 K 的化合物作为标准源。

（3）适用范围　饮用水和灌溉水是首先考虑的对象。

（4）注意事项　同水样总 α 放射性测定。

（三）土壤中放射性监测

1. 原理

土壤中的放射性核素主要有 ^{14}C、^{40}K、^{87}Rb、^{90}Sr、^{137}Cs 等。土壤样品经采集、制备后，可根据 α、β 粒子的性质用相应的检测器分别测定。测定结果常用 Bq/L 干土作为计量单位。

取一定量土壤样品，烘干研细后在测量盘中铺成均匀样品层，用相应的检测器测量 α、β 的比放射性活度。

2. 测定

在取样地点用取土器或小刀取样，填好采样登记表。将土样除尽石块、草类等杂质后铺于磁盘中于 60～100℃ 的烘箱中烘干。然后进行测定和计算。

3. 适用范围

适用于各类土壤中总 α、β 放射性活度的测定。

4. 注意事项

(1) 土壤采样点宜选地势平坦、表面有小草等植被、未开垦和未被水淹没的地方。

(2) 采样点上空和附近不应有树木、建筑物，土中不应有大量蚯蚓等活动性强的生物。

(3) 取样后应除尽石块、草类等杂物。

七、拓展阅读——核分析仪器

由于核分析仪器具有灵敏、准确、样品用量少、对样品无损害，可同时进行多元素分析等特点，因此它已成为常量、微量和超微量元素分析的重要方法之一，被广泛应用于工业、农业、医学等领域。现在人们不仅可以利用不同类型的核仪器直接测量天然放射性物质和人工放射性物质的辐射活度，同时也可预测这些放射性元素（作为标记物）同其他元素所形成化合物或配合物中的辐射活度。根据测得的辐射活度的强弱和辐射特点，就可以确定元素的种类和含量。

核分析仪器在工业生产过程中的原材料、中间产品和成品分析中获得极大的重视。20世纪 80 年代中期，该方法在美国、德国、日本已得到广泛的应用，并且取得巨大的经济效益。如日本一个年产铁 1000 万吨的高炉，采用中子水分计后，节约的焦炭折合 1.5 亿日元。核分析仪器的发展前景非常广阔。

（一）γ 射线灰分分析仪

煤炭中灰分值是煤炭质量的一个重要指标，但如何有效、快速地测量其灰分值，是长期以来没有很好解决的问题。采用双能量射线方案的 γ 灰分分析仪，在测量灰分值时，不受煤炭水分、颗粒、松散度等因素的影响，其探测部分不但可安装在现场，也可安装在线连续监测。即使在高温、潮湿、高灰尘的恶劣条件下，仪器也能正常运转，较好地解决了煤灰分的快速测量问题。

1. 原理

煤炭由可燃物质和不可燃物质组成。可燃部分包括 C、H、O 等元素，原子序数较小，平均为 6 左右；不可燃物质部分即灰分包括 Ca、Mg、Al、Si、Fe 等及其化合物，其原子序数平均为 12 左右。当低能 γ 射线射过煤层时，由于可燃部分原子序数小，吸收效应也小，γ 射线衰弱减小；而不可燃部分原子序数大，吸收效应强，γ 射线衰变也大利用 γ 射线穿透煤样吸收的不同可以直接测定煤层的密度值。γ 射线穿透煤层时，一部分射线被煤样吸收，另一部分穿过煤层时被探测器接受，并转化为电信号，被放大、鉴别后被接受记录。根据探测器接受信号大小的不同，通过数学模型就可以计算灰分（微机处理）。利用高能、低能两种能量的射线计算数学模型，最后由数学模型测算出灰分值，此值在一定范围内可以不受水分、粒度、厚度及松散程度的影响。

2. 测量装置

探头（NaI闪烁探测器、光电倍增管、放大器）、放射源和控制柜。

（二）中子水分分析仪

中子水分分析仪又称中子水分计。按使用场合的不同中子水分计可分为固定式、移动式和便携式，按测量方法分为插入型、表面型、透射型和散射型几种类型。利用中子水分分析仪可用来测量建筑工程中混凝土拌和、灰沙砖生产、玻璃工业原料、农田土壤、道路和堤坝的土壤以及其他物料中的水分。

1. 原理

中子发射源射出快中子与所测物料中的原子核（主要是水分中的氢核），多次连续碰撞，引起快中子散射、慢化和损失能量形成热（慢）中子。热中子扩散分布在以中子源为中心的质子中，形成"热中子云球"，该分布与质子中含氢（水）量有关。介质含氢量越大，热中子密度也越大。用定点测量距中子源有一定距离上的热中子计数在不同含水量介质中的变化来确定待测介质内含水量。所测数据，通过微机处理，最后将水分显示出来。

2. 测量装置

探头（中子源、热中子探测器、相应的线路）和读数装置组成。

[思考题]

1. 什么是放射性、半衰期、放射性活度及照射量？
2. 放射性污染的主要危害有哪些？
3. 放射性核衰变有哪些形式？各有什么特点？

任务二　校园及周边环境噪声的监测

学习情境　校园周围区域环境噪声监测

★ 学习任务分析

① 以小组为单位测定校园及周边区域环境噪声。

② 校园及周边区域环境噪声监测布点的掌握。

③ 噪声测定仪器的熟练使用。

★ 能力发展目标

① 掌握噪声的监测方法。

② 掌握查阅与任务相关资料的技能，学会制定方案。

③ 树立认真、准确、严谨、科学的监测工作态度。

④ 学会与他人合作共同完成任务。

★ 任务开始前的思考

① 如何与小组成员共同计划完成学习任务？

② 监测前需做什么样的准备？

1. 测点选择

将普查测量的校园及周边区域分成等距离的网格，如 $25m \times 25m$，测量点应在每个网格中心（可在地图上做网格得到）。若中心点的位置不宜测量（如建筑物、水塘、禁区等），可移至邻近便于测量的位置。

2. 测量方法

　　测量时声级计可以手持也可以固定在三脚架上，传声器距离地面 1.2m，手持声级计时，应该使人体与传声器相距 0.5m 以上。

　　分别在昼间和夜间进行测量，在规定的测量时间内，每次每个测点测量 10min 的等效声级。同时记录噪声主要来源（如社会生活、交通、施工、工厂噪声等）。

　　3. 数据处理与评价

　　（1）监测结果记录　测量数据记录在表 5-1 中。

表 5-1　环境噪声监测数据记录表

测量时间	年　月　日		时　分至　　时　　分			
星期			测量人			
天气			仪器			
地点			计权网络			
采样间隔			快慢挡			
			取样总数			
测点编号	同一测点不同时间 L_{eq}/dB			$\overline{L_{eq_i}}$/dB		噪声主要来源
1	时　分	时　分	时　分			
2	时　分	时　分	时　分			
……	时　分	时　分	时　分			

　　（2）监测结果评价　可采用数据平均法或图示法进行评价。

　　① 数据平均法　将全部网格中心测点测得的昼间（或夜间）10min 等效声级值作算术平均值，表示被测量区域（或整个城市）的昼间（或夜间）的评价值。

$$\overline{L} = \frac{1}{n} \sum_{i=1}^{n} L_{eq_i} \tag{5-10}$$

　　式中　$\overline{L}$——表示 $\overline{L_d}$（或 $\overline{L_n}$），dB；

　　　　L_{eq_i}——第 i 个网格中心测得的昼间（或夜间）的等效声级，dB；

　　　　N——网格总数。

　　② 图示法　城市区域环境噪声可用测得的等效连续声级绘制噪声污染空间分布图进行评价。每网格中心测点测得的等效声级，按 5dB 一挡分级（如 51～55，56～60，61～65……），用不同的颜色或阴影线表示每一挡等效声级，绘制在覆盖某一区域的网格上。图中的颜色和阴影线规定见表 5-2。

表 5-2　各噪声等级颜色和阴影线表示规定

噪声带/dB	颜色	阴影线
35 以下	浅绿色	小点,低密度
36～40	绿色	中点,中密度
41～45	深绿色	大点,大密度
46～50	黄色	垂直线,低密度
51～55	褐色	垂直线,中密度
56～60	橙色	垂直线,高密度
61～65	朱红色	交叉线,低密度
66～70	洋红色	交叉线,中密度
71～75	紫红色	交叉线,高密度
76～80	蓝色	宽条垂直线
81～85	深蓝色	全黑

注：资料来源于 GB/T 3222—94。

※ 必备知识

一、噪声及其危害

1. 噪声的概念

这些为人们生活和工作所不需要的声音叫噪声；从物理现象判断，一切无规律的或随机的声信号叫噪声；噪声的判断还与人们的主观感觉和心理因素有关，即一切不希望存在的干扰声都叫噪声。

2. 噪声的分类

按机理分可分三类：空气动力性噪声、机械性噪声、电磁性噪声。

按来源分可分五类：交通噪声、工业噪声、建筑施工噪声、社会生活噪声、自然噪声。

3. 环境噪声的主要特征

① 噪声是感觉公害。

② 噪声具有局限性和分散性

4. 噪声的危害

干扰人们的睡眠和工作，强噪声会使人听力损失。这种损失是累积性的，在强噪声下工作一天，只要噪声不是过强（120dB 以上），事后只产生暂时性的听力损失，经过休息可以恢复；但如果长期在强噪声下工作，每天虽可以恢复，经过一段时间后，就会产生永久性的听力损失，过强的噪声还能杀伤人体。

① 损伤听力，造成噪声性耳聋。

90dB 下 20％耳聋，85dB 下 10％耳聋。

② 干扰睡眠，影响工作效率。

噪声会影响人的睡眠质量和数量。连续噪声可以加快熟睡到轻睡的回转，使人熟睡时间缩短；突然的噪声可使人惊醒。一般 40dB 连续噪声可使 10％的人受影响；70dB 连续噪声可使 50％的人受影响；突然的噪声 40dB 时，使 10％的人惊醒；60dB 时，使 70％的人惊醒。

③ 干扰语言通信。

④ 影响人的心理变化。

⑤ 诱发多种疾病。

噪声→紧张→肾上腺素升高→心率加快，血压上升。

噪声→耳腔前庭→眩晕、恶心、呕吐（晕船）。

噪声→神经系统→失眠，疲劳，头晕、疼，记忆力下降。

二、噪声监测参数及其分析

1. 声功率、声强、声压

（1）声功率（W）　是指单位时间内，声波通过垂直于传播方向某指定面积的声能量。在噪声监测中，声功率是指声源总声功率。单位为 W。

（2）声强（I）　是指单位时间内，声波通过垂直于传播方向单位面积的声能量。单位为 W/s²。

（3）声压（p）　是由于声波的存在而引起的压力增值。单位为 Pa。声压与声强的关系是：

$$I = p^2/\rho c$$

2. 分贝、声功率级、声强级和声压级

（1）分贝　人们日常生活中遇到的声音，若以声压值表示，由于变化范围非常大，可以达六个数量级以上，同时由于人体听觉对声信号强弱刺激反应不是线性的，而是成对数比例关系。所以采用分贝来表达声学量值。所谓分贝是指两个相同的物理量（例 A_1 和 A_0）之比取以 10 为底的对数并乘以 10（或 20）。分贝可用下式表示：

$$N = 10 \lg(A_1/A_0) \tag{5-11}$$

分贝符号为"dB"，它是无量纲的。式中 A_0 是基准量（或参考量），A_1 是被量度量。被量度量和基准量之比取对数，这对数值称为被量度量的"级"。亦即用对数标度时，所得到的是比值，它代表被量度量比基准量高出多少"级"。

（2）声功率级　声功率级可用下式表示：

$$L_W = 10 \lg(W/W_0) \tag{5-12}$$

式中　L_W——声功率级，dB；

$\quad W$——声功率，W；

$\quad W_0$——基准声功率，为 10^{-12} W。

（3）强级　声强级可用下式表示：

$$L_I = 10 \lg(I/I_0) \tag{5-13}$$

式中　L_I——声压级，dB；

$\quad I$——声强，W/m^2；

$\quad I_0$——基准声强，为 $10^{-12} W/m^2$。

（4）声压级　声压级可用下式表示：

$$L_p = 20 \lg(p/p_0) \tag{5-14}$$

式中　L_p——声压级，dB；

$\quad p$——声压，Pa；

$\quad p_0$——基准声压，为 2×10^{-5} Pa，该值是对 1000Hz 声音人耳刚能听到的最低声压。

3. 噪声的叠加

两个以上独立声源作用于某一点，产生噪声的叠加。声能量是可以代数相加的，设两个声源的声功率分别为 W_1 和 W_2，那么总声功率 $W_总 = W_1 + W_2$。而两个声源在某点的声强为 I_1 和 I_2 时，叠加后的总声强 $I_总 = I_1 + I_2$，但声压不能直接相加。

由于　　　　　　　　　$I_1 = p_1^2/\rho c, \ I_2 = p_2^2/\rho c$

故　　　　　　　　　　$p_总^2 = p_1^2 + p_2^2$

又　　　　　　　　　　$(p_1/p_0)^2 = 10^{L_{p_1}/10}$

$\qquad\qquad\qquad\qquad (p_2/p_0)^2 = 10^{L_{p_2}/10}$

故总声压级：

$$L_p = 10 \lg[(p_1^2 + p_2^2)/p_0^2]$$
$$= 10 \lg[10^{L_{p_1}/10} + 10^{L_{p_2}/10}]$$

如 $L_{p_1} = L_{p_2}$，即两个声源的声压级相等，则总声压级：

$$L_p = L_{p_1} + 10 \lg 2 \approx L_{p_1} + 3 (dB)$$

也就是说，作用于某一点的两个声源声压级相等，其合成的总声压级比一个声源的声压级增加 3dB。当声压级不相等时，按上式计算较麻烦，可以查阅表 5-3 获得 ΔL_p，然后按下述方法计算：设 $L_{p_1} > L_{p_2}$，以 $L_{p_1} - L_{p_2}$ 值按图查得 ΔL_p，则总声压级 $L_{p_总} = L_{p_1} + \Delta L_p$。

表 5-3 分贝和的增加值表

声压级差	0	1	2	3	4	5	6	7	8	9	10	11	12	13	14	15
增值	3	2.5	2.1	1.8	1.5	1.2	1	0.8	0.6	0.5	0.4	0.3	0.3	0.2	0.1	0.1

4. 响度和响度级

（1）响度（N） 是人耳判别声音由轻到响的强度等级概念，它不仅取决于声音的强度（如声压级），还与它的频率及波形有关。

响度的单位为"宋"，1 宋的定义为声压级为 40dB，频率为 1000Hz，且来自听者正前方的平面波形的强度。如果另一个声音听起来比 1 宋的声音大 n 倍，即该声音的响度为 n 宋。

（2）响度级（L_N） 是建立在两个声音主观比较的基础上的，选择 1000Hz 的纯音作基准音，若某一噪声听起来与该纯音一样响，则该噪声的响度级在数值上就等于这个纯音的声压级（dB）。

响度级用 L_N 表示，单位是"方"。如果某噪声听起来与声压级为 80dB，频率为 1000Hz 的纯音一样响，则该噪声的响度级就是 80 方。

（3）响度与响度级的关系 根据大量的实验得到，响度级每改变 10 方，响度加倍或减半。它们的关系可用下列数学式表示：$N=2^{[(L_N-40)/10]}$ 或 $L_N=40+33\lg N$。

注意，响度级的合成不能直接相加，而响度可以相加。应先将各响度级换算成响度进行合成，然后再换算成响度级。

5. 计权声级

为了能用仪器直接反映人的主观响度感觉的评价量，有关人员在噪声测量仪器——声级计中设计了一种特殊滤波器，叫计权网络。通过计权网络测得的声压级，已不再是客观物理量的声压级，而叫计权声压级或计权声级，简称声级。通用的有 A、B、C 和 D 计权声级。

A 计权声级是模拟人耳对 55dB 以下低强度噪声的频率特性。

B 计权声级是模拟 55dB～85dB 的中等强度噪声的频率特性。

C 计权声级是模拟高强度噪声的频率特性。

D 计权声级是对噪声参量的模拟，专用于飞机噪声的测量。

6. 等效连续声级、噪声污染和昼夜等效声级

（1）等效连续声级 A 计权声级能够较好地反映人耳对噪声的强度与频率的主观感觉，因此对一个连续的稳态噪声，它是一种较好的评价方法，但对一个起伏的或不连续的噪声，A 计权声级就显得不合适了。例如，交通噪声随车流量和种类而变化；又如，一台机器工作时其声级是稳定的，但由于它是间歇的工作，与另一台声级相同但连续工作的机器对人的影响就不一样。因此提出了一个用噪声能量按时间平均方法来评价噪声对人影响的问题，即等效连续声级，符号"L_{eq}"或"$L_{Aeq,T}$"。它是用一个相同时间内声能与之相等的连续稳定的 A 声级来表示该段时间内的噪声的大小。

例如，有两台声级为 85dB 的机器，第一台连续工作 8h，第二台间歇工作，其有效工作时间之和为 4h。显然作用于操作工人的平均能量是前者比后者大一倍，即大 3dB。因此，等效连续声级反映在声级不稳定的情况下，人实际所接受的噪声能量的大小，它是一个用来表达随时间变化的噪声的等效量。

如果数据符合正态分布，其累积分布在正态概率纸上为一直线，则可用下面近似公式计算：

$$L_{Aeq,T} \approx L_{50} + d^2/60, \quad d = L_{10} - L_{90} \tag{5-15}$$

式中　L_{10}，L_{50}，L_{90} 为累积百分声级，其定义分别是：L_{10} 为测量时间内，10％的时间超过的噪声级，相当于噪声的平均峰值；L_{50} 为测量时间内，50％的时间超过的噪声级，相当于噪声的平均值；L_{90} 为测量时间内，90％的时间超过的噪声级，相当于噪声的背景值。

累积百分声级 L_{10}、L_{50} 和 L_{90} 的计算方法有两种：其一是在正态概率纸上画出累积分布曲线，然后从图中求得；另一种简便方法是将测定的一组数据（例如 100 个），从大到小排列，第 10 个数据即为 L_{10}，第 50 个数据即为 L_{50}，第 90 个数据即为 L_{90}。

（2）昼夜等效声级　也称日夜平均声级，符号"L_{dn}"。用来表达社会噪声昼夜间的变化情况，表达式为：

$$L_{dn}=10\lg\left[\left(1610^{0.1L_d}+810^{0.1(L_n+10)}\right)/24\right] \tag{5-16}$$

式中　L_d——白天的等效声级，时间从 6：00—22：00 共 16h；

　　　L_n——夜间的等效声级，时间从 22：00—6：00 共 8h。

为表明夜间噪声对人的烦扰更大，故计算夜间等效声级这一项时应加上 10dB 的计权。

三、拓展知识

（一）噪声测量仪器

1. 声级计

声级计也称噪声计，它是用来测量噪声的声压计和计权声级的最基本的测量仪器，适用于环境噪声和各种机器（如风机、空压机、内燃机、电动机）噪声的测量，也可用于建筑声学、电声学的测量。

（1）工作原理　声级计主要由传声器、放大器、衰减器、计权网络、电表电路及电源等部分组成。其工作原理是：声压大小经传声器后转换成电压信号，此信号经前置放大器放大后，最后从显示仪上指示出声压级的分贝数值。

（2）分类　声级计整机灵敏度是指在标准条件下测量 1000Hz 纯音所表现出的精度。按其精度可分为四种类型，即 O 型声级计，是实验用的标准声级计；Ⅰ型声级计，相当于精密声级计；Ⅱ型声级计和Ⅲ型声级计作为一般用途的普通声级计。

国产声级计有 ND-2 型精密声级计、PSJ-2 普通声级计。国际标准化组织（ISO）及国际电工委员会（IEC）规定普通声级计的频率范围是 20～8000Hz，精密声级计的频率范围是 20～12500Hz。

2. 频谱分析仪

频谱仪是测量噪声频谱的仪器，它的基本组成大致与声级计相似。但是频谱分析仪中，设置了完整的计权网络（滤波器）。借助于滤波器的作用，可以将声频范围内的频率分成不同的频带进行测量。

3. 自动记录仪

在现场噪声测量中，为了迅速、准确、详细地分析噪声源的特性，常把声级频谱仪与自动记录仪连用。自动记录仪是将噪声频率信号作对数转换，用人造宝石或墨水将噪声的峰值、有效值、平均值表示出来。可根据噪声特性选用适当的笔速、纸速和电位计。

4. 磁带录音机

在现场噪声测量中如果没有频谱仪和自动记录仪，可用录音机（磁带记录仪）将噪声消耗记录下来，以便在实验室用适当的仪器对噪声消耗进行分析。选用的录音机必须具有较好的性能，它要求频率范围宽（一般为 20～15000Hz），失真小（小于 3％），信噪比大（35dB以上）。此外，还必须具有较好的频率响应和较宽的动态范围。

5. 实时分析仪

频谱仪是对噪声信号在一定范围内进行频谱分析，需花费很长的时间，且它只能分析稳态噪声信号，而不能分析瞬时态噪声信号。实时分析仪是一种数字式频线显示仪，它能把测量范围内的输入信号在极短时间内同时反映在显示屏上，通常用于较高要求的研究测量，特别适用于脉冲信号分析。

（二）噪声监测

1. 城市区域环境噪声监测

（1）布点　将要普查测量的城市分成等距离网格（例如 500m×500m），测量点设在每个网格中心，若中心点的位置不宜测量（如房顶、污沟、禁区等），可移到旁边能够测量的位置。网格数不应少于 100 个。

（2）测量　测量时一般应选在无雨、无雪时（特殊情况除外），声级计应加风罩以避免风噪声干扰，同时也可保持传声器清洁。四级以上大风应停止测量。

声级计可以手持或固定在三角架上。传声器离地面高 1.2m。放在车内的，要求传声器伸出车外一定距离，尽量避免车体反射的影响，与地面距离仍保持 1.2m 左右。如固定在车顶上要加以注明，手持声级计应使人体与传声器距离 0.5m 以上。

测量时间：分为白天（6:00—22:00）和夜间（22:00—6:00）两部分。白天测量一般选在 8:00—12:00 时或 14:00—18:00 时，夜间一般选在 22:00—5:00 时，随地区和季节不同，上述时间可稍作更改。

（3）评价方法

① 数据平均法：将全部网点测得的连续等效 A 声级做算术平均运算，所得到的算术平均值就代表某一区域或全市的总噪声水平。

② 图示法：即用区域噪声污染图表示。为了便于绘图，将全市各测点的测量结果以 5dB 为一等级，划分为若干等级（如 56~60，61~65，66~70……分别为一个等级），然后用不同的颜色或阴影线表示每一等级，绘制在城市区域的网格上，用于表示城市区域的噪声污染分布。

2. 工业企业噪声监测

测点选择的原则是：①若车间内各处 A 声级波动小于 3dB，则只需在车间选择 1~3 个测点；②若车间内各处声级波动大于 3dB，则应按声级大小，将车间分成若干区域，任意两区域的声级应大于或等于 3dB，而每个区域内的声级波动必须小于 3dB，每个区域取 1~3 个测点。这些区域必须包括所有工人为观察或管理生产过程而经常工作、活动的地点和范围。如为稳态噪声，则测量 A 声级，记为 dB（A）；如为不稳态噪声，则测量等效连续 A 声级或测量不同 A 声级下的暴露时间，计算等效连续 A 声级。测量时使用慢挡，取平均读数。

测量时要注意减少环境因素对测量结果的影响，如应注意避免或减少气流、电磁场、温度和湿度等因素对测量结果的影响。

［思考题］

1. 噪声是怎么产生的？
2. 噪声的危害有哪些？
3. 噪声的监测方法有哪些？
4. 如何防控的措施有哪些？

附　　录

附录1　地表水环境质量标准（GB 3838—2002）

1　范围

1.1　本标准按照地表水环境功能分类和保护目标，规定了水环境质量应控制的项目及限值，以及水质评价、水质项目的分析方法和标准的实施与监督。

1.2　本标准适用于中华人民共和国领域内江河、湖泊、运河、渠道、水库等具有使用功能的地表水水域。具有特定功能的水域，执行相应的专业用水水质标准。

2　引用标准

《生活饮用水卫生规范》（卫生部，2001年）和本标准表4　表6所列分析方法标准及规范中所含条文在本标准中被引用即构成为本标准条文，与本标准同效。当上述标准和规范被修订时，应使用其最新版本。

3　水域功能和标准分类

依据地表水水域环境功能和保护目标，按功能高低依次划分为五类：

Ⅰ类　主要适用于源头水、国家自然保护区；

Ⅱ类　主要适用于集中式生活饮用水地表水源地一级保护区、珍稀水生生物栖息地、鱼虾类产卵场、仔稚幼鱼的索饵场等；

Ⅲ类　主要适用于集中式生活饮用水地表水源地二级保护区、鱼虾类越冬场、洄游通道、水产养殖区等渔业水域及游泳区；

Ⅳ类　主要适用于一般工业用水区及人体非直接接触的娱乐用水区；

Ⅴ类　主要适用于农业用水区及一般景观要求水域。

对应地表水上述五类水域功能，将地表水环境质量标准基本项目标准值分为五类，不同功能类别分别执行相应类别的标准值。水域功能类别高的标准值严于水域功能类别低的标准值。同一水域兼有多类使用功能的，执行最高功能类别对应的标准值。实现水域功能与达标功能类别标准为同一含义。

4　标准值

4.1　地表水环境质量标准基本项目标准限值见表1。

4.2　集中式生活饮用水地表水源地补充项目标准限值见表2。

4.3　集中式生活饮用水地表水源地特定项目标准限值见表3。

5　水质评价

5.1　地表水环境质量评价应根据应实现的水域功能类别，选取相应类别标准，进行单因子评价，评价结果应说明水质达标情况，超标的应说明超标项目和超标倍数。

5.2　丰、平、枯水期特征明显的水域，应分水期进行水质评价。

5.3　集中式生活饮用水地表水源地水质评价的项目应包括表1中的基本项目、表2中的补充项目以及由县级以上人民政府环境保护行政主管部门从表3中选择确定的特定项目。

6　水质监测

6.1　本标准规定的项目标准值，要求水样采集后自然沉降 30min，取上层非沉降部分按规定方法进行分析。

6.2　地表水水质监测的采样布点、监测频率应符合国家地表水环境监测技术规范的要求。

6.3　本标准水质项目的分析方法应优先选用表 4～表 6 规定的方法，也可采用 ISO 方法体系等其他等效分析方法，但须进行适用性检验。

7　标准的实施与监督

7.1　本标准由县级以上人民政府环境保护行政主管部门及相关部门按职责分工监督实施。

7.2　集中式生活饮用水地表水源地水质超标项目经自来水厂净化处理后，必须达到《生活饮用水卫生规范》的要求。

7.3　省、自治区、直辖市人民政府可以对本标准中未作规定的项目，制定地方补充标准，并报国务院环境保护行政主管部门备案。

表 1　地表水环境质量标准基本项目标准限值　　　　　　　　单位：mg/L

序号	项目 标准值	分类	I 类	II 类	III 类	IV 类	V 类
1	水温/℃		人为造成的环境水温变化应限制在：周平均最大温升≤1　周平均最大温降≤2				
2	pH 值(无量纲)		6～9				
3	溶解氧	≥	饱和率90%（或 7.5）	6	5	3	2
4	高锰酸盐指数	≤	2	4	6	10	15
5	化学需氧量(COD)	≤	15	15	20	30	40
6	五日生化需氧量(BOD_5)	≤	3	3	4	6	10
7	氨氮(NH_3-N)	≤	0.15	0.5	1.0	1.5	2.0
8	总磷(以 P 计)	≤	0.02 (湖、库 0.01)	0.1 (湖、库 0.025)	0.2 (湖、库 0.05)	0.3 (湖、库 0.1)	0.4 (湖、库 0.2)
9	总氮(湖、库,以 N 计)	≤	0.2	0.5	1.0	1.5	2.0
10	铜	≤	0.01	1.0	1.0	1.0	1.0
11	锌	≤	0.05	1.0	1.0	2.0	2.0
12	氟化物(以 F^- 计)	≤	1.0	1.0	1.0	1.5	1.5
13	硒	≤	0.01	0.01	0.01	0.02	0.02
14	砷	≤	0.05	0.05	0.05	0.1	0.1
15	汞	≤	0.00005	0.00005	0.0001	0.001	0.001
16	镉	≤	0.001	0.005	0.005	0.005	0.01
17	铬(六价)	≤	0.01	0.05	0.05	0.05	0.1
18	铅	≤	0.01	0.01	0.05	0.05	0.1
19	氰化物	≤	0.005	0.05	0.2	0.2	0.2
20	挥发酚	≤	0.002	0.002	0.005	0.01	0.1
21	石油类	≤	0.05	0.05	0.05	0.5	1.0
22	阴离子表面活性剂	≤	0.2	0.2	0.2	0.3	0.3
23	硫化物	≤	0.05	0.1	0.2	0.5	1.0
24	粪大肠菌群/(个/L)	≤	200	2000	10000	20000	40000

表2　集中式生活饮用水地表水源地补充项目标准限值　　　　单位：mg/L

序号	项　目	标准值	序号	项　目	标准值
1	硫酸盐(以 SO_4^{2-})计	250	4	铁	0.3
2	氯化物(以 Cl^- 计)	250	5	锰	0.1
3	硝酸盐(以 N 计)	10			

表3　集中式生活饮用水地表水源地特定项目标准限值　　　　单位：mg/L

序号	项　目	标准值	序号	项　目	标准值
1	三氯甲烷	0.06	41	丙烯酰胺	0.0005
2	四氯化碳	0.002	42	丙烯腈	0.1
3	三溴甲烷	0.1	43	邻苯二甲酸二丁酯	0.003
4	二氯甲烷	0.02	44	邻苯二甲酸二(2-乙基己基)酯	0.008
5	1,2-二氯乙烷	0.03	45	水合肼	0.01
6	环氧氯丙烷	0.02	46	四乙基铅	0.0001
7	氯乙烯	0.005	47	吡啶	0.2
8	1,1-二氯乙烯	0.03	48	松节油	0.2
9	1,2-二氯乙烯	0.05	49	苦味酸	0.5
10	三氯乙烯	0.07	50	丁基黄原酸	0.005
11	四氯乙烯	0.04	51	活性氯	0.01
12	氯丁二烯	0.002	52	滴滴涕	0.001
13	六氯丁二烯	0.0006	53	林丹	0.002
14	苯乙烯	0.02	54	环氧七氯	0.0002
15	甲醛	0.9	55	对硫磷	0.003
16	乙醛	0.05	56	甲基对硫磷	0.002
17	丙烯醛	0.1	57	马拉硫磷	0.05
18	三氯乙醛	0.01	58	乐果	0.08
19	苯	0.01	59	敌敌畏	0.05
20	甲苯	0.7	60	敌百虫	0.05
21	乙苯	0.3	61	内吸磷	0.03
22	二甲苯①	0.5	62	百菌清	0.01
23	异丙苯	0.25	63	甲萘威	0.05
24	氯苯	0.3	64	溴氰菊酯	0.02
25	1,2-二氯苯	1.0	65	阿特拉津	0.003
26	1,4-二氯苯	0.3	66	苯并[a]芘	2.8×10^{-6}
27	三氯苯②	0.02	67	甲基汞	1.0×10^{-6}
28	四氯苯③	0.02	68	多氯联苯⑥	2.0×10^{-5}
29	六氯苯	0.05	69	微囊藻毒素-LR	0.001
30	硝基苯	0.017	70	黄磷	0.003
31	二硝基苯④	0.5	71	钼	0.07
32	2,4-二硝基甲苯	0.0003	72	钴	1.0
33	2,4,6-三硝基甲苯	0.5	73	铍	0.002
34	硝基氯苯⑤	0.05	74	硼	0.5
35	2,4-二硝基氯苯	0.5	75	锑	0.005
36	2,4-二氯苯酚	0.093	76	镍	0.02
37	2,4,6-三氯苯酚	0.2	77	钡	0.7
38	五氯酚	0.009	78	钒	0.05
39	苯胺	0.1	79	钛	0.1
40	联苯胺	0.0002	80	铊	0.0001

① 二甲苯：指对-二甲苯、间-二甲苯、邻-二甲苯。

② 三氯苯：指1,2,3-三氯苯、1,2,4-三氯苯、1,3,5-三氯苯。

③ 四氯苯：指1,2,3,4-四氯苯、1,2,3,5-四氯苯、1,2,4,5-四氯苯。

④ 二硝基苯：指对-二硝基苯、间-二硝基苯、邻-二硝基苯。

⑤ 硝基氯苯：指对-硝基氯苯、间-硝基氯苯、邻-硝基氯苯。

⑥ 多氯联苯：指 PCB-1016、PCB-1221、PCB-1232、PCB-1242、PCB-1248、PCB-1254、PCB-1260。

表 4　地表水环境质量标准基本项目分析方法

序号	项　目	分　析　方　法	最低检出限/(mg/L)	方法来源
1	水温	温度计法		GB 13195—91
2	pH 值	玻璃电极法		GB 6920—86
3	溶解氧	碘量法	0.2	GB 7489—87
		电化学探头法		GB 11913—89
4	高锰酸盐指数		0.5	GB 11892—89
5	化学需氧量	重铬酸盐法	10	GB 11914—89
6	五日生化需氧量	稀释与接种法	2	GB 7488—87
7	氨氮	纳氏试剂比色法	0.05	GB 7479—87
		水杨酸分光光度法	0.01	GB 7481—87
8	总磷	钼酸铵分光光度法	0.01	GB 11893—89
9	总氮	碱性过硫酸钾消解紫外分光光度法	0.05	GB 11894—89
10	铜	2,9-二甲基-1,10-菲啰啉分光光度法	0.06	GB 7473—87
		二乙基二硫代氨基甲酸钠分光光度法	0.010	GB 7474—87
		原子吸收分光光度法(螯合萃取法)	0.001	GB 7475—87
11	锌	原子吸收分光光度法	0.05	GB 7475—87
12	氟化物	氟试剂分光光度法	0.05	GB 7483—87
		离子选择电极法	0.05	GB 7484—87
		离子色谱法	0.02	HJ/T 84—2001
13	硒	2,3-二氨基萘荧光法	0.00025	GB 11902—89
		石墨炉原子吸收分光光度法	0.003	GB/T 15505—1995
14	砷	二乙基二硫代氨基甲酸银分光光度法	0.007	GB 7485—87
		冷原子荧光法	0.00006	1)
15	汞	冷原子吸收分光光度法	0.00005	GB 7468—87
		冷原子荧光法	0.00005	1)
16	镉	原子吸收分光光度法(螯合萃取法)	0.001	GB 7475—87
17	铬(六价)	二苯碳酰二肼分光光度法	0.004	GB 7467—87
18	铅	原子吸收分光光度法(螯合萃取法)	0.01	GB 7475—87
19	氰化物	异烟酸-吡唑啉酮比色法	0.004	GB 7487—87
		吡啶-巴比妥酸比色法	0.002	
20	挥发酚	蒸馏后 4-氨基安替比林分光光度法	0.002	GB 7490—87
21	石油类	红外分光光度法	0.01	GB/T 16488—1996
22	阴离子表面活性剂	亚甲蓝分光光度法	0.05	GB 7494—87
23	硫化物	亚甲基蓝分光光度法	0.005	GB/T 16489—1996
		直接显色分光光度法	0.004	GB/T 17133—1997
24	粪大肠菌群	多管发酵法、滤膜法		1)

　　注：暂采用下列分析方法，待国家方法标准发布后，执行国家标准。

　　1)《水和废水监测分析方法（第三版）》，中国环境科学出版社，1989 年。

表 5　集中式生活饮用水地表水源地补充项目分析方法

序号	项　目	分析方法	最低检出限/(mg/L)	方法来源
1	硫酸盐	重量法	10	GB 11899—89
		火焰原子吸收分光光度法	0.4	GB 13196—91
		铬酸钡光度法	8	1)
		离子色谱法	0.09	HJ/T 84—2001
2	氯化物	硝酸银滴定法	10	GB 11896—89
		硝酸汞滴定法	2.5	1)
		离子色谱法	0.02	HJ/T 84—2001
3	硝酸盐	酚二磺酸分光光度法	0.02	GB 7480—87
		紫外分光光度法	0.08	1)
		离子色谱法	0.08	HJ/T 84—2001
4	铁	火焰原子吸收分光光度法	0.03	GB 11911—89
		邻菲啰啉分光光度法	0.03	1)
5	锰	高碘酸钾分光光度法	0.02	GB 11906—89
		火焰原子吸收分光光度法	0.01	GB 11911—89
		甲醛肟光度法	0.01	1)

注：暂采用下列分析方法，待国家方法标准发布后，执行国家标准。

1)《水和废水监测分析方法（第三版）》，中国环境科学出版社，1989 年。

表 6　集中式生活饮用水地表水源地特定项目分析方法

序号	项　目	分析方法	最低检出限/(mg/L)	方法来源
1	三氯甲烷	顶空气相色谱法	0.0003	GB/T 17130—1997
		气相色谱法	0.0006	2)
2	四氯化碳	顶空气相色谱法	0.00005	GB/T 17130—1997
		气相色谱法	0.0003	2)
3	三溴甲烷	顶空气相色谱法	0.001	GB/T 17130—1997
		气相色谱法	0.006	2)
4	二氯甲烷	顶空气相色谱法	0.0087	2)
5	1,2-二氯乙烷	顶空气相色谱法	0.0125	2)
6	环氧氯丙烷	气相色谱法	0.02	2)
7	氯乙烯	气相色谱法	0.001	2)
8	1,1-二氯乙烯	吹出捕集气相色谱法	0.000018	2)
9	1,2-二氯乙烯	吹出捕集气相色谱法	0.000012	2)
10	三氯乙烯	顶空气相色谱法	0.0005	GB/T 17130—1997
		气相色谱法	0.003	2)
11	四氯乙烯	顶空气相色谱法	0.0002	GB/T 17130—1997
		气相色谱法	0.0012	2)
12	氯丁二烯	顶空气相色谱法	0.002	2)

序号	项目	分析方法	最低检出限 /(mg/L)	方法来源
13	六氯丁二烯	气相色谱法	0.00002	2)
14	苯乙烯	气相色谱法	0.01	2)
15	甲醛	乙酰丙酮分光光度法	0.05	GB 13197—91
		4-氨基-3-联氨-5-巯基-1,2,4-三氮杂茂（AHMT）分光光度法	0.05	2)
16	乙醛	气相色谱法	0.24	2)
17	丙烯醛	气相色谱法	0.019	2)
18	三氯乙醛	气相色谱法	0.001	2)
19	苯	液上气相色谱法	0.005	GB 11890—89
		顶空气相色谱法	0.00042	2)
20	甲苯	液上气相色谱法	0.005	GB 11890—89
		二硫化碳萃取气相色谱法	0.05	
		气相色谱法	0.01	2)
21	乙苯	液上气相色谱法	0.005	GB 11890—89
		二硫化碳萃取气相色谱法	0.05	
		气相色谱法	0.01	2)
22	二甲苯	液上气相色谱法	0.005	GB 11890—89
		二硫化碳萃取气相色谱法	0.05	
		气相色谱法	0.01	2)
23	异丙苯	顶空气相色谱法	0.0032	2)
24	氯苯	气相色谱法	0.01	HJ/T 74—2001
25	1,2-二氯苯	气相色谱法	0.002	GB/T 17131—1997
26	1,4-二氯苯	气相色谱法	0.005	GB/T 17131—1997
27	三氯苯	气相色谱法	0.00004	2)
28	四氯苯	气相色谱法	0.00002	2)
29	六氯苯	气相色谱法	0.00002	2)
30	硝基苯	气相色谱法	0.0002	GB 13194—91
31	二硝基苯	气相色谱法	0.2	2)
32	2,4-二硝基甲苯	气相色谱法	0.0003	GB 13194—91
33	2,4,6-三硝基甲苯	气相色谱法	0.1	2)
34	硝基氯苯	气相色谱法	0.0002	GB 13194—91
35	2,4-二硝基氯苯	气相色谱法	0.1	2)
36	2,4-二氯苯酚	电子捕获-毛细色谱法	0.0004	2)
37	2,4,6-三氯苯酚	电子捕获-毛细色谱法	0.00004	2)
38	五氯酚	气相色谱法	0.00004	GB 8972—88
		电子捕获-毛细色谱法	0.000024	2)
39	苯胺	气相色谱法	0.002	2)

序号	项 目	分 析 方 法	最低检出限/(mg/L)	方法来源
40	联苯胺	气相色谱法	0.0002	3)
41	丙烯酰胺	气相色谱法	0.00015	2)
42	丙烯腈	气相色谱法	0.10	2)
43	邻苯二甲酸二丁酯	液相色谱法	0.0001	HJ/T 72—2001
44	邻苯二甲酸二(2-乙基己基)酯	气相色谱法	0.0004	2)
45	水合肼	对二甲氨基苯甲醛直接分光光度法	0.005	2)
46	四乙基铅	双硫腙比色法	0.0001	2)
47	吡啶	气相色谱法	0.031	GB/T 14672—93
		巴比土酸分光光度法	0.05	2)
48	松节油	气相色谱法	0.02	2)
49	苦味酸	气相色谱法	0.001	2)
50	丁基黄原酸	铜试剂亚铜分光光度法	0.002	2)
51	活性氯	N,N-二乙基对苯二胺(DPD)分光光度法	0.01	2)
		3,3′,5,5′-四甲基联苯胺比色法	0.005	2)
52	滴滴涕	气相色谱法	0.0002	GB 7492—87
53	林丹	气相色谱法	4×10^{-6}	GB 7492—87
54	环氧七氯	液液萃取气相色谱法	0.000083	2)
55	对硫磷	气相色谱法	0.00054	GB 13192—91
56	甲基对硫磷	气相色谱法	0.00042	GB 13192—91
57	马拉硫磷	气相色谱法	0.00064	GB 13192—91
58	乐果	气相色谱法	0.00057	GB 13192—91
59	敌敌畏	气相色谱法	0.00006	GB 13192—91
60	敌百虫	气相色谱法	0.000051	GB 13192—91
61	内吸磷	气相色谱法	0.0025	2)
62	百菌清	气相色谱法	0.0004	2)
63	甲萘威	高效液相色谱法	0.01	2)
64	溴氰菊酯	气相色谱法	0.0002	2)
		高效液相色谱法	0.002	2)
65	阿特拉津	气相色谱法		3)
66	苯并[a]芘	乙酰化滤纸层析荧光分光光度法	4×10^{-6}	GB 11895—89
		高效液相色谱法	1×10^{-6}	GB 13198—91
67	甲基汞	气相色谱法	1×10^{-6}	GB/T 17132—1997
68	多氯联苯	气相色谱法		3)
69	微囊藻毒素-LR	高效液相色谱法	0.00001	2)
70	黄磷	钼-锑-抗分光光度法	0.0025	2)
71	钼	无火焰原子吸收分光光度法	0.00231	2)
72	钴	无火焰原子吸收分光光度法	0.00191	2)

序号	项 目	分 析 方 法	最低检出限 /(mg/L)	方法来源
73	铍	铬菁 R 分光光度法	0.0002	HJ/T 58—2000
		石墨炉原子吸收分光光度法	0.00002	HJ/T 59—2000
		桑色素荧光分光光度法	0.0002	2)
74	硼	姜黄素分光光度法	0.02	HJ/T 49—1999
		甲亚胺-H 分光光度法	0.2	2)
75	锑	氢化原子吸收分光光度法	0.00025	2)
76	镍	无火焰原子吸收分光光度法	0.00248	2)
77	钡	无火焰原子吸收分光光度法	0.00618	2)
78	钒	钽试剂(BPHA)萃取分光光度法	0.018	GB/T 15503—1995
		无火焰原子吸收分光光度法	0.00698	2)
79	钛	催化示波极谱法	0.0004	2)
		水杨基荧光酮分光光度法	0.02	2)
80	铊	无火焰原子吸收分光光度法	4×10^{-6}	2)

注：暂采用下列分析方法，待国家方法标准发布后，执行国家标准。

1)《水和废水监测分析方法（第三版）》，中国环境科学出版社，1989 年。

2)《生活饮用水卫生规范》，中华人民共和国卫生部，2001 年。

3)《水和废水标准检验法（第 15 版）》，中国建筑工业出版社，1985 年。

附录 2　地下水质量标准（GB/T 14848—93）

1　引言

为保护和合理开发地下水资源，防止和控制地下水污染，保障人民身体健康，促进经济建设，特制定本标准。

本标准是地下水勘查评价、开发利用和监督管理的依据。

2　主题内容与适用范围

2.1　本标准规定了地下水的质量分类，地下水质量监测、评价方法和地下水质量保护。

2.2　本标准适用于一般地下水，不适用于地下热水、矿水、盐卤水。

3　引用标准

GB 5750　生活饮用水标准检验方法

4　地下水质量分类及质量分类指标

4.1　地下水质量分类

依据我国地下水水质现状、人体健康基准值及地下水质量保护目标，并参照了生活饮用水，工业、农业用水水质要求，将地下水质量划分为五类。

Ⅰ类　主要反映地下水化学组分的天然低背景含量。适用于各种用途。

Ⅱ类　主要反映地下水化学组分的天然背景含量。适用于各种用途。

Ⅲ类　以人体健康基准值为依据。主要适用于集中式生活饮用水水源及工、农业用水。

Ⅳ类　以农业和工业用水要求为依据。除适用于农业和部分工业用水外，适当处理后可作生活饮用水。

Ⅴ类　不宜饮用，其他用水可根据使用目的选用。

4.2　地下水质量分类指标（见表1）。

表1　地下水质量分类指标

项目序号	项目 \ 标准值 \ 类别	Ⅰ类	Ⅱ类	Ⅲ类	Ⅳ类	Ⅴ类
1	色/度	≤5	≤5	≤15	≤25	>25
2	嗅和味	无	无	无	无	有
3	浑浊度/度	≤3	≤3	≤3	≤10	>10
4	肉眼可见物	无	无	无	无	有
5	pH	6.5～8.5			5.5～6.5，8.5～9	<5.5，>9
6	总硬度(以 $CaCO_3$ 计)/(mg/L)	≤150	≤300	≤450	≤550	>550
7	溶解性总固体/(mg/L)	≤300	≤500	≤1000	≤2000	>2000
8	硫酸盐/(mg/L)	≤50	≤150	≤250	≤350	>350
9	氯化物/(mg/L)	≤50	≤150	≤250	≤350	>350
10	铁(Fe)/(mg/L)	≤0.1	≤0.2	≤0.3	≤1.5	>1.5
11	锰(Mn)/(mg/L)	≤0.05	≤0.05	≤0.1	≤1.0	>1.0
12	铜(Cu)/(mg/L)	≤0.01	≤0.05	≤1.0	≤1.5	>1.5
13	锌(Zn)/(mg/L)	≤0.05	≤0.5	≤1.0	≤5.0	>5.0
14	钼(Mo)/(mg/L)	≤0.001	≤0.01	≤0.1	≤0.5	>0.5
15	钴(Co)/(mg/L)	≤0.005	≤0.05	≤0.05	≤1.0	>1.0
16	挥发性酚类(以苯酚计)/(mg/L)	≤0.001	≤0.001	≤0.002	≤0.01	>0.01
17	阴离子合成洗涤剂/(mg/L)	不得检出	≤0.1	≤0.3	≤0.3	>0.3
18	高锰酸盐指数/(mg/L)	≤1.0	≤2.0	≤3.0	≤10	>10
19	硝酸盐(以 N 计)/(mg/L)	≤2.0	≤5.0	≤20	≤30	>30
20	亚硝酸盐(以 N 计)/(mg/L)	≤0.001	≤0.01	≤0.02	≤0.1	>0.1
21	氨氮(NH_4)/(mg/L)	≤0.02	≤0.02	≤0.2	≤0.5	>0.5
22	氟化物/(mg/L)	≤1.0	≤1.0	≤1.0	≤2.0	>2.0
23	碘化物/(mg/L)	≤0.1	≤0.1	≤0.2	≤1.0	>1.0
24	氰化物/(mg/L)	≤0.001	≤0.01	≤0.05	≤0.1	>0.1
25	汞(Hg)/(mg/L)	≤0.00005	≤0.0005	≤0.001	≤0.001	>0.001
26	砷(As)/(mg/L)	≤0.005	≤0.01	≤0.05	≤0.05	>0.05
27	硒(Se)/(mg/L)	≤0.01	≤0.01	≤0.01	≤0.1	>0.1
28	镉(Cd)/(mg/L)	≤0.0001	≤0.001	≤0.01	≤0.01	>0.1
29	铬(六价)(Cr^{6+})/(mg/L)	≤0.005	≤0.01	≤0.05	≤0.1	>0.1
30	铅(Pb)/(mg/L)	≤0.005	≤0.01	≤0.05	≤0.1	>0.1
31	铍(Be)/(mg/L)	≤0.00002	≤0.0001	≤0.0002	≤0.001	>0.001
32	钡(Ba)/(mg/L)	≤0.01	≤0.1	≤1.0	≤4.0	>4.0
33	镍(Ni)/(mg/L)	≤0.005	≤0.05	≤0.05	≤0.1	>0.1

项目序号	标准值 项目	类别	Ⅰ类	Ⅱ类	Ⅲ类	Ⅳ类	Ⅴ类
34	滴滴涕/(μg/L)		不得检出	≤0.005	≤1.0	≤1.0	>1.0
35	六六六/(μg/L)		≤0.005	≤0.05	≤5.0	≤5.0	>5.0
36	总大肠菌群/(个/L)		≤3.0	≤3.0	≤3.0	≤100	>100
37	细菌总数/(个/mL)		≤100	≤100	≤100	≤1000	>1000
38	总α放射性/(Bq/L)		≤0.1	≤0.1	≤0.1	>0.1	>0.1
39	总β放射性/(Bq/L)		≤0.1	≤1.0	≤1.0	>1.0	>1.0

　　根据地下水各指标含量特征，分为五类，它是地下水质量评价的基础。以地下水为水源的各类专门用水，在地下水质量分类管理基础上，可按有关专门用水标准进行管理。

5　地下水水质监测

　　5.1　各地区应对地下水水质进行定期检测。检验方法，按国家标准 GB 5750《生活饮用水标准检验方法》执行。

　　5.2　各地地下水监测部门，应在不同质量类别的地下水域设立监测点进行水质监测，监测频率不得少于每年二次（丰、枯水期）。

　　5.3　监测项目为：pH、氨氮、硝酸盐、亚硝酸盐、挥发性酚类、氰化物、砷、汞、铬（六价）、总硬度、铅、氟、镉、铁、锰、溶解性总固体、高锰酸盐指数、硫酸盐、氯化物、大肠菌群，以及反映本地区主要水质问题的其他项目。

6　地下水质量评价

　　6.1　地下水质量评价以地下水水质调查分析资料或水质监测资源为基础，可分为单项组分评价和综合评价两种。

　　6.2　地下水质量单项组分评价，按本标准所列分类指标，划分为五类，代号与类别代号相同，不同类别标准值相同时，从优不从劣。

　　例　挥发性酚类Ⅰ、Ⅱ类标准值均为 0.001mg/L，若水质分析结果为 0.001mg/L 时，应定为Ⅰ类，不定为Ⅱ类。

　　6.3　地下水质量综合评价，采用加附注的评分法。具体要求与步骤如下：

　　6.3.1　参加评分的项目，应不少于本标准规定的监测项目，但不包括细菌学指标。

　　6.3.2　首先进行各单项组分评价，划分组分所属质量类别。

　　6.3.3　对各类别按下列规定（表2）分别确定单项组分评价分值 F_i。

表 2

类　别	Ⅰ	Ⅱ	Ⅲ	Ⅳ	Ⅴ
F_i	0	1	3	6	10

　　6.3.4　按式(1)和式(2)计算综合评价分值 F。

$$F = \sqrt{\frac{\overline{F}^2 + F_{max}^2}{2}} \tag{1}$$

$$\overline{F} = \frac{1}{n}\sum_{i=1}^{n} F_i \tag{2}$$

式中　$\overline{F}$——各单项组分评分值 F_i 的平均值；

　　　$F_{\max}$——单项组分评价分值 F_i 中的最大值；

　　　n——项数。

6.3.5　根据 F 值，按以下规定（表3）划分地下水质量级别，再将细菌学指标评价类别注在级别定名之后。如"优良（Ⅱ类）"、"较好（Ⅲ类）"。

表 3

级别	优良	良好	较好	较差	极差
F	<0.80	0.80~<2.50	2.50~<4.25	4.25~<7.20	>7.20

6.4　使用两次以上的水质分析资料进行评价时，可分别进行地下水质量评价，也可根据具体情况，使用全年平均值和多年平均值或分别使用多年的枯水期、丰水期平均值进行评价。

6.5　在进行地下水质量评价时，除采用本方法外，也可采用其他评价方法进行对比。

7　地下水质量保护

7.1　为防止地下水污染和过量开采、人工回灌等引起的地下水质量恶化，保护地下水水源，必须按《中华人民共和国水污染防治法》和《中华人民共和国水法》有关规定执行。

7.2　利用污水灌溉、污水排放、有害废弃物（城市垃圾、工业废渣、核废料等）的堆放和地下处置，必须经过环境地质可行性论证及环境影响评价，征得环境保护部门批准后方能施行。

附加说明：

本标准由中华人民共和国地质矿产部提出。

本标准由地质矿产部地质环境管理司、地质矿产部水文地质工程地质研究所归口。

本标准由地质矿产部地质环境管理司、地质矿产部水文地质工程地质研究所、全国环境水文地质总站、吉林省环境水文地质总站、河南省水文地质总站、陕西省环境水文地质总站、广西壮族自治区环境水文地质总站、江西省环境地质大队负责起草。

本标准主要起草人李梅玲、张锡根、阎葆瑞、李京森、苗长青、吕水明、沈小珍、席文跃、多超美、雷觐韵。

附录3　污水综合排放标准（GB 8978—1996）

为贯彻《中华人民共和国环境保护法》、《中华人民共和国水污染防治法》和《中华人民共和国海洋环境保护法》，控制水污染，保护江河、湖泊、运河、渠道、水库和海洋等地面水以及地下水水质的良好状态，保障人体健康，维护生态平衡，促进国民经济和城乡建设的发展，特制定本标准。

1　主题内容与适用范围

1.1　主题内容

本标准按照污水排放去向，分年限规定了69种水污染物最高允许排放浓度及部分行业最高允许排水量。

1.2 适用范围

本标准适用于现有单位水污染物的排放管理，以及建设项目的环境影响评价、建设项目环境保护设施设计、竣工验收及其投产后的排放管理。

按照国家综合排放标准与国家行业排放标准不交叉执行的原则，造纸工业执行 GB 3544—92《造纸工业水污染物排放标准》，船舶执行 GB 3552—83《船舶污染物排放标准》，船舶工业执行 GB 4286—84《船舶工业污染物排放标准》，海洋石油开发工业执行 GB 4914—85《海洋石油开发工业含油污水排放标准》，纺织染整工业执行 GB 4287—92《纺织染整工业水污染物排放标准》，肉类加工工业执行 GB 13457—92《肉类加工工业水污染物排放标准》，合成氨工业执行 GB 13458—92《合成氨工业水污染物排放标准》，钢铁工业执行 GB 13456—92《钢铁工业水污染物排放标准》，航天推进剂使用执行 GB 14374—93《航天推进剂水污染物排放标准》，兵器工业执行 GB 14470.1～14470.3—93 和 GB 4274～4279—84《兵器工业水污染物排放标准》，磷肥工业执行 GB 15580—95《磷肥工业水污染物排放标准》，烧碱、聚氯乙烯工业执行 GB 15581—95《烧碱、聚氯乙烯工业水污染物排放标准》，其他水污染物排放均执行本标准。

1.3 本标准颁布后，新增加国家行业水污染物排放标准的行业，按其适用范围执行相应的国家水污染物行业标准，不再执行本标准。

2 引用标准

下列标准所包含的条文，通过在本标准中引用而构成为本标准的条文。本标准出版时，所示版本均为有效。所有标准都会被修订，使用本标准的各方应探讨使用下列标准最新版本的可能性。

GB 3097—82 海水水质标准

GB 3838—88 地面水环境质量标准

GB 8703—88 辐射防护规定

3 定义

3.1 污水

指在生产与生活活动中排放的水的总称。

3.2 排水量

指在生产过程中直接用于工艺生产的水的排放量。不包括间接冷却水、厂区锅炉、电站排水。

3.3 一切排污单位

指本标准适用范围所包括的一切排污单位。

3.4 其他排污单位

指在某一控制项目中，除所列行业外的一切排污单位。

4 技术内容

4.1 标准分级

4.1.1 排入 GB 3838 Ⅲ类水域（划定的保护区和游泳区除外）和排入 GB 3097 中二类海域的污水，执行一级标准。

4.1.2 排入 GB 3838 中Ⅳ、Ⅴ类水域和排入 GB 3097 中三类海域的污水，执行二级标准。

4.1.3 排入设置二级污水处理厂的城镇排水系统的污水，执行三级标准。

4.1.4 排入未设置二级污水处理厂的城镇排水系统的污水，必须根据排水系统出水受纳水域的功能要求，分别执行4.1.1和4.1.2的规定。

4.1.5　GB 3838中Ⅰ、Ⅱ类水域和Ⅲ类水域中划定的保护区，GB 3097中一类海域，禁止新建排污口，现有排污口应按水体功能要求，实行污染物总量控制，以保证受纳水体水质符合规定用途的水质标准。

4.2　标准值

4.2.1　本标准将排放的污染物按其性质及控制方式分为二类。

4.2.1.1　第一类污染物，不分行业和污水排放方式，也不分受纳水体的功能类别，一律在车间或车间处理设施排放口采样，其最高允许排放浓度必须达到本标准要求。（采矿行业的尾矿坝出水口不得视为车间排放口。）

4.2.1.2　第二类污染物，在排污单位排放口采样，其最高允许排放浓度必须达到本标准要求。

4.2.2　本标准按年限规定了第一类污染物和第二类污染物最高允许排放浓度及部分行业最高允许排水量，分别为：

4.2.2.1　1997年12月31日之前建设（包括改、扩建）的单位，水污染物的排放必须同时执行表1、表2、表3的规定。

表1　第一类污染物最高允许排放浓度　　　　单位：mg/L

序号	污染物	最高允许排放浓度	序号	污染物	最高允许排放浓度
1	总汞	0.05	8	总镍	1.0
2	烷基汞	不得检出	9	苯并[a]芘	0.00003
3	总镉	0.1	10	总铍	0.005
4	总铬	1.5	11	总银	0.5
5	六价铬	0.5	12	总α放射性	1Bq/L
6	总砷	0.5	13	总β放射性	10Bq/L
7	总铅	1.0			

表2　第二类污染物最高允许排放浓度

（1997年12月31日之前建设的单位）　　　　单位：mg/L

序号	污染物	适用范围	一级标准	二级标准	三级标准
1	pH	一切排污单位	6～9	6～9	6～9
2	色度（稀释倍数）	染料工业	50	180	
		其他排污单位	50	80	
3	悬浮物（SS）	采矿、选矿、选煤工业	100	300	
		脉金选矿	100	500	
		边远地区砂金选矿	100	800	
		城镇二级污水处理厂	20	30	
		其他排污单位	70	200	400
4	五日生化需氧量（BOD₅）	甘蔗制糖、苎麻脱胶、湿法纤维板工业	30	100	600
		甜菜制糖、酒精、味精、皮革、化纤浆粕工业	30	150	600
		城镇二级污水处理厂	20	30	—
		其他排污单位	30	60	300

续表

序号	污染物	适用范围	一级标准	二级标准	三级标准
5	化学需氧量(COD)	甜菜制糖、焦化、合成脂肪酸、湿法纤维板、染料、洗毛、有机磷农药工业	100	200	1000
		味精、酒精、医药原料药、生物制药、苎麻脱胶、皮革、化纤浆粕工业	100	300	1000
		石油化工工业(包括石油炼制)	100	150	500
		城镇二级污水处理厂	60	120	—
		其他排污单位	100	150	500
6	石油类	一切排污单位	10	10	30
7	动植物油	一切排污单位	20	20	100
8	挥发酚	一切排污单位	0.5	0.5	2.0
9	总氰化合物	电影洗片(铁氰化合物)	0.5	5.0	5.0
		其他排污单位	0.5	0.5	1.0
10	硫化物	一切排污单位	1.0	1.0	2.0
11	氨氮	医药原料药、染料、石油化工工业	15	50	—
		其他排污单位	15	25	—
12	氟化物	黄磷工业	10	20	20
		低氟地区(水体含氟量<0.5mg/L)	10	20	30
		其他排污单位	10	10	20
13	磷酸盐(以P计)	一切排污单位	0.5	1.0	—
14	甲醛	一切排污单位	1.0	2.0	5.0
15	苯胺类	一切排污单位	1.0	2.0	5.0
16	硝基苯类	一切排污单位	2.0	3.0	5.0
17	阴离子表面活性剂(LAS)	合成洗涤剂工业	5.0	15	20
		其他排污单位	5.0	10	20
18	总铜	一切排污单位	0.5	1.0	2.0
19	总锌	一切排污单位	2.0	5.0	5.0
20	总锰	合成脂肪酸工业	2.0	5.0	5.0
		其他排污单位	2.0	5.0	5.0
21	彩色显影剂	电影洗片	2.0	3.0	5.0
22	显影剂及氧化物总量	电影洗片	3.0	6.0	6.0
23	元素磷	一切排污单位	0.1	0.3	0.3
24	有机磷农药(以P计)	一切排污单位	不得检出	0.5	0.5
25	粪大肠菌群数	医院[1]、兽医院及医疗机构含病原体污水	500 个/L	1000 个/L	5000 个/L
		传染病、结核病医院污水	100 个/L	500 个/L	1000 个/L
26	总余氯(采用氯化消毒的医院污水)	医院[1]、兽医院及医疗机构含病原体污水	<0.5[2]	>3(接触时间≥1h)	>2(接触时间≥1h)
		传染病、结核病医院污水	<0.5[2]	>6.5(接触时间≥1.5h)	>5(接触时间≥1.5h)

[1] 指 50 个床位以上的医院。
[2] 加氯消毒后须进行脱氯处理，达到本标准。

表3 部分行业最高允许排水量

（1997年12月31日之前建设的单位）

序号	行 业 类 别				最高允许排水量或最低允许水重复利用率	
1	矿山工业	有色金属系统选矿			水重复利用率75%	
		其他矿山工业采矿、选矿、选煤等			水重复利用率90%（选煤）	
		脉金选矿	重选		16.0m³/t（矿石）	
			浮选		9.0m³/t（矿石）	
			氰化		8.0m³/t（矿石）	
			碳浆		8.0m³/t（矿石）	
2	焦化企业（煤气厂）				1.2m³/t（焦炭）	
3	有色金属冶炼及金属加工				水重复利用率80%	
4	石油炼制工业（不包括直排水炼油厂） 加工深度分类： 　A. 燃料型炼油厂 　B. 燃料＋润滑油型炼油厂 　C. 燃料＋润滑油型＋炼油化工型炼油厂 （包括加工高含硫原油页岩油和石油添加剂生产基地的炼油厂）			A	>500万吨，1.0m³/t（原油） 250～500万吨，1.2m³/t（原油） <250万吨，1.5m³/t（原油）	
				B	>500万吨，1.5m³/t（原油） 250～500万吨，2.0m³/t（原油） <250万吨，2.0m³/t（原油）	
				C	>500万吨，2.0m³/t（原油） 250～500万吨，2.5m³/t（原油） <250万吨，2.5m³/t（原油）	
5	合成洗涤剂工业	氯化法生产烷基苯			200.0m³/t（烷基苯）	
		裂解法生产烷基苯			70.0m³/t（烷基苯）	
		烷基苯生产合成洗涤剂			10.0m³/t（产品）	
6	合成脂肪酸工业				200.0m³/t（产品）	
7	湿法生产纤维板工业				30.0m³/t（板）	
8	制糖工业	甘蔗制糖			10.0m³/t（甘蔗）	
		甜菜制糖			4.0m³/t（甜菜）	
9	皮革工业	猪盐湿皮			60.0m³/t（原皮）	
		牛干皮			100.0m³/t（原皮）	
		羊干皮			150.0m³/t（原皮）	
10	发酵、酿造工业	酒精工业	以玉米为原料		100.0m³/t（酒精）	
			以薯类为原料		80.0m³/t（酒精）	
			以糖蜜为原料		70.0m³/t（酒精）	
		味精工业			600.0m³/t（味精）	
		啤酒工业（排水量不包括麦芽水部分）			16.0m³/t（啤酒）	
11	铬盐工业				5.0m³/t（产品）	
12	硫酸工业（水洗法）				15.0m³/t（硫酸）	
13	苎麻脱胶工业				500m³/t（原麻）或750m³/t（精干麻）	
14	化纤浆粕				本色：150m³/t（浆） 漂白240m³/t（浆）	
15	粘胶纤维工业（单纯纤维）	短纤维（棉型中长纤维、毛型中长纤维）			300m³/t（纤维）	
		长纤维			800m³/t（纤维）	
16	铁路货车洗刷				5.0m³/辆	
17	电影洗片				5m³/1000m（35mm的胶片）	
18	石油沥青工业				冷却池的水循环利用率95%	

4.2.2.2 1998年1月1日起建设（包括改、扩建）的单位，水污染物的排放必须同时执行表1、表4、表5的规定。

表4 第二类污染物最高允许排放浓度

（1998年1月1日后建设的单位） 单位：mg/L

序号	污染物	适用范围	一级标准	二级标准	三级标准
1	pH	一切排污单位	6～9	6～9	6～9
2	色度（稀释倍数）	一切排污单位	50	80	—
3	悬浮物（SS）	采矿、选矿、选煤工业	70	300	—
		脉金选矿	70	400	—
		边远地区砂金选矿	70	800	—
		城镇二级污水处理厂	20	30	—
		其他排污单位	70	150	400
4	五日生化需氧量（BOD₅）	甘蔗制糖、苎麻脱胶、湿法纤维板、染料、洗毛工业	20	60	600
		甜菜制糖、酒精、味精、皮革、化纤浆粕工业	20	100	600
		城镇二级污水处理厂	20	30	—
		其他排污单位	20	30	300
5	化学需氧量（COD）	甜菜制糖、合成脂肪酸、湿法纤维板、染料、洗毛、有机磷农药工业	100	200	1000
		味精、酒精、医药原料药、生物制药、苎麻脱胶、皮革、化纤浆粕工业	100	300	1000
		石油化工工业（包括石油炼制）	60	120	500
		城镇二级污水处理厂	60	120	—
		其他排污单位	100	150	500
6	石油类	一切排污单位	5	10	20
7	动植物油	一切排污单位	10	15	100
8	挥发酚	一切排污单位	0.5	0.5	2.0
9	总氰化合物	一切排污单位	0.5	0.5	1.0
10	硫化物	一切排污单位	1.0	1.0	1.0
11	氨氮	医药原料药、染料、石油化工工业	15	50	—
		其他排污单位	15	25	—
12	氟化物	黄磷工业	10	15	20
		低氟地区（水体含氟量＜0.5mg/L）	10	20	30
		其他排污单位	10	10	20
13	磷酸盐（以P计）	一切排污单位	0.5	1.0	—
14	甲醛	一切排污单位	1.0	2.0	5.0
15	苯胺类	一切排污单位	1.0	2.0	5.0
16	硝基苯类	一切排污单位	2.0	3.0	5.0
17	阴离子表面活性剂（LAS）	一切排污单位	5.0	10	20
18	总铜	一切排污单位	0.5	1.0	2.0
19	总锌	一切排污单位	2.0	5.0	5.0

续表

序号	污染物	适用范围	一级标准	二级标准	三级标准
20	总锰	合成脂肪酸工业	2.0	5.0	5.0
		其他排污单位	2.0	2.0	5.0
21	彩色显影剂	电影洗片	1.0	2.0	3.0
22	显影剂及氧化物总量	电影洗片	3.0	3.0	6.0
23	元素磷	一切排污单位	0.1	0.1	0.3
24	有机磷农药(以 P 计)	一切排污单位	不得检出	0.5	0.5
25	乐果	一切排污单位	不得检出	1.0	2.0
26	对硫磷	一切排污单位	不得检出	1.0	2.0
27	甲基对硫磷	一切排污单位	不得检出	1.0	2.0
28	马拉硫磷	一切排污单位	不得检出	5.0	10
29	五氯酚及五氯酚钠(以五氯酚计)	一切排污单位	5.0	8.0	10
30	可吸附有机卤化物(AOX)(以 Cl 计)	一切排污单位	1.0	5.0	0.0
31	三氯甲烷	一切排污单位	0.3	0.6	1.0
32	四氯化碳	一切排污单位	0.03	0.06	0.5
33	三氯乙烯	一切排污单位	0.3	0.6	1.0
34	四氯乙烯	一切排污单位	0.1	0.2	0.5
35	苯	一切排污单位	0.1	0.2	0.5
36	甲苯	一切排污单位	0.1	0.2	0.5
37	乙苯	一切排污单位	0.4	0.6	1.0
38	邻-二甲苯	一切排污单位	0.4	0.6	1.0
39	对-二甲苯	一切排污单位	0.4	0.6	1.0
40	间-二甲苯	一切排污单位	0.4	0.6	1.0
41	氯苯	一切排污单位	0.2	0.4	1.0
42	邻二氯苯	一切排污单位	0.4	0.6	1.0
43	对二氯苯	一切排污单位	0.4	0.6	1.0
44	对硝基氯苯	一切排污单位	0.5	1.0	5.0
45	2,4-二硝基氯苯	一切排污单位	0.5	1.0	5.0
46	苯酚	一切排污单位	0.3	0.4	1.0
47	间甲酚	一切排污单位	0.1	0.2	0.5
48	2,4-二氯酚	一切排污单位	0.6	0.8	1.0
49	2,4,6-三氯酚	一切排污单位	0.6	0.8	1.0
50	邻苯二甲酸二丁酯	一切排污单位	0.2	0.4	2.0
51	邻苯二甲酸二辛酯	一切排污单位	0.3	0.6	2.0
52	丙烯腈	一切排污单位	2.0	5.0	5.0
53	总硒	一切排污单位	0.1	0.2	0.5

续表

序号	污染物	适用范围	一级标准	二级标准	三级标准
54	粪大肠菌群数	医院[①]、兽医院及医疗机构含病原体污水	500 个/L	1000 个/L	5000 个/L
		传染病、结核病医院污水	100 个/L	500 个/L	1000 个/L
55	总余氯(采用氯化消毒的医院污水)	医院[①]、兽医院及医疗机构含病原体污水	<0.5[②]	>3(接触时间≥1h)	>2(接触时间≥1h)
		传染病、结核病医院污水	<0.5[②]	>6.5(接触时间≥1.5h)	>5(接触时间≥1.5h)
56	总有机碳(TOC)	合成脂肪酸工业	20	40	—
		苎麻脱胶工业	20	60	—
		其他排污单位	20	30	—

① 指 50 个床位以上的医院。

② 加氯消毒后须进行脱氯处理,达到本标准。

注:其他排污单位:指除在该控制项目中所列行业以外的一切排污单位。

表 5　部分行业最高允许排水量

(1998 年 1 月 1 日后建设的单位)

序号	行 业 类 别			最高允许排水量或最低允许水重复利用率
1	矿山工业	有色金属系统选矿		水重复利用率 75%
		其他矿山工业采矿、选矿、选煤等		水重复利用率 90%(选煤)
		脉金选矿	重选	16.0m³/t(矿石)
			浮选	9.0m³/t(矿石)
			氰化	8.0m³/t(矿石)
			碳浆	8.0m³/t(矿石)
2	焦化企业(煤气厂)			1.2m³/t(焦炭)
3	有色金属冶炼及金属加工			水重复利用率 80%
4	石油炼制工业(不包括直排水炼油厂) 加工深度分类: A. 燃料型炼油厂 B. 燃料＋润滑油型炼油厂 C. 燃料＋润滑油型＋炼油化工型炼油厂 (包括加工高含硫原油页岩油和石油添加剂生产基地的炼油厂)		A	>500 万吨,1.0m³/t(原油) 250～500 万吨,1.2m³/t(原油) <250 万吨,1.5m³/t(原油)
			B	>500 万吨,1.5m³/t(原油) 250～500 万吨,2.0m³/t(原油) <250 万吨,2.0m³/t(原油)
			C	>500 万吨,2.0m³/t(原油) 250～500 万吨,2.5m³/t(原油) <250 万吨,2.5m³/t(原油)
5	合成洗涤剂工业	氯化法生产烷基苯		200.0m³/t(烷基苯)
		裂解法生产烷基苯		70.0m³/t(烷基苯)
		烷基苯生产合成洗涤剂		10.0m³/t(产品)
6	合成脂肪酸工业			200.0m³/t(产品)
7	湿法生产纤维板工业			30.0m³/t(板)
8	制糖工业	甘蔗制糖		10.0m³/t(甘蔗)
		甜菜制糖		4.0m³/t(甜菜)

续表

序号	行业类别		最高允许排水量或最低允许水重复利用率
9	皮革工业	猪盐湿皮	60.0m³/t(原皮)
		牛干皮	100.0m³/t(原皮)
		羊干皮	150.0m³/t(原皮)
10	发酵、酿造工业	酒精工业 以玉米为原料	100.0m³/t(酒精)
		以薯类为原料	80.0m³/t(酒精)
		以糖蜜为原料	70.0m³/t(酒精)
		味精工业	600.0m³/t(味精)
		啤酒行业(排水量不包括麦芽水部分)	16.0m³/t(啤酒)
11	铬盐工业		5.0m³/t(产品)
12	硫酸工业(水洗法)		15.0m³/t(硫酸)
13	苎麻脱胶工业		500m³/t(原麻)
			750m³/t(精干麻)
14	粘胶纤维工业单纯纤维	短纤维(棉型中长纤维、毛型中长纤维)	300.0m³/t(纤维)
		长纤维	800.0m³/t(纤维)
15	化纤浆粕		本色:150m³/t(浆);漂白:240m³/t(浆)
16	制药工业医药原料药	青霉素	4700m³/t(青霉素)
		链霉素	1450m³/t(链霉素)
		土霉素	1300m³/t(土霉素)
		四环素	1900m³/t(四环素)
		洁霉素	9200m³/t(洁霉素)
		金霉素	3000m³/t(金霉素)
		庆大霉素	20400m³/t(庆大霉素)
		维生素 C	1200m³/t(维生素 C)
		氯霉素	2700m³/t(氯霉素)
		新诺明	2000m³/t(新诺明)
		维生素 B₁	3400m³/t(维生素 B₁)
		安乃近	180m³/t(安乃近)
		非那西汀	750m³/t(非那西汀)
		呋喃唑酮	2400m³/t(呋喃唑酮)
		咖啡因	1200m³/t(咖啡因)
17	有机磷农药工业[①]	乐果[②]	700m³/t(产品)
		甲基对硫磷(水相法)[②]	300m³/t(产品)
		对硫磷(P_2S_5 法)[②]	500m³/t(产品)
		对硫磷($PSCl_3$ 法)[②]	550m³/t(产品)
		敌敌畏(敌百虫碱解法)	200m³/t(产品)
		敌百虫	40m³/t(产品)(不包括三氯乙醛生产废水)
		马拉硫磷	700m³/t(产品)

续表

序号	行 业 类 别		最高允许排水量或最低允许水重复利用率
18	除草剂工业①	除草醚	5m³/t(产品)
		五氯酚钠	2m³/t(产品)
		五氯酚	4m³/t(产品)
		2甲4氯	14m³/t(产品)
		2,4-D	4m³/t(产品)
		丁草胺	4.5m³/t(产品)
		绿麦隆(以 Fe 粉还原)	2m³/t(产品)
		绿麦隆(以 Na₂S 还原)	3m³/t(产品)
19	火力发电工业		3.5m³/(MW·h)
20	铁路货车洗刷		5.0m³/辆
21	电影洗片		5m³/1000m(35mm 的胶片)
22	石油沥青工业		冷却池的水循环利用率 95%

① 产品按 100%浓度计。

② 不包括 P_2S_5、$PSCl_3$，PCl_3 原料生产废水。

4.2.2.3 建设（包括改、扩建）单位的建设时间，以环境影响评价报告书（表）批准日期为准划分。

4.3 其他规定

4.3.1 同一排放口排放两种或两种以上不同类别的污水，且每种污水的排放标准又不同时，其混合污水的排放标准按附录 A 计算。

4.3.2 工业污水污染物的最高允许排放负荷量按附录 B 计算。

4.3.3 污染物最高允许年排放总量按附录 C 计算。

4.3.4 对于排放含有放射性物质的污水，除执行本标准外，还须符合 GB 8703—88《辐射防护规定》。

5 监测

5.1 采样点

采样点应按 4.2.1.1 及 4.2.1.2 第一、二类污染物排放口的规定设置，在排放口必须设置排放口标志、污水水量计量装置和污水比例采样装置。

5.2 采样频率

工业污水按生产周期确定监测频率。生产周期在 8h 以内的，每 2h 采样一次；生产周期大于 8h 的，每 4h 采样一次；其他污水采样；24h 不少于 2 次。最高允许排放浓度按日均值计算。

5.3 排水量

以最高允许排水量或最低允许水重复利用率来控制，均以月均值计。

5.4 统计

企业的原材料使用量、产品产量等，以法定月报表或年报表为准。

5.5 测定方法

本标准采用的测定方法见表 6。

表6　测定方法

序号	项　目	测　定　方　法	方法来源
1	总汞	冷原子吸收光度法	GB 7468—87
2	烷基汞	气相色谱法	GB/T 14204—93
3	总镉	原子吸收分光光度法	GB 7475—87
4	总铬	高锰酸钾氧化-二苯碳酰二肼分光光度法	GB 7466—87
5	六价铬	二苯碳酰二肼分光光度法	GB 7467—87
6	总砷	二乙基二硫代氨基甲酸银分光光度法	GB 7485—87
7	总铅	原子吸收分光光度法	GB 7485—87
8	总镍	火焰原子吸收分光光度法	GB 11912—89
		丁二酮肟分光光度法	GB 19910—89
9	苯并[a]芘	乙酰化滤纸层析荧光分光光度法	GB 11895—89
10	总铍	活性炭吸附-铬天菁S光度法	1)
11	总银	火焰原子吸收分光光度法	GB 11907—89
12	总 α	物理法	2)
13	总 β	物理法	2)
14	pH 值	玻璃电极法	GB 6920—86
15	色度	稀释倍数法	GB 11903—89
16	悬浮物	重量法	GB 11901—89
17	生化需氧量（BOD₅）	稀释与接种法	GB 7488—87
		重铬酸钾紫外光度法	待颁布
18	化学需氧量（COD）	重铬酸钾法	GB 11914—89
19	石油类	红外光度法	GB/T 16488—1996
20	动植物油	红外光度法	GB/T 16488—1996
21	挥发酚	蒸馏后用4-氨基安替比林分光光度法	GB 7490—87
22	总氰化物	硝酸银滴定法	GB 7486—87
23	硫化物	亚甲基蓝分光光度法	GB/T 16489—1996
24	氨氮	钠氏试剂比色法	GB 7478—87
		蒸馏和滴定法	GB 7479—87
25	氟化物	离子选择电极法	GB 7484—87
26	磷酸盐	钼蓝比色法	1)
27	甲醛	乙酰丙酮分光光度法	GB 13197—91
28	苯胺类	N-(1-萘基)乙二胺偶氮分光光度法	GB 11889—89
29	硝基苯类	还原-偶氮比色法或分光光度法	1)
30	阴离子表面活性剂	亚甲蓝分光光度法	GB 7494—87
31	总铜	原子吸收分光光度法	GB 7475—87
		二乙基二硫化氨基甲酸钠分光光度法	GB 7474—87
32	总锌	原子吸收分光光度法	GB 7475—87
		双硫腙分光光度法	GB 7472—87
33	总锰	火焰原子吸收分光光度法	GB 11911—89
		高碘酸钾分光光度法	GB 11906—89
34	彩色显影剂	169 成色剂法	3)
35	显影剂及氧化物总量	碘-淀粉比色法	3)
36	元素磷	磷钼蓝比色法	3)

续表

序号	项 目	测 定 方 法	方法来源
37	有机磷农药(以 P 计)	有机磷农药的测定	GB 13192—91
38	乐果	气相色谱法	GB 13192—91
39	对硫磷	气相色谱法	GB 13192—91
40	甲基对硫磷	气相色谱法	GB 13192—91
41	马拉硫磷	气相色谱法	GB 13192—91
42	五氯酚及五氯酚钠(以五氯酚计)	气相色谱法	GB 8972—88
		藏红 T 分光光度法	GB 9803—88
43	可吸附有机卤化物(AOX)(以 Cl 计)	微库仑法	GB/T 15959—95
44	三氯甲烷	气相色谱法	待颁布
45	四氯化碳	气相色谱法	待颁布
46	三氯乙烯	气相色谱法	待颁布
47	四氯乙烯	气相色谱法	待颁布
48	苯	气相色谱法	GB 11890—89
49	甲苯	气相色谱法	GB 11890—89
50	乙苯	气相色谱法	GB 11890—89
51	邻二甲苯	气相色谱法	GB 11890—89
52	对二甲苯	气相色谱法	GB 11890—89
53	间二甲苯	气相色谱法	GB 11890—89
54	氯苯	气相色谱法	待颁布
55	邻二氯苯	气相色谱法	待颁布
56	对二氯苯	气相色谱法	待颁布
57	对硝基氯苯	气相色谱法	GB 13194—91
58	2,4-二硝基氯苯	气相色谱法	GB 13194—91
59	苯酚	气相色谱法	待颁布
60	间甲酚	气相色谱法	待颁布
61	2,4-二氯酚	气相色谱法	待颁布
62	2,4,6-三氯酚	气相色谱法	待颁布
63	邻苯二甲酸二丁酯	气相、液相色谱法	待制定
64	邻苯二甲酸二辛酯	气相、液相色谱法	待制定
65	丙烯腈	气相色谱法	待制定
66	总硒	2,3-二氨基萘荧光法	GB 11902—89
67	粪大肠菌群数	多管发酵法	1)
68	余氯量	N,N-二乙基-1,4-苯二胺分光光度法	GB 11898—89
		N,N-二乙基-1,4-苯二胺滴定法	GB 11897—89
69	总有机碳(TOC)	非色散红外吸收法	待制定
		直接紫外荧光法	待制定

注:暂采用下列方法,待国家方法标准发布后,执行国家标准。

1)《水和废水监测分析方法(第三版)》,中国环境科学出版社,1989 年。

2)《环境监测技术规范(放射性部分)》国家环境保护局。

3)详见附录 D。

6 标准实施监督

6.1 本标准由县级以上人民政府环境保护行政主管部门负责监督实施。

6.2 省、自治区、直辖市人民政府对执行国家水污染物排放标准不能保证达到水环境功能要求时,可以制定严于国家水污染物排放标准的地方水污染物排放标准,并报国家环境保护行政主管部门备案。

附 录 A
（标准的附录）

关于排放单位在同一个排污口排放两种或两种以上工业污水，且每种工业污水中同一污染物的排放标准又不同时，可采用如下方法计算混合排放时该污染物的最高允许排放浓度（$C_{混合}$）。

$$C_{混合} = \frac{\sum_{i=1}^{n} C_i Q_i Y_i}{\sum_{i=1}^{n} Q_i Y_i} \tag{A1}$$

式中　$C_{混合}$——混合污水某污染物最高允许排放浓度，mg/L；

C_i——不同工业污水某污染物最高允许排放浓度，mg/L；

Q_i——不同工业的最高允许排水量，m³/t（产品）；

（本标准未作规定的作业，其最高允许排水量由地方环保部门与有关部门协商确定）；

Y_i——分别为某种工业产品产量（t/d，以月平均计）。

附 录 B
（标准的附录）

工业污水污染物最高允许排放负荷计算：

$$L_{负} = C \times Q \times 10^{-3} \tag{B1}$$

式中　$L_{负}$——工业污水污染物最高允许排放负荷，kg/t（产品）；

C——某污染物最高允许排放浓度，mg/L；

Q——某工业的最高允许排水量，m³/t（产品）。

附 录 C
（标准的附录）

某污染物最高允许年排放总量的计算：

$$L_{总} = L_{负} \times Y \times 10^{-3} \tag{C1}$$

式中　$L_{总}$——某污染物最高允许年排放量，t/a；

$L_{负}$——某污染物最高允许排放负荷，kg/t（产品）；

Y——核定的产品年产量，t(产品)/a。

附 录 D
（标准的附录）

D1　彩色显影剂总量的测定——169 成色剂法

洗片的综合废水中存在的彩色显影剂很难检测出来，国内外介绍的方法一般都仅适用于显影水洗水中的显影剂检测。本方法可以快速地测出综合废水中的彩色显影剂，当废水中同时存在多种彩色显影剂时，用此法测出的量是多种彩色显影剂的总量。

D1.1　原理

电影洗片废水中的彩色显影剂可被氧化剂氧化，其氧化物在碱性溶液中遇到水溶性成色剂时，立即偶合形成染料。不同结构的显影剂（TSS，CD-2，CD-3）与 169 成色剂偶合成染料时，其最大吸收的光谱波长均在 550nm 处，并在 0～10mg/L 范围内符合比耳定律。

以 TSS 为例，反应如下：

（品红染料）

D1.2　仪器及设备

721 型或类似型号分光光度计及 1cm 比色槽；

50mL、100mL 及 1000mL 的容量瓶。

D1.3　试剂

D1.3.1　0.5％成色剂：称取 0.5g 169 成色剂置于有 100mL 蒸馏水的烧杯中。在搅拌下，加入 1～2 粒氢氧化钠，使其完全溶解。

D1.3.2　混合氧化剂溶液：将 $CuSO_4 \cdot 5H_2O$ 0.5g，Na_2CO_3 5.0g，$NaNO_2$ 5.0g 以及 NH_4Cl 5.0g 依次溶解于 100mL 蒸馏水中。

D1.3.3　标准溶液：精确称取照相级的彩色显影剂（生产中使用最多的一种）100mg，溶解于少量蒸馏水中。其已溶入 100mg Na_2SO_3 作保护剂，移入 1L 容量瓶中，并加蒸馏水至刻度。此标准溶液相当 0.1mg/mL，必须在使用前配制。

D1.4　步骤

D1.4.1　标准曲线的制作

在 6 个 50mL 容量瓶中，分别加入以下不同量的显影剂标准液。

编号	加入标准液的毫升数	相当显影剂含量（mg/L）
0	0	0
1	1	2
2	2	4
3	3	6
4	4	8
5	5	10

以上 6 个容量瓶中皆加入 1mL 成色剂溶液，并用蒸馏水加至刻度。分别加入 1mL 混合氧化剂溶液，摇匀。在 5min 内在分光光度计 550nm 处测定其不同试样生成染料的光密度（以编号 0 为零），绘制不同显影剂含量的相应光密度曲线。横坐标为 2mg/L，4mg/L，6mg/L，8mg/L，10mg/L。

D1.4.2　水样的测定

取 2 份水样（一般为 20mL）分别置于两个 50mL 的容量瓶中。一个为测定水样，另一个为空白试验。在前者测定水样中加 1mL 成色剂溶液。然后分别在两个瓶中加蒸馏水至刻度，其他步骤同标准曲线的制作。以空白液为零，测出水样的光密度，在标准曲线中查出相应的浓度。

D1.5　计算

$$\text{从标准曲线中查出的浓度} \times \frac{50}{a} = \text{废水中彩色显影剂的总量(mg/L)} \tag{D1}$$

式中　a——废水取样的体积，mL。

D1.6　注意事项

D1.6.1　生成的品红染料在 8min 之内光密度是稳定的，故宜在染料生成后 5min 之内测定。

D1.6.2　本方法不包括黑白显影剂。

D2　显影剂及其氧化物总量的测定方法

电影洗印废水中存在不同量的赤血盐漂白液，将排放的显影剂部分或全部氧化，因此废水中一种情况是存在显影剂及其氧化物，另一种情况是只存在大量的氧化物而无显影剂。本方法测出的结果在第一种情况下是废水中显影剂及氧化物的总量，在第二种情况下是废水中原有显影剂氧化物的含量。

D2.1　原理

通常使用的显影剂，大都具有对苯二酚、对氨基酚、对苯二胺类的结构。经氧化水解后都能得到对苯二醌。利用溴或氯溴将显影剂氧化成显影剂氧化物，再用碘量法进行碘-淀粉比色法测定。

以米吐尔为例：

$$\text{（对羟基-N-甲氨基苯结构）} + H_2O + Br_2 \rightleftharpoons \text{（对苯二醌结构）} + CH_3NH_2 + 2H^+ + 2Br^-$$

醌是较强的氧化剂。在酸性溶液中，碘离子定量还原对苯二醌为对苯二酚。所释出的当量碘，可用淀粉发生蓝色进行比色测定。

$$\text{（对苯二醌结构）} + 2H^+ + 2I^- \rightleftharpoons I_2 + \text{（对苯二酚结构）}$$

D2.2　仪器和设备

721 或类似型号分光光度计及 2cm 比色槽，恒温水浴锅，50mL 容量瓶，2mL、5mL 及 10mL 刻度吸管。

D2.3　试剂

D2.3.1　0.1N 溴酸钾-溴化钾溶液：称取 2.8g 溴酸钾和 4.0g 溴化钾，用蒸馏水稀释至 1L。

D2.3.2　1∶1 磷酸：磷酸加一倍蒸馏水。

D2.3.3　饱和氯化钠溶液：称取 40g 氯化钠，溶于 100mL 蒸馏水中。

D2.3.4　20％溴化钾溶液：称取 20g 溴化钾，溶于 100mL 蒸馏水中。

D2.3.5　5％苯酚溶液：取苯酚 5mL，溶于 100mL 蒸馏水中。

D2.3.6　5％碘化钾溶液：称取 5g 碘化钾，溶于 100mL 蒸馏水中（用时配制，放暗处）。

D2.3.7　0.2％淀粉溶液：称 1g 可溶性淀粉，加少量水搅匀，注入沸腾的 500mL 水中，继续煮沸 5min。夏季可加水杨酸 0.2g。

D2.3.8　配制标准液：准确称取对苯二酚（分子量为 110.11g）0.276g，如果是照相级米吐尔（分子量为 344.40g）可称取 0.861g，照相级 TSS（分子量为 262.33g）可称取 0.656g，（或根据所使用药品的分子量及纯度另行计算），溶于 25mL 的 6NHCl 中，移入 250mL 容量瓶中，用蒸馏水加至刻度，此溶液浓度为 0.0100mol/L。

D2.4　步骤

D2.4.1　标准曲线的制作

D2.4.1.1　取标准液 25mL，加蒸馏水稀释至 1000mL，此液浓度为 0.00025mol/L，即每毫升含对苯二酚 $0.25\mu mol$（甲液）。

D2.4.1.2　取甲液 25mL 用蒸馏水稀释至 250mL，此溶液浓度为 0.000025mol/L，即每毫升含对苯二酚 $0.025\mu mol$（乙液）。

D2.4.1.3　取 6 个 50mL 容量瓶，分别加入标准稀释液（乙液）0；0.1；0.2；0.3；0.4；$0.5\mu mol$ 对苯二酚（即 4.0；8.0；12.0；16.0；20.0mL 乙液），加入适量蒸馏水，使各容量瓶中大约为 20mL 溶液。

D2.4.1.4　用刻度吸管加入 1∶1 磷酸 2mL。

D2.4.1.5　用吸管取饱和氯化钠溶液 5mL。

D2.4.1.6　用吸管取 0.1N 溴酸钾-溴化钾溶液 2mL，尽可能不要沾在瓶壁上。用极少量的水冲洗瓶壁并摇匀。溶液应是氯溴的浅黄色。放入 35℃恒温水浴锅内，放置 15min。

D2.4.1.7　吸取 20％溴化钾溶液 2mL，沿瓶壁周围加入容量瓶中。摇匀后放在 35℃水浴中 5～10min。

D2.4.1.8　用滴管快速加入 5％苯酚溶液 1mL，立即摇匀，使溴的颜色退去。（如慢慢加入则易生成白色沉淀，无法比色）。

D2.4.1.9　降温：放自来水中降温 3min。

D2.4.1.10　用吸管加入新配制的 5％碘化钾溶液 2mL，冲洗瓶壁；放入暗柜 5min。

D2.4.1.11　吸取 0.2％淀粉指示剂 10mL，加入容量瓶中，用蒸馏水加至刻度，加盖摇匀后，放暗柜中 20min。

D2.4.1.12　将发色试液分别放入 2cm 比色槽中，在分光光度计 570nm 处，以试剂空白为零，分别测出，5 个溶液的光密度，并绘制出标准曲线。横坐标为 0.1、0.2、0.3、0.4、$0.5\mu mol/50mL$。

D2.4.2　水样的测定

取水样适量（约 1～10mL）放入 50mL 容量瓶中，并加蒸馏水至 20mL 左右，于另一个

50mL 容量瓶中加 20mL 蒸馏水作试剂空白。以下按步骤 D2.4.1.4～D2.4.1.12 进行，测出水样的光密度，在曲线上查出 50mL 中所含微克分子数。

D2.4.3 需排除干扰的水样测定

当水样中含有六价铬离子而影响测定时，可用 $NaNO_2$ 将 Cr^{6+} 还原成 Cr^{3+}，用过量的尿素去除多余的 $NaNO_2$ 对本实验的干扰，即可达到消除铬干扰的目的。

准确取适量的水样（约 1～10mL），放入 50mL 容量瓶中，加入蒸馏水至 20mL 左右，加入 1∶1 磷酸 2mL，再加入 3 滴 10% $NaNO_2$，充分振荡，放入 35℃ 恒温水浴中 15min。再加入 20% 尿素 2mL，充分振荡，放入 35℃ 水浴中 10min。以下操作按步骤 D2.4.1.5～D2.4.1.12 进行，测出光密度，在曲线上查出 50mL 中所含微克分子数。

D2.5 计算

水样中显影剂及氧化物总量 C（以对苯二酚计）按式（D2）计算：

$$C(mg/L) = \frac{50mL \text{ 中微摩尔数} \times 110}{\text{取样体积}(mL)} \times 1000 \tag{D2}$$

D2.6 注意事项

D2.6.1 本试验步骤多，时间长，因此要求操作仔细认真。

D2.6.2 所用玻璃器皿必须用清洁液洗净。

D2.6.3 水浴温度要准确在 35℃±1℃，每个步骤反应时间要准确控制。

D2.6.4 加入溴酸钾-溴化钾后，必须用蒸馏水冲洗容量瓶壁，否则残留溴酸钾与碘化钾作用生成碘，使光密度增加。

D2.6.5 在无铬离子的废水中，水样可不必处理，直接进行测定。

D2.6.6 水样如太浓，则预先稀释再进行测定。

D3 元素磷的测定——磷钼蓝比色法

D3.1 原理

元素磷经苯萃取后氧化形成的钼磷酸为氯化亚锡还原成蓝色铬合物。灵敏度比钒钼磷酸比色法高，并且易于富集，富集后能提高元素磷含量小于 0.1mg/L 时检测的可靠性，并减少干扰。

水样中含砷化物、硅化物和硫化物的量分别为元素磷含量的 100 倍、200 倍和 300 倍时，对本方法无明显干扰。

D3.2 仪器和试剂

D3.2.1 仪器：分光光度计；3cm 比色皿。

D3.2.2 比色管：50mL。

D3.2.3 分液漏斗：60、125、250mL。

D3.2.4 磨口锥形瓶：250mL。

D3.2.5 试剂：以下试剂均为分析纯：苯，高氯酸、溴酸钾、溴化钾、甘油、氯化亚锡、钼酸铵、磷酸二氢钾、乙酸丁酯、硫酸、硝酸、无水乙醇、酚酞指示剂。

D3.3 溶液的配制

D3.3.1 磷酸二氢钾标准溶液：准确称取 0.4394g 干燥过的磷酸二氢钾，溶于少量水中，移入 1000mL 容量瓶中，定容。此溶液 PO_4^{3-}-P 含量为 0.1mg/mL。取 10mL 上述溶液于 1000mL 容量瓶中，定容，得到 PO_4^{3-}-P 含量为 1μg/mL 的磷酸二氢钾标准溶液。

D3.3.2 溴酸钾-溴化钾溶液：溶解 10g 溴酸钾和 8g 溴化钾于 400mL 水中。

D3.3.3　2.5％钼酸铵溶液：称取 2.5g 钼酸铵，加 1：1 硫酸溶液 70mL，待钼酸铵溶解后再加入 30mL 水。

D3.3.4　2.5％氯化亚锡甘油溶液：溶解 2.5g 氯化亚锡于 100mL 甘油中（可在水浴中加热，促进溶解）。

D3.3.5　5％钼酸铵溶液：溶解 12.5g 钼酸铵于 150mL 水中，溶解后将此液缓慢地倒入 100mL1：5 的硝酸溶液中。

D3.3.6　1％氯化亚锡溶液：溶解 1g 氯化亚锡于 15mL 盐酸中，加入 85mL 水及 1.5g 抗坏血酸。（可保存 4～5 天）。

D3.3.7　1：1 硫酸溶液、1：5 硝酸溶液、20％氢氧化钠溶液。

D3.4　测定步骤

D3.4.1　废水中元素磷含量大于 0.05mg/L 时，采取水相直接比色，按下列规定操作。

D3.4.1.1　水样预处理

a）萃取：移取 10～100mL 水样于盛有 25mL 苯的 125mL 或 250mL 的分液漏斗中，振荡 5min 后静置分层。将水相移入另一盛有 15mL 苯的分液漏斗中，振荡 2min 后静置，弃去水相，将苯相并入第一支分液漏斗中。加入 15mL 水，振荡 1min 后静置，弃去水相，苯相重复操作水洗 6 次。

b）氧化：在苯相中加入 10～15mL 溴酸钾-溴化钾溶液，2mL 1：1 硫酸溶液振荡 5min，静置 2min 后加入 2mL 高氯酸，再振荡 5min，移入 250mL 锥形瓶内，在电热板上缓缓加热以驱赶过量高氯酸和除溴（勿使样品溅出或蒸干），至白烟减少时，取下冷却。加入少量水及 1 滴酚酞指示剂，用 20％氢氧化钠溶液中和至呈粉红色，加 1 滴 1：1 硫酸溶液至粉红色消失，移入容量瓶中，用蒸馏水稀释至刻度（据元素磷的含量确定稀释体积）。

D3.4.1.2　比色

移取适量上述的稀释液于 50mL 比色管中，加 2mL 2.5％钼酸铵溶液及 6 滴 2.5％氯化亚锡甘油溶液，加水稀释至刻度，混匀，于 20～30℃放置 20～30min，倾入 3cm 比色皿中，在分光光度计 690nm 波长处，以试剂空白为零，测光密度。

D3.4.1.3　直接比色工作曲线的绘制

a）移取适量的磷酸二氢钾标准溶液，使 PO_4^{3-}-P 的含量分别为 0、$1\mu g$、$3\mu g$、$5\mu g$、$7\mu g$……$17\mu g$ 于 50mL 比色管中，测光密度。

b）以 PO_4^{3-}-P 含量为横坐标，光密度为纵坐标，绘制直接比色工作曲线。

D3.4.2　废水中元素磷含量小于 0.05mg/L 时，采用有机相萃取比色，按下列规定操作：

D3.4.2.1　水样预处理

萃取比色：移取适量的氧化稀释液于 60mL 分液漏斗已含有 3mL 的 1：5 硝酸溶液中，加入 7mL 15％钼酸铵溶液和 10mL 乙酸丁酯，振荡 1min，弃去水相，向有机相加 2mL 1％氧化亚锡溶液，摇匀，再加入 1mL 无水乙醇，轻轻转动分液漏斗，使水珠下降，放尽水相，将有机相倾入 3cm 比色皿中，在分光光度计 630nm 或 720nm 波长处，以试剂空白为零测光密度。

D3.4.2.2　有机相萃取比色工作曲线的绘制

a）移取适量的磷酸二氢钾标准溶液，使 PO_4^{3-}-P 含量分别为 $1\mu g$、$2\mu g$、$3\mu g$、$4\mu g$、

5μg 于 60mL 分液漏斗中，加入少量的水，以下按上节萃取比色步骤进行；

　　b）以 PO_4^{3-}-P 含量为横坐标，光密度为纵坐标，绘制有机相萃取比色工作曲线。

D3.5　计算

用式（D3）计算直接比色和有机相萃取比色测得 1L 废水中元素磷的毫克数。

$$P=\frac{G}{\dfrac{V_1}{V_2}\times V_3}\qquad\text{(D3)}$$

式中　G——从工作曲线查得元素磷量，μg；

　　　V_1——取废水水样体积，mL，

　　　V_2——废水水样氧化后稀释体积，mL；

　　　V_3——比色时取稀释液的体积，mL。

D3.6　精确度

平行测定两个结果的差数，不应超过较小结果的 10%。

取平行测定两个结果的算术平均值作为样品中元素磷的含量，测定结果取两位有效数字。

D3.7　样品保存

采样后调节水样 pH 值为 6~7，可于塑料瓶或玻璃瓶贮存 48h。

附录 4　室内空气质量标准（GB/T 18883—2002）

1　范围

本标准规定了室内空气质量参数及检验方法。

本标准适用于住宅和办公建筑物，其他室内环境可参照本标准执行。

2　规范性引用文件

下列文件中的条款通过本标准的引用而成为本标准的条款。凡是注日期的引用文件，其随后所有的修改（不包括勘误内容）或修订版均不适用于本标准，然而，鼓励根据本标准达成协议的各方研究是否可使用这些文件的最新版本。凡是不注日期的引用文件，其最新版本适用于本标准。

GB/T 9801　　　空气质量　一氧化碳的测定　非分散红外法

GB/T 11737　　居住区大气中苯、甲苯和二甲苯卫生检验标准方法　气相色谱法

GB/T 12372　　居住区大气中二氧化氮检验标准方法　改进的 Saltzman 法

GB/T 14582　　环境空气中氡的标准测量方法

GB/T 14668　　空气质量　氨的测定　纳氏试剂比色法

GB/T 14669　　空气质量　氨的测定　离子选择电极法

GB 14677　　　空气质量　甲苯、二甲苯、苯乙烯的测定　气相色谱法

GB/T 14679　　空气质量　氨的测定　次氯酸钠-水杨酸分光光度法

GB/T 15262　　环境空气　二氧化硫的测定　甲醛吸收-副玫瑰苯胺分光光度法

GB/T 15435　　环境空气　二氧化氮的测定　Saltzman 法

GB/T 15437　　环境空气　臭氧的测定　靛蓝二磺酸钠分光光度法

GB/T 15438　　环境空气　臭氧的测定　紫外光度法

GB/T 15439	环境空气　苯并［a］芘测定　高效液相色谱法
GB/T 15516	空气质量　甲醛的测定　乙酰丙酮分光光度法
GB/T 16128	居住区大气中二氧化硫卫生检验标准方法　甲醛溶液吸收-盐酸副玫瑰苯胺分光光度法
GB/T 16129	居住区大气中甲醛卫生检验标准方法　分光光度法
GB/T 16147	空气中氡浓度的闪烁瓶测量方法
GB/T 17095	室内空气中可吸入颗粒物卫生标准
GB/T 18204.13	公共场所室内温度测定方法
GB/T 18204.14	公共场所室内相对湿度测定方法
GB/T 18204.15	公共场所室内空气流速测定方法
GB/T 18204.18	公共场所室内新风量测定方法　示踪气体法
GB/T 18204.23	公共场所空气中一氧化碳检验方法
GB/T 18204.24	公共场所空气中二氧化碳检验方法
GB/T 18204.25	公共场所空气中氨检验方法
GB/T 18204.26	公共场所空气中甲醛测定方法
GB/T 18204.27	公共场所空气中臭氧检验方法

3　术语和定义

3.1　室内空气质量参数（indoor air quality parameter）

指室内空气中与人体健康有关的物理、化学、生物和放射性参数。

3.2　可吸入颗粒物（particles with diameters of $10\mu m$ or less，PM_{10}）

指悬浮在空气中，空气动力学当量直径小于等于 $10\mu m$ 的颗粒物。

3.3　总挥发性有机化合物（Total Volatile Organic Compounds TVOC）

利用 Tenax GC 或 Tenax TA 采样，非极性色谱柱（极性指数小于 10）进行分析，保留时间在正己烷和正十六烷之间的挥发性有机化合物。

3.4　标准状态（normal state）

指温度为 273K，压力为 101.325kPa 时的于物质状态。

4　室内空气质量

4.1　室内空气应无毒、无害、无异常嗅味。

4.2　室内空气质量标准见表1。

表 1　室内空气质量标准

Table 1　Indoor Air Quality Standard

序号	参数类别	参数	单位	标准值	备注
1	物理性	温度	℃	22～28	夏季空调
				16～24	冬季采暖
2		相对湿度	%	40～80	夏季空调
				30～60	冬季采暖
3		空气流速	m/s	0.3	夏季空调
				0.2	冬季采暖
4		新风量	$m^3/(h \cdot 人)$	30①	

续表

序号	参数类别	参数	单位	标准值	备注
5		二氧化硫 SO_2	mg/m³	0.50	1 小时均值
6		二氧化氮 NO_2	mg/m³	0.24	1 小时均值
7		一氧化碳 CO	mg/m³	10	1 小时均值
8		二氧化碳 CO_2	%	0.10	日平均值
9		氨 NH_3	mg/m³	0.20	1 小时均值
10		臭氧 O_3	mg/m³	0.16	1 小时均值
11	化学性	甲醛 HCHO	mg/m³	0.10	1 小时均值
12		苯 C_6H_6	mg/m³	0.11	1 小时均值
13		甲苯 C_7H_8	mg/m³	0.20	1 小时均值
14		二甲苯 C_8H_{10}	mg/m³	0.20	1 小时均值
15		苯并[a]芘 B[a]P	mg/m³	1.0	日平均值
16		可吸入颗粒物 PM_{10}	mg/m³	0.15	日平均值
17		总挥发性有机物 TVOC	mg/m³	0.60	8 小时均值
18	生物性	菌落总数	cfu/m³	2500	依据仪器定[2]
19	放射性	氡 222Rn	Bq/m³	400	年平均值(行动水平[3])

① 新风量要求≥标准值,除温度、相对湿度外的其他参数要求≤标准值;

② 见附录 D;

③ 达到此水平建议采取干预行动以降低室内氡浓度。

5 室内空气质量检验

5.1 室内空气中各种参数的监测技术见附录 A。

5.2 室内空气中苯的检验方法见附录 B。

5.3 室内空气中总挥发性有机物(TVOC)的检验方法见附录 C。

5.4 室内空气中菌落总数检验方法见附录 D。

附 录 A
(规范性附录)
室内空气监测技术导则

A.1 范围

本导则规定了室内空气监测时的选点要求、采样时间和频率、采样方法和仪器、室内空气中各种参数的检验方法、质量保证措施、测试结果和评价。

A.2 选点要求

A.2.1 采样点的数量:采样点的数量根据监测室内面积大小和现场情况而确定.以期能正确反映室内空气污染物的水平:原则上小于 50m² 的房间应设 1~3 个点;50~100m² 设 3~5 个点;100m² 以上至少设 5 个点。在对角线上或梅花式均匀分布。

A.2.2 采样点应避开通风口,离墙壁距离应大于 0.5m。

A.2.3 采样点的高度:原则上与人的呼吸带高度相一致。相对高度 0.5~1.5m 之间。

A.3 采样时间和频率

年平均浓度至少采样 3 个月，日平均浓度至少采样 18h，8h 平均浓度至少采样 6h、1h 平均浓度至少采样 45min，采样时间应涵盖通风最差的时间段。

A.4 采样方法和采样仪器

根据污染物在室内空气中存在状态，选用合适的采样方法和仪器，用于室内的采样器的噪声应小于 50dB（A）。具体采样方法应按各个污染物检验方法中规定的方法和操作步骤进行。

A.4.1 筛选法采样：采样前关闭门窗 12h，采样时关闭门窗，至少采样 45min。

A.4.2 累积法采样：当采用筛选法采样达不到本标准要求时，必须采用累积法（按年平均、日平均、8h 平均值）的要求采样。

A.5 质量保证措施

A.5.1 气密性检查：有动力采样器在采样前应对采样系统气密性进行检查，不得漏气。

A.5.2 流量校准：采样系统流量要能保持恒定，采样前和采样后要用一级皂膜计校准采样系统进气流量，误差不超过 5%。

采样器流量校准：在采样器正常使用状态下，用一级皂膜计校准采样器流量计的刻度，校准 5 个点，绘制流量标准曲线。记录校准时的大气压力和温度。

A.5.3 空白检验：在一批现场采样中，应留有两个采样管不采样，并按其他样品管一样对待，作为采样过程中空白检验，若空白检验超过控制范围，则这批样品作废。

A.5.4 仪器使用前，应按仪器说明书对仪器进行检验和标定。

A.5.5 在计算浓度时应用下式将采样体积换算成标准状态下的体积：

$$V_0 = V \frac{T_0}{T} \times \frac{P}{P_0}$$

式中　V_0——换算成标准状态下的采样体积，L；

　　　V——采样体积，L；

　　　T_0——标准状态的热力学温度，273K；

　　　T——采样时采样点现场的温度（t）与标准状态的热力学温度之和，（$t+273$）K；

　　　P_0——标准状态下的大气压力，101.3kPa；

　　　P——采样时采样点的大气压力，kPa。

A.5.6 每次平行采样，测定之差与平均值比较的相对偏差不超过 20%。

A.6 检验方法

室内空气中各种参数的检验方法见表 A.1。

表 A.1　室内空气中各种参数的检验方法

序号	参数	检验方法	来源
1	二氧化硫 SO₂	(1)甲醛溶液吸收——盐酸副玫瑰苯胺分光光度法	(1)GB/T 16128 GB/T 15262
2	二氧化氮 NO₂	(1)改进的 Saltzaman 法	(1)GB 12372 GB/T 15435
3	一氧化碳 CO	(1)非分散红外法 (2)不分光红外线气体分析法　气相色谱法　汞置换法	(1)GB 9801 (2)GB/T 18204.23

序号	参数	检 验 方 法	来源
4	二氧化碳 CO_2	(1)不分光红外线气体分析法 (2)气相色谱法 (3)容量滴定法	GB/T 18204.24
5	氨 NH_3	(1)靛酚蓝分光光度法　纳氏试剂分光光度法 (2)离子选择电极法 (3)次氯酸钠—水杨酸分光光度法	(1)GB/T 18204.25　GB/T 14668 (2)GB/T 14669 (3)GB/T 14679
6	臭氧 O_3	(1)紫外光度法 (2)靛蓝二磺酸钠分光光度法	(1)GB/T 15438 (2)GB/T 18204.27　GB/T 15437
7	甲醛 HCHO	(1)AHMT 分光光度法 (2)酚试剂分光光度法　气相色谱法 (3)乙酰丙酮分光光度法	(1)GB/T 16129 (2)GB/T 18204.26 (3)GB/T 15516
8	苯 C_6H_6	气相色谱法	(1)附录 B (2)GB 11737
9	甲苯 C_7H_8 二甲苯 C_8H_{10}	气相色谱法	(1)GB 11737 (2)GB 14677
10	苯并[a]芘 B(a)P	高效液相色谱法	GB/T 15439
11	可吸入颗粒物 PM_{10}	撞击式——称重法	GB/T 17095
12	总挥发性有机化合物 TVOC	气相色谱法	附录 C
13	菌落总数	撞击法	附录 D
14	温度	(1)玻璃液体温度计法 (2)数显式温度计法	GB/T 18204.13
15	相对湿度	(1)通风干湿表法 (2)氯化锂湿度计法 (3)电容式数字湿度计法	GB/T 18204.14
16	空气流速	(1)热球式电风速计法 (2)数字式风速表法	GB/T 18204.15
17	新风量	示踪气体法	GB/T 18204.18
18	氡 ^{222}Rn	(1)空气中氡浓度的闪烁瓶测量方法 (2)径迹蚀刻法 (3)双滤膜法 (4)活性炭盒法	(1)GB/T 16147 (2)GB/T 14582

A.7　记录

采样时要对现场情况、各种污染源、采样日期、时间、地点、数量、布点方式、大气压力、气温、相对湿度、空气流速以及采样者签字等做出详细记录，随样品一同报到实验室；

检验时应对检验日期、实验室、仪器和编号、分析方法、检验依据、实验条件、原始数据、测试人、校核人等做出详细记录。

A.8　测试结果和评价

测试结果以平均值表示，化学性、生物性和放射性指标平均值符合标准值要求时，为符合本标准。如有一项检验结果未达到本标准要求时，为不符合本标准。

要求年平均、日平均、8h 平均值的参数，可以先做筛选采样检验；若检验结果符合标准值要求，为符合本标准。若筛选采样检验结果不符合标准值要求，必须按年平均、日平均、8h 平均值的要求，用累积采样检验结果评价。

附　录　B
（规范性附录）
室内空气中苯的检验方法
（毛细管气相色谱法）

B.1　方法提要

B.1.1　相关标准和依据

本方法主要依据 GB 11737—89 居住区大气中苯、甲苯和二甲苯卫生检验标准方法——气相色谱法。

B.1.2　原理：空气中苯用活性炭管采集，然后用二硫化碳提取出来。用氢火焰离子化检测器的气相色谱仪分析，以保留时间定性，峰高定量。

B.1.3　干扰和排除：当空气中水蒸气或水雾量太大，以至在碳管中凝结时，将严重影响活性炭的穿透容量和采样效率。空气湿度在 90％以下，活性炭管的采样效率符合要求。空气中其他污染物的干扰，由于采用了气相色谱分离技术，选择合适的色谱分离条件可以消除。

B.2　适用范围

B.2.1　测定范围：采样量为 20L 时，用 1mL 二硫化碳提取，进样 1μL，测定范围为 0.05～10mg/m³。

B.2.2　适用场所：本法适用于室内空气和居住区大气中苯浓度的测定。

B.3　试剂和材料

B.3.1　苯；色谱纯。

B.3.2　二硫化碳：分析纯，需经纯化处理，保证色谱分析无杂峰。

B.3.3　椰子壳活性炭：20～40 目，用于装活性炭采样管。

B.3.4　高纯氮：99.999％。

B.4　仪器和设备

B.4.1　活性炭采样管：用长 150mm，内径 3.5～4.0mm，外径 6mm 的玻璃管，装入 100mg 椰子壳活性炭，两端用少量玻璃棉固定。装好管后再用纯氮气于 300～350℃温度条件下吹 5～10min，然后套上塑料帽封紧管的两端。此管放于干燥器中可保存 5d。若将玻璃管熔封，此管可稳定三个月。

B.4.2　空气采样器：流量范围 0.2～1L/min，流量稳定。使用时用皂膜流量计校准采样系统在采样前和采样后的流量。流量误差应小于 5％。

B.4.3　注射器：1mL。体积刻度误差应校正。

B.4.4　微量注射器：1μL，10μL。体积刻度误差应校正。

B.4.5　具塞刻度试管：2mL。

B.4.6　气相色谱仪：附氢火焰离子化检测器。

B.4.7　色谱柱：0.53mm×30m 大口径非极性石英毛细管柱。

B.5　采样和样品保存

在采样地点打开活性炭管，两端孔径至少 2mm，与空气采样器入气口垂直连接，以 0.5L/min 的速度，抽取 20L 空气。采样后，将管的两端套上塑料帽，并记录采样时的温度和大气压力。样品可保存 5d。

B.6　分析步骤

B.6.1　色谱分析条件：由于色谱分析条件常因实验条件不同而有差异，所以应根据所用气相色谱仪的型号和性能，制定能分析苯的最佳的色谱分析条件。

B.6.2　绘制标准曲线和测定计算因子：在与样品分析的相同条件下，绘制标准曲线和测定计算因子。

用标准溶液绘制标准曲线：于 5.0mL 容量瓶中，先加入少量二硫化碳，用 1μL 微量注射器准确取一定量的苯（20℃时，1μL 苯重 0.8787mg）注入容量瓶中，加二硫化碳至刻度，配成一定浓度的储备液。临用前取一定量的储备液用二硫化碳逐级稀释成苯含量分别为 2.0、5.0、10.0、50.0μg/mL 的标准液。取 1μL 标准液进样，测量保留时间及峰高。每个浓度重复 3 次，取峰高的平均值。分别以 1μL 苯的含量（μg/mL）为横坐标（μg），平均峰高为纵坐标（mm），绘制标准曲线。并计算回归线的斜率，以斜率的倒数 B_s（μg/mm）作为样品测定的计算因子。

B.6.3　样品分析：将采样管中的活性炭倒入具塞刻度试管中，加 1.0mL 二硫化碳，塞紧管塞，放置 1h，并不时振摇，取 1μL 进样，用保留时间定性，峰高（mm）定量。每个样品作三次分析，求峰高的平均值。同时，取一个未经采样的活性炭管按样品管同时操作，测量空白管的平均峰高（mm）。

B.7　结果计算

B.7.1　将采样体积按式（1）换算成标准状态下的采样体积

$$V_0 = V \frac{T_0}{T} \cdot \frac{P}{P_0} \tag{1}$$

式中　V_0——换算成标准状态下的采样体积，L；

　　　V——采样体积，L；

　　　T_0——标准状态的热力学温度，273K；

　　　T——采样时采样点现场的温度（t）与标准状态的热力学温度之和，（$t+273$）K；

　　　P_0——标准状态下的大气压力，101.3kPa；

　　　P——采样时采样点的大气压力，kPa。

B.7.2　空气中苯浓度按式（2）计算：

$$c = \frac{(h-h')B_s}{V_0 E_s} \tag{2}$$

式中　c——空气中苯或甲苯、二甲苯的浓度，mg/m³；

　　　h——样品峰高的平均值，mm；

　　　h'——空白管的峰高，mm；

　　　B_s——由 6.2 得到的计算因子，μg/mm；

　　　E_s——由实验确定的二硫化碳提取的效率；

V_0——标准状况下采样体积，L。

B.8 方法特性

B.8.1 检测下限：采样量为 20L 时，用 1mL 二硫化碳提取，进样 $1\mu L$，检测下限为 $0.05mg/m^3$。

B.8.2 线性范围：10^6。

B.8.3 精密度：苯的浓度为 8.78 和 $21.9\mu g/mL$ 的液体样品，重复测定的相对标准偏差 7％和 5％。

B.8.4 准确度：对苯含量为 0.5，21.1 和 $200\mu g$ 的回收率分别为 95％，94％和 91％。

附 录 C
（规范性附录）
室内空气中总挥发性有机物（TVOC）的检验方法
（热解吸/毛细管气相色谱法）

C.1 方法提要

C.1.1 相关标准和依据

ISO 16017—1 "Indoor, ambient and workplace air—Sampling and analysis of volatile organic compounds by sorbent tube/thermal desorption/capillary gas chromatography—part 1：pumped sampling"

C.1.2 原理

选择合适的吸附剂（Tenax GC 或 Tenax TA），用吸附管采集一定体积的空气样品，空气流中的挥发性有机化合物保留在吸附管中，采样后，将吸附管加热，解吸挥发性有机化合物，待测样品随惰性载气进入毛细管气相色谱仪，用保留时间定性，峰高或峰面积定量。

C.1.3 干扰和排除

采样前处理和活化采样管和吸附剂，使干扰减到最小；选择合适的色谱柱和分析条件，本法能将多种挥发性有机物分离，使共存物干扰问题得以解决。

C.2 适用范围

C.2.1 测定范围：本法适用于浓度范围为 $0.5\mu g/m^3 \sim 100mg/m^3$ 之间的空气中 VOCS 的测定。

C.2.2 适用场所：本法适用于室内、环境和工作场所空气，也适用于评价小型或大型测试舱室内材料的释放。

C.3 试剂和材料

分析过程中使用的试剂应为色谱纯。如果为分析纯，需经纯化处理，保证色谱分析无杂峰。

C.3.1 VOCS：为了校正浓度，需用 VOCS 作为基准试剂，配成所需浓度的标准溶液或标准气体，然后采用液体外标法或气体外标法将其定量注入吸附管。

C.3.2 稀释溶剂：液体外标法所用的稀释溶剂应为色谱纯，在色谱流出曲线中应与待测化合物分离。

C.3.3 吸附剂：使用的吸附剂粒径为 $0.18\sim0.25mm$（60～80 目），吸附剂在装管前都应在其最高使用温度下，用惰性气流加热活化处理过夜。为了防止二次污染，吸附剂应在清洁空气中冷却至室温，储存和装管。解吸温度应低于活化温度。由制造商装好的吸附管使用前也需活化处理。

C.3.4　高纯氮：99.999％。

C.4　仪器和设备

C.4.1　吸附管：是外径 6.3mm 内径 5mm 长 90mm（或 180mm）内壁抛光的不锈钢管，吸附管的采样人口一端有标记。吸附管可以装填一种或多种吸附剂，应使吸附层处于解吸仪的加热区。根据吸附剂的密度，吸附管中可装填 200～1000mg 的吸附剂，管的两端用不锈钢网或玻璃纤维毛堵住。如果在一支吸附管中使用多种吸附剂，吸附剂应按吸附能力增加的顺序排列，并用玻璃纤维毛隔开，吸附能力最弱的装填在吸附管的采样入口端。

C.4.2　注射器：10μL 液体注射器；10μL 气体注射器；1mL 气体注射器。

C.4.3　采样泵：恒流空气个体采样泵，流量范围 0.02～0.5L/min，流量稳定。使用时用皂膜流量计校准采样系统在采样前和采样后的流量；流量误差应小于 5％。

C.4.4　气相色谱仪：配备氢火焰离子化检测器、质谱检测器或其他合适的检测器。

色谱柱：非极性（极性指数小于 10）石英毛细管柱。

C.4.5　热解吸仪：能对吸附管进行二次热解吸，并将解吸气用惰性气体载带进入气相色谱仪。解吸温度、时间和载气流速是可调的。冷阱可将解吸样品进行浓缩。

C.4.6　液体外标法制备标准系列的注射装置：常规气相色谱进样口，可以在线使用也可以独立装配，保留进样口载气连线，进样口下端可与吸附管相连。

C.5　采样和样品保存

将吸附管与采样泵用塑料或硅橡胶管连接。个体采样时，采样管垂直安装在呼吸带；固定位置采样时，选择合适的采样位置。打开采样泵，调节流量，以保证在适当的时间内获得所需的采样体积（1～10L）。如果总样品量超过 1mg，采样体积应相应减少。记录采样开始和结束时的时间、采样流量、温度和大气压力。

采样后将管取下，密封管的两端或将其放入可密封的金属或玻璃管中。样品可保存 14 天。

C.6　分析步骤

C.6.1　样品的解吸和浓缩

将吸附管安装在热解吸仪上，加热，使有机蒸汽从吸附剂上解吸下来，并被载气流带入冷阱，进行预浓缩，载气流的方向与采样时的方向相反。然后，再以低流速快速解吸，经传输线进入毛细管气相色谱仪。传输线的温度应足够高，以防止待测成分凝结。解吸条件（见表 C.1）。

表 C.1　解吸条件

解吸温度	250～325℃
解吸时间	5～15min
解吸气流量	30～50mL/min
冷阱的制冷温度	＋20～－180℃
冷阱的加热温度	250～350℃
冷阱中的吸附剂	如果使用，一般与吸附管相同，40～100mg
载气	氦气或高纯氮气
分流比	样品管和二级冷阱之间以及二级冷阱和分析柱之间的分流比应根据空气中的浓度来选择

C.6.2　色谱分析条件

可选择膜厚度为 $1\sim5\mu m$ 50m×0.22mm 的石英柱，固定相可以是二甲基硅氧烷或 7% 的氰基丙烷、7% 的苯基、86% 的甲基硅氧烷。柱操作条件为程序升温，初始温度 50℃ 保持 10min，以 5℃/min 的速率升温至 250℃。

C.6.3　标准曲线的绘制

气体外标法：用泵准确抽取 $100\mu g/m^3$ 的标准气体 100mL、200mL、400mL、1L、2L、4L、10L 通过吸附管，为标准系列。

液体外标法：利用 4.6 的进样装置分别取 $1\sim5\mu L$ 含液体组分 $100\mu g/mL$ 和 $10\mu g/mL$ 的标准溶液注入吸附管，同时用 100mL/min 的惰性气体通过吸附管，5min 后取下吸附管密封，为标准系列。

用热解吸气相色谱法分析吸附管标准系列，以扣除空白后峰面积为纵坐标，以待测物质量为横坐标，绘制标准曲线。

C.6.4　样品分析

每支样品吸附管按绘制标准曲线的操作步骤（即相同的解吸和浓缩条件及色谱分析条件）进行分析，用保留时间定性，峰面积定量。

C.7　结果计算

C.7.1　将采样体积按式（1）换算成标准状态下的采样体积

$$V_0 = V\frac{T_0}{T} \times \frac{P}{P_0} \tag{1}$$

式中　V_0——换算成标准状态下的采样体积，L；

V——采样体积，L；

T_0——标准状态的热力学温度，273K；

T——采样时采样点现场的温度（t）与标准状态的热力学温度之和，（$t+273$）K；

P_0——标准状态下的大气压力，101.3kPa；

P——采样时采样点的大气压力，kPa。

C.7.2　TVOC 的计算

（1）应对保留时间在正己烷和正十六烷之间所有化合物进行分析。

（2）计算 TVOC，包括色谱图中从正己烷到正十六烷之间的所有化合物。

（3）根据单一的校正曲线，对尽可能多的 VOCS 定量，至少应对十个最高峰进行定量最后与 TVOC 一起列出这些化合物的名称和浓度。

（4）计算已鉴定和定量的挥发性有机化合物的浓度 S_{id}。

（5）用甲苯的响应系数计算未鉴定的挥发性有机化合物的浓度 S_{un}。

（6）S_{id} 与 S_{un} 之和为 TVOC 的浓度或 TVOC 的值。

（7）如果检测到的化合物超出了（2）中 TVOC 定义的范围，那么这些信息应该添加到 TVOC 值中。

C.7.3　空气样品中待测组分的浓度按（2）式计算

$$c = \frac{F-B}{V_0} \times 1000 \tag{2}$$

式中　c——空气样品中待测组分的浓变，$\mu g/m^3$；

F——样品管中组分的质量，μg；

　　B——空白管中组分的质量，μg；

　　V_0——标准状态下的采样体积，L。

C.8　方法特性

C.8.1　检测下限：采样量为 10L 时，检测下限为 $0.5\mu g/m^3$。

C.8.2　线性范围：10^6。

C.8.3　精密度：根据待测物的不同，在吸附管上加入 $10\mu g$ 的标准溶液，Tenax TA 的相对标准差范围为 0.4％至 2.8％。

C.8.4　准确度：20℃、相对湿度为 50％的条件下，在吸附管上加入 $10mg/m^3$ 的正己烷，Tenax TA、Tenax GR（5 次测定的平均值）的总不确定度为 8.9％。

附　录　D
（规范性附录）
室内空气中菌落总数检验方法

D.1　适用范围

本方法适用于室内空气菌落总数测定。

D.2　定义

撞击法（impacting method）是采用撞击式空气微生物采样器采样，通过抽气动力作用，使空气通过狭缝或小孔而产生高速气流，使悬浮在空气中的带菌粒子撞击到营养琼脂平板上，经 37℃、48h 培养后，计算出每立方米空气中所含的细菌菌落数的采样测定方法。

D.3　仪器和设备

D.3.1　高压蒸汽灭菌器。

D.3.2　干热灭菌器。

D.3.3　恒温培养箱。

D.3.4　冰箱。

D.3.5　平皿。

D.3.6　制备培养基用一般设备：量筒，锥形烧瓶，pH 计或精密 pH 试纸等。

D.3.7　撞击式空气微生物采样器。

采样器的基本要求：

（1）对空气中细菌捕获率达 95％。

（2）操作简单，携带方便，性能稳定，便于消毒。

D.4　营养琼脂培养基

D.4.1　成分：

	蛋白胨	20g
	牛肉浸膏	3g
	氯化钠	5g
	琼脂	15～20g
	蒸馏水	1000ml

　　D.4.2　制法　将上述各成分混合，加热溶解，校正 pH 至 7.4，过滤分装，121℃，20min 高压灭菌。营养琼脂平板的制备参照采样器使用说明。

D.5　操作步骤

D.5.1　选点要求见附录 A。将采样器消毒，按仪器使用说明进行采样。一般情况下采样量为 30～150L，应根据所用仪器性能和室内空气微生物污染程度，酌情增加或减少空气采样量。

D.5.2　样品采完后，将带菌营养琼脂平板置 36℃±1℃恒温箱中，培养 48h，计数菌落数，并根据采样器的流量和采样时间，换算成每立方米空气中的菌落数。以 cfu/m³ 报告结果。

附录 5　社会生活环境噪声排放标准（GB 22337—2008）

1　适用范围

本标准规定了营业性文化娱乐场所和商业经营活动中可能产生环境噪声污染的设备、设施边界噪声排放限值和测量方法。

本标准适用于对营业性文化娱乐场所、商业经营活动中使用的向环境排放噪声的设备、设施的管理、评价与控制。

2　规范性引用文件

本标准内容引用了下列文件或其中的条款。凡是不注日期的引用文件，其有效版本适用于本标准。

GB 3785　声级计的电、声性能及测试方法

GB/T 3241　倍频程和分数倍频程滤波器

GB/T 15173　声校准器

GB/T 17181　积分平均声级计

3　术语和定义

下列术语和定义适用于本标准。

3.1

社会生活噪声　community noise

指营业性文化娱乐场所和商业经营活动中使用的设备、设施产生的噪声

3.2

噪声敏感建筑物　noise-sensitive buildings

指医院、学校、机关、科研单位、住宅等需要保持安静的建筑物。

3.3

A 声级　A-weighted sound pressure level

用 A 计权网络测得的声压级，用 L_A 表示，单位 dB（A）。

3.4

等效连续 A 声级　equivalent continuous A-weighted sound pressure level

简称为等效声级，指在规定测量时间 T 内 A 声级的能量平均值，用 $L_{Aeq,T}$ 表示（简写为 L_{eq}），单位 dB（A）。除特别指明外，本标准中噪声限值皆为等效声级。

根据定义，等效声级表示为：

$$L_{eq} = 10\lg\left(\frac{1}{T}\int_0^T 10^{0.1 \cdot L_A}\,\mathrm{d}t\right)$$

式中　L_A——t 时刻的瞬时 A 声级；

　　　　T——规定的测量时间段。

3.5

边界　boundary

由法律文书（如土地使用证、房产证、租赁合同等）中确定的业主所拥有使用权（或所有权）的场所或建筑物边界。各种产生噪声的固定设备、设施的边界为其实际占地的边界。

3.6

背景噪声　background noise

被测量噪声源以外的声源发出的环境噪声的总和。

3.7

倍频带声压级　sound pressure level in octave bands

采用符合 GB/T 3241 规定的倍频程滤波器所测量的频带声压级，其测量带宽和中心频率成正比。本标准采用的室内噪声频谱分析倍频带中心频率为 31.5Hz、63Hz、125Hz、250Hz、500Hz，其覆盖频率范围为 22～707Hz。

3.8

昼间　day-time、夜间　night-time

根据《中华人民共和国环境噪声污染防治法》，"昼间"是指 6:00 至 22:00 之间的时段；"夜间"是指 22:00 至次日 6:00 之间的时段。

县级以上人民政府为环境噪声污染防治的需要（如考虑时差、作息习惯差异等）而对昼间、夜间的划分另有规定的，应按其规定执行。

4　环境噪声排放限值

4.1　边界噪声排放限值

4.1.1　社会生活噪声排放源边界噪声不得超过表 1 规定的排放限值。

表 1　社会生活噪声排放源边界噪声排放限值　　　　单位：dB（A）

边界外声环境功能区类别	时　段	
	昼　间	夜　间
0	50	40
1	55	45
2	60	50
3	65	55
4	70	55

　　4.1.2　在社会生活噪声排放源边界处无法进行噪声测量或测量的结果不能如实反映其对噪声敏感建筑物的影响程度的情况下，噪声测量应在可能受影响的敏感建筑物窗外 1m 处进行。

　　4.1.3　当社会生活噪声排放源边界与噪声敏感建筑物距离小于 1m 时，应在噪声敏感建筑物的室内测量，并将表 1 中相应的限值减 10dB（A）作为评价依据。

4.2　结构传播固定设备室内噪声排放限值

　　4.2.1　在社会生活噪声排放源位于噪声敏感建筑物内情况下，噪声通过建筑物结构传播至噪声敏感建筑物室内时，噪声敏感建筑物室内等效声级不得超过表 2 和表 3 规定的限值。

表 2　结构传播固定设备室内噪声排放限值（等效声级）　　单位：dB（A）

房间类型 时段 噪声敏感建筑物声环境 所处功能区类别		A 类房间		B 类房间	
		昼　间	夜　间	昼　间	夜　间
0		40	30	40	30
1		40	30	45	35
2、3、4		45	35	50	40

说明：A 类房间——指以睡眠为主要目的，需要保证夜间安静的房间，包括住宅卧室、医院病房、宾馆客房等。

B 类房间——指主要在昼间使用，需要保证思考与精神集中、正常讲话不被干扰的房间，包括学校教室、会议室、办公室、住宅中卧室以外的其他房间等。

表 3　结构传播固定设备室内噪声排放限值（倍频带声压级）　　单位：dB

噪声敏感建筑 所处声环境 功能区类别	时段	倍频带中心频率　/ Hz 房间类型	室内噪声倍频带声压级限值				
			31.5	63	125	250	500
0	昼间	A、B 类房间	76	59	48	39	34
	夜间	A、B 类房间	69	51	39	30	24
1	昼间	A 类房间	76	59	48	39	34
		B 类房间	79	63	52	44	38
	夜间	A 类房间	69	51	39	30	24
		B 类房间	72	55	43	35	29
2、3、4	昼间	A 类房间	79	63	52	44	38
		B 类房间	82	67	56	49	43
	夜间	A 类房间	72	55	43	35	29
		B 类房间	76	59	48	39	34

4.2.2　对于在噪声测量期间发生非稳态噪声（如电梯噪声等）的情况，最大声级超过限值的幅度不得高于 10dB（A）。

5　测量方法

5.1　测量仪器

5.1.1　测量仪器为积分平均声级计或环境噪声自动监测仪，其性能应不低于 GB 3785 和 GB/T 17181 对 2 型仪器的要求。测量 35dB 以下的噪声应使用 1 型声级计，且测量范围应满足所测量噪声的需要。校准所用仪器应符合 GB/T 15173 对 1 级或 2 级声校准器的要求。当需要进行噪声的频谱分析时，仪器性能应符合 GB/T 3241 中对滤波器的要求。

5.1.2　测量仪器和校准仪器应定期检定合格，并在有效使用期限内使用；每次测量前、后必须在测量现场进行声学校准，其前、后校准示值偏差不得大于 0.5dB，否则测量结果无效。

5.1.3　测量时传声器加防风罩。

5.1.4　测量仪器时间计权特性设为"F"挡，采样时间间隔不大于 1s。

5.2　测量条件

5.2.1 气象条件：测量应在无雨雪、无雷电天气，风速为 5m/s 以下时进行。不得不在特殊气象条件下测量时，应采取必要措施保证测量准确性，同时注明当时所采取的措施及气象情况。

5.2.2 测量工况：测量应在被测声源正常工作时间进行，同时注明当时的工况。

5.3 测点位置

5.3.1 测点布设

根据社会生活噪声排放源、周围噪声敏感建筑物的布局以及毗邻的区域类别，在社会生活噪声排放源边界布设多个测点，其中包括距噪声敏感建筑物较近以及受被测声源影响大的位置。

5.3.2 测点位置一般规定

一般情况下，测点选在社会生活噪声排放源边界外 1m、高度 1.2m 以上。

5.3.3 测点位置其他规定

5.3.3.1 当边界有围墙且周围有受影响的噪声敏感建筑物时，测点应选在边界外 1m、高于围墙 0.5m 以上的位置。

5.3.3.2 当边界无法测量到声源的实际排放状况时（如声源位于高空、边界设有声屏障等），应按 5.3.2 设置测点，同时在受影响的噪声敏感建筑物户外 1m 处另设测点。

5.3.3.3 室内噪声测量时，室内测量点位设在距任一反射面至少 0.5m 以上、距地面 1.2m 高度处，在受噪声影响方向的窗户开启状态下测量。

5.3.3.4 社会生活噪声排放源的固定设备结构传声至噪声敏感建筑物室内，在噪声敏感建筑物室内测量时，测点应距任一反射面至少 0.5m 以上、距地面 1.2m、距外窗 1m 以上，窗户关闭状态下测量。被测房间内的其他可能干扰测量的声源（如电视机、空调机、排气扇以及镇流器较响的日光灯、运转时出声的时钟等）应关闭。

5.4 测量时段

5.4.1 分别在昼间、夜间两个时段测量。夜间有频发、偶发噪声影响时同时测量最大声级。

5.4.2 被测声源是稳态噪声，采用 1min 的等效声级。

5.4.3 被测声源是非稳态噪声，测量被测声源有代表性时段的等效声级，必要时测量被测声源整个正常工作时段的等效声级。

5.5 背景噪声测量

5.5.1 测量环境：不受被测声源影响且其他声环境与测量被测声源时保持一致。

5.5.2 测量时段：与被测声源测量的时间长度相同。

5.6 测量记录

噪声测量时需做测量记录。记录内容应主要包括：被测量单位名称、地址、边界所处声环境功能区类别、测量时气象条件、测量仪器、校准仪器、测点位置、测量时间、测量时段、仪器校准值（测前、测后）、主要声源、测量工况、示意图（边界、声源、噪声敏感建筑物、测点等位置）、噪声测量值、背景值、测量人员、校对人、审核人等相关信息。

5.7 测量结果修正

5.7.1 噪声测量值与背景噪声值相差大于 10dB（A）时，噪声测量值不做修正。

5.7.2 噪声测量值与背景噪声值相差在 3～10dB（A）之间时，噪声测量值与背景噪声值的差值取整后，按表 4 进行修正。

表 4 测量结果修正表			单位：dB（A）
差 值	3	4～5	6～10
修正值	−3	−2	−1

5.7.3 噪声测量值与背景噪声值相差小于 3dB（A）时，应采取措施降低背景噪声后，视情况按 5.7.1 或 5.7.2 执行；仍无法满足前两款要求的，应按环境噪声监测技术规范的有关规定执行。

6 测量结果评价

6.1 各个测点的测量结果应单独评价。同一测点每天的测量结果按昼间、夜间进行评价。

6.2 最大声级 L_{max} 直接评价。

7 标准的监督实施

本标准由县级以上人民政府环境保护行政主管部门负责监督实施。

附录 6 声环境质量标准（GB 3096—2008）

1 适用范围

本标准规定了五类声环境功能区的环境噪声限值及测量方法。

本标准适用于声环境质量评价与管理。

机场周围区域受飞机通过（起飞、降落、低空飞越）噪声的影响，不适用于本标准。

2 规范性引用文件

本标准内容引用了下列文件或其中的条款。凡是不注日期的引用文件，其有效版本适用于本标准。

GB 3785 声级计的电、声性能及测试方法

GB/T 15173 声校准器

GB/T 15190 城市区域环境噪声适用区划分技术规范

GB/T 17181 积分平均声级计

GB/T 50280 城市规划基本术语标准

JTG B01 公路工程技术标准

3 术语和定义

下列术语和定义适用于本标准。

3.1

A 声级 A-weighted sound pressure level

用 A 计权网络测得的声压级，用 L_A 表示，单位 dB（A）。

3.2

等效连续 A 声级 equivalent continuous A-weighted sound pressure level

简称为等效声级，指在规定测量时间 T 内 A 声级的能量平均值，用 $L_{Aeq,T}$ 表示（简写为 L_{eq}），单位 dB（A）。除特别指明外，本标准中噪声限值皆为等效声级。

根据定义，等效声级表示为：

$$L_{eq} = 10\lg\left(\frac{1}{T}\int_0^T 10^{0.1 \cdot L_A}\,\mathrm{d}t\right)$$

式中　L_A——t 时刻的瞬时 A 声级；

　　　T——规定的测量时间段。

3.3

昼间等效声级　day-time equivalent sound level、夜间等效声级　night-time equivalent sound level

在昼间时段内测得的等效连续 A 声级称为昼间等效声级，用 L_d 表示，单位 dB（A）。

在夜间时段内测得的等效连续 A 声级称为夜间等效声级，用 L_n 表示，单位 dB（A）。

3.4

昼间　day-time、夜间　night-time

根据《中华人民共和国环境噪声污染防治法》，"昼间"是指 6:00 至 22:00 之间的时段；"夜间"是指 22:00 至次日 6:00 之间的时段。

县级以上人民政府为环境噪声污染防治的需要（如考虑时差、作息习惯差异等）而对昼间、夜间的划分另有规定的，应按其规定执行。

3.5

最大声级　maximum sound level

在规定的测量时间段内或对某一独立噪声事件，测得的 A 声级最大值，用 L_{max} 表示，单位 dB（A）。

3.6

累积百分声级　percentile sound level

用于评价测量时间段内噪声强度时间统计分布特征的指标，指占测量时间段一定比例的累积时间内 A 声级的最小值，用 L_N 表示，单位为 dB（A）。最常用的是 L_{10}、L_{50} 和 L_{90}，其含义如下：

L_{10}——在测量时间内有 10% 的时间 A 声级超过的值，相当于噪声的平均峰值；

L_{50}——在测量时间内有 50% 的时间 A 声级超过的值，相当于噪声的平均中值；

L_{90}——在测量时间内有 90% 的时间 A 声级超过的值，相当于噪声的平均本底值。

如果数据采集是按等间隔时间进行的，则 L_N 也表示有 N% 的数据超过的噪声级。

3.7

城市　city、城市规划区　urban planning area

城市是指国家按行政建制设立的直辖市、市和镇。

由城市市区、近郊区以及城市行政区域内其他因城市建设和发展需要实行规划控制的区域，为城市规划区。

3.8

乡村　rural area

乡村是指除城市规划区以外的其他地区，如村庄、集镇等。

村庄是指农村村民居住和从事各种生产的聚居点。

集镇是指乡、民族乡人民政府所在地和经县级人民政府确认由集市发展而成的作为农村一定区域经济、文化和生活服务中心的非建制镇。

3.9

交通干线 traffic artery

指铁路（铁路专用线除外）、高速公路、一级公路、二级公路、城市快速路、城市主干路、城市次干路、城市轨道交通线路（地面段）、内河航道。应根据铁路、交通、城市等规划确定。以上交通干线类型的定义参见附录 A。

3.10

噪声敏感建筑物 noise-sensitive buildings

指医院、学校、机关、科研单位、住宅等需要保持安静的建筑物。

3.11

突发噪声 burst noise

指突然发生，持续时间较短，强度较高的噪声。如锅炉排气、工程爆破等产生的较高噪声。

4 声环境功能区分类

按区域的使用功能特点和环境质量要求，声环境功能区分为以下五种类型：

0 类声环境功能区：指康复疗养区等特别需要安静的区域。

1 类声环境功能区：指以居民住宅、医疗卫生、文化教育、科研设计、行政办公为主要功能，需要保持安静的区域。

2 类声环境功能区：指以商业金融、集市贸易为主要功能，或者居住、商业、工业混杂，需要维护住宅安静的区域。

3 类声环境功能区：指以工业生产、仓储物流为主要功能，需要防止工业噪声对周围环境产生严重影响的区域。

4 类声环境功能区：指交通干线两侧一定距离之内，需要防止交通噪声对周围环境产生严重影响的区域，包括 4a 类和 4b 类两种类型。4a 类为高速公路、一级公路、二级公路、城市快速路、城市主干路、城市次干路、城市轨道交通（地面段）、内河航道两侧区域；4b 类为铁路干线两侧区域。

5 环境噪声限值

5.1 各类声环境功能区适用表 1 规定的环境噪声等效声级限值。

表 1 环境噪声限值　　　　　　　　　　　单位：dB（A）

声环境功能区类别		时　段	
		昼间	夜间
0 类		50	40
1 类		55	45
2 类		60	50
3 类		65	55
4 类	4a 类	70	55
	4b 类	70	60

5.2 表 1 中 4b 类声环境功能区环境噪声限值，适用于 2011 年 1 月 1 日起环境影响评价文件通过审批的新建铁路（含新开廊道的增建铁路）干线建设项目两侧区域。

5.3 在下列情况下，铁路干线两侧区域不通过列车时的环境背景噪声限值，按昼间 70dB（A）、夜间 55dB（A）执行：

a）穿越城区的既有铁路干线；

b）对穿越城区的既有铁路干线进行改建、扩建的铁路建设项目。

既有铁路是指 2010 年 12 月 31 日前已建成运营的铁路或环境影响评价文件已通过审批的铁路建设项目。

5.4　各类声环境功能区夜间突发噪声，其最大声级超过环境噪声限值的幅度不得高于 15dB（A）。

6　环境噪声监测要求

6.1　测量仪器

测量仪器精度为 2 型及 2 型以上的积分平均声级计或环境噪声自动监测仪器，其性能需符合 GB 3785 和 GB/T 17181 的规定，并定期校验。测量前后使用声校准器校准测量仪器的示值偏差不得大于 0.5dB，否则测量无效。声校准器应满足 GB/T 15173 对 1 级或 2 级声校准器的要求。测量时传声器应加防风罩。

6.2　测点选择

根据监测对象和目的，可选择以下三种测点条件（指传声器所置位置）进行环境噪声的测量：

a）一般户外

距离任何反射物（地面除外）至少 3.5m 外测量，距地面高度 1.2m 以上。必要时可置于高层建筑上，以扩大监测受声范围。使用监测车辆测量，传声器应固定在车顶部 1.2m 高度处。

b）噪声敏感建筑物户外

在噪声敏感建筑物外，距墙壁或窗户 1m 处，距地面高度 1.2m 以上。

c）噪声敏感建筑物室内

距离墙面和其他反射面至少 1m，距窗约 1.5m 处，距地面 1.2~1.5m 高。

6.3　气象条件

测量应在无雨雪、无雷电天气，风速 5m/s 以下时进行。

6.4　监测类型与方法

根据监测对象和目的，环境噪声监测分为声环境功能区监测和噪声敏感建筑物监测两种类型，分别采用附录 B 和附录 C 规定的监测方法。

6.5　测量记录

测量记录应包括以下事项：

a）日期、时间、地点及测定人员；

b）使用仪器型号、编号及其校准记录；

c）测定时间内的气象条件（风向、风速、雨雪等天气状况）；

d）测量项目及测定结果；

e）测量依据的标准；

f）测点示意图；

g）声源及运行工况说明（如交通噪声测量的交通流量等）；

h）其他应记录的事项。

7　声环境功能区的划分要求

7.1　城市声环境功能区的划分

城市区域应按照 GB/T 15190 的规定划分声环境功能区，分别执行本标准规定的 0、1、

2、3、4 类声环境功能区环境噪声限值。

7.2 乡村声环境功能的确定

乡村区域一般不划分声环境功能区，根据环境管理的需要，县级以上人民政府环境保护行政主管部门可按以下要求确定乡村区域适用的声环境质量要求：

a）位于乡村的康复疗养区执行 0 类声环境功能区要求；

b）村庄原则上执行 1 类声环境功能区要求，工业活动较多的村庄以及有交通干线经过的村庄（指执行 4 类声环境功能区要求以外的地区）可局部或全部执行 2 类声环境功能区要求；

c）集镇执行 2 类声环境功能区要求；

d）独立于村庄、集镇之外的工业、仓储集中区执行 3 类声环境功能区要求；

e）位于交通干线两侧一定距离（参考 GB/T 15190 第 8.3 条规定）内的噪声敏感建筑物执行 4 类声环境功能区要求。

8 标准的实施要求

本标准由县级以上人民政府环境保护行政主管部门负责组织实施；

为实施本标准，各地应建立环境噪声监测网络与制度、评价声环境质量状况、进行信息通报与公示、确定达标区和不达标区、制订达标区维持计划与不达标区噪声削减计划，因地制宜改善声环境质量。

附　录　A

（资料性附录）

不同类型交通干线的定义

A.1　铁路

以动力集中方式或动力分散方式牵引，行驶于固定钢轨线路上的客货运输系统。

A.2　高速公路

根据 JTG B01，定义如下：

专供汽车分向、分车道行驶，并应全部控制出入的多车道公路，其中：

四车道高速公路应能适应将各种汽车折合成小客车的年平均日交通量 25000～55000 辆；

六车道高速公路应能适应将各种汽车折合成小客车的年平均日交通量 45000～80000 辆；

八车道高速公路应能适应将各种汽车折合成小客车的年平均日交通量 60000～100000 辆。

A.3　一级公路

根据 JTG B01，定义如下：

供汽车分向、分车道行驶，并可根据需要控制出入的多车道公路，其中：

四车道一级公路应能适应将各种汽车折合成小客车的年平均日交通量 15000～30000 辆；

六车遭一级公路应能适应将各种汽车折合成小客车的年平均日交通量 25000～55000 辆。

A.4　二级公路

根据 JTG B01，定义如下：

供汽车行驶的双车道公路。

双车道二级公路应能适应将各种汽车折合成小客车的年平均日交通量 5000～15000 辆。

A.5　城市快速路

根据 GB/T 50280，定义如下：

城市道路中设有中央分隔带，具有四条以上机动车道，全部或部分采用立体交叉与控制出入，供汽车以较高速度行驶的道路，又称汽车专用道。

城市快速路一般在特大城市或大城市中设置，主要起联系城市内各主要地区、沟通对外联系的作用。

A.6　城市主干路

联系城市各主要地区（住宅区、工业区以及港口、机场和车站等客货运中心等），承担城市主要交通任务的交通干道，是城市道路网的骨架。主干路沿线两侧不宜修建过多的车辆和行人出入口。

A.7　城市次干路

城市各区域内部的主要道路，与城市主干路结合成道路网，起集散交通的作用兼有服务功能。

A.8　城市轨道交通

以电能为主要动力，采用钢轮—钢轨为导向的城市公共客运系统。按照运量及运行方式的不同，城市轨道交通分为地铁、轻轨以及有轨电车。

A.9　内河航道

船舶、排筏可以通航的内河水域及其港口。

附　录　B

（规范性附录）

声环境功能区监测方法

B.1　监测目的

评价不同声环境功能区昼间、夜间的声环境质量，了解功能区环境噪声时空分布特征。

B.2　定点监测法

B.2.1　监测要求

选择能反映各类功能区声环境质量特征的监测点1至若干个，进行长期定点监测，每次测量的位置、高度应保持不变。

对于0、1、2、3类声环境功能区，该监测点应为户外长期稳定、距地面高度为声场空间垂直分布的可能最大值处，其位置应能避开反射面和附近的固定噪声源；4类声环境功能区监测点设于4类区内第一排噪声敏感建筑物户外交通噪声空间垂直分布的可能最大值处。

声环境功能区监测每次至少进行一昼夜24h的连续监测，得出每小时及昼间、夜间的等效声级 L_{eq}、L_d、L_n 和最大声级 L_{max}。用于噪声分析目的，可适当增加监测项目，如累积百分声级 L_{10}、L_{50}、L_{90} 等。监测应避开节假日和非正常工作日。

B.2.2　监测结果评价

各监测点位测量结果独立评价，以昼间等效声级 L_d 和夜间等效声级 L_n 作为评价各监测点位声环境质量是否达标的基本依据。

一个功能区设有多个测点的，应按点次分别统计昼间、夜间的达标率。

B.2.3　环境噪声自动监测系统

全国重点环保城市以及其他有条件的城市和地区宜设置环境噪声自动监测系统，进行不同声环境功能区监测点的连续自动监测。

环境噪声自动监测系统主要由自动监测子站和中心站及通信系统组成，其中自动监测子站由全天候户外传声器、智能噪声自动监测仪器、数据传输设备等构成。

B.3 普查监测法

B.3.1 0~3类声环境功能区普查监测

B.3.1.1 监测要求

将要普查监测的某一声环境功能区划分成多个等大的正方格，网格要完全覆盖住被普查的区域，且有效网格总数应多于100个。测点应设在每一个网格的中心，测点条件为一般户外条件。

监测分别在昼间工作时间和夜间22:00—24:00（时间不足可顺延）进行。在前述测量时间内，每次每个测点测量10min的等效声级L_{eq}，同时记录噪声主要来源。监测应避开节假日和非正常工作日。

B.3.1.2 监测结果评价

将全部网格中心测点测得的10min的等效声级L_{eq}做算术平均运算，所得到的平均值代表某一声环境功能区的总体环境噪声水平，并计算标准偏差。

根据每个网格中心的噪声值及对应的网格面积，统计不同噪声影响水平下的面积百分比，以及昼间、夜间的达标面积比例。有条件可估算受影响人口。

B.3.2 4类声环境功能区普查监测

B.3.2.1 监测要求

以自然路段、站场、河段等为基础，考虑交通运行特征和两侧噪声敏感建筑物分布情况，划分典型路段（包括河段）。在每个典型路段对应的4类区边界上（指4类区内无噪声敏感建筑物存在时）或第一排噪声敏感建筑物户外（指4类区内有噪声敏感建筑物存在时）选择1个测点进行噪声监测。这些测点应与站、场、码头、岔路口、河流汇入口等相隔一定的距离，避开这些地点的噪声干扰。

监测分昼、夜两个时段进行。分别测量如下规定时间内的等效声级L_{eq}和交通流量。对铁路、城市轨道交通线路（地面段），应同时测量最大声级L_{max}，对道路交通噪声应同时测量累积百分声级L_{10}、L_{50}、L_{90}。

根据交通类型的差异，规定的测量时间为：

铁路、城市轨道交通（地面段）、内河航道两侧：昼、夜各测量不低于平均运行密度的1h值，若城市轨道交通（地面段）的运行车次密集，测量时间可缩短至20min。

高速公路、一级公路、二级公路、城市快速路、城市主干路、城市次干路两侧：昼、夜各测量不低于平均运行密度的20min值。

监测应避开节假日和非正常工作日。

B.3.2.2 监测结果评价

将某条交通干线各典型路段测得的噪声值，按路段长度进行加权算术平均，以此得出某条交通干线两侧4类声环境功能区的环境噪声平均值。

也可对某一区域内的所有铁路、确定为交通干线的道路、城市轨道交通（地面段）、内河航道按前述方法进行长度加权统计，得出针对某一区域某一交通类型的环境噪声平均值。

根据每个典型路段的噪声值及对应的路段长度，统计不同噪声影响水平下的路段百分比，以及昼间、夜间的达标路段比例。有条件可估算受影响人口。

对某条交通干线或某一区域某一交通类型采取抽样测量的，应统计抽样路段比例。

附 录 C

（规范性附录）

噪声敏感建筑物监测方法

C.1 监测目的

了解噪声敏感建筑物户外（或室内）的环境噪声水平，评价是否符合所处声环境功能区的环境质量要求。

C.2 监测要求

监测点一般设于噪声敏感建筑物户外。不得不在噪声敏感建筑物室内监测时，应在门窗全打开状况下进行室内噪声测量，并采用较该噪声敏感建筑物所在声环境功能区对应环境噪声限值低 10dB（A）的值作为评价依据。

对敏感建筑物的环境噪声监测应在周围环境噪声源正常工作条件下测量，视噪声源的运行工况，分昼、夜两个时段连续进行。根据环境噪声源的特征，可优化测量时间：

a）受固定噪声源的噪声影响

稳态噪声测量 1min 的等效声级 L_{eq}；

非稳态噪声测量整个正常工作时间（或代表性时段）的等效声级 L_{eq}。

b）受交通噪声源的噪声影响

对于铁路、城市轨道交通（地面段）、内河航道，昼、夜各测量不低于平均运行密度的 1h 等效声级 L_{eq}，若城市轨道交通（地面段）的运行车次密集，测量时间可缩短至 20min。

对于道路交通，昼、夜各测量不低于平均运行密度的 20min 等效声级 L_{eq}。

c）受突发噪声的影响

以上监测对象夜间存在突发噪声的，应同时监测测量时段内的最大声级 L_{max}。

C.3 监测结果评价

以昼间、夜间环境噪声源正常工作时段的 L_{eq} 和夜间突发噪声 L_{max} 作为评价噪声敏感建筑物户外（或室内）环境噪声水平，是否符合所处声环境功能区的环境质量要求的依据。

参 考 文 献

[1] 中国标准出版社第二编辑室. 中国环境保护标准汇编—废气废水废渣分析方法. 北京：中国标准出版社，2001.
[2] 中国环境监测总站编. 环境水质量监测保证手册. 第2版. 北京：化学工业出版社，1994.
[3] 蔡宝森主编. 环境统计. 武汉：武汉工业大学出版社，1998.
[4] 国家环保局. 空气废气监测分析方法. 北京：中国环境科学出版社，1990.
[5] 国家环保局，水和废水监测分析方法编委会. 水和废水监测分析方法. 北京：中国环境科学出版社，1997.
[6] 国家环保局. 环境监测技术规范. 北京：中国环境科学出版社，1990.
[7] 中国标准出版社第二编辑室. 噪声测量或放射性物质测定方法国家标准汇编. 北京：中国标准出版社，1997.
[8] 奚旦立，孙欲生，刘秀英. 环境监测. 北京：高等教育出版社，1996.
[9] 马玉琴主编. 环境监测. 武汉：武汉工业大学出版社，1998.
[10] 刘德生主编. 环境监测. 北京：化学工业出版社，2001.
[11] 李弘主编. 环境检测技术. 北京：化学工业出版社，2001.
[12] 吴绑灿，费龙编著. 现代环境监测技术. 北京：中国环境科学出版社，1999.
[13] 何燧源主编. 环境污染分析检监测. 北京：化学工业出版社，2001.
[14] 黄秀莲主编. 环境分析监测. 北京：高等教育出版社，1989.
[15] 李广超主编. 环境监测实习. 北京：化学工业出版社，2002.
[16] 本书编委会主编. 环境质量监测管理和环境质量监测分析方法标准事务全书. 北京：科学技术文献出版社，1998.
[17] 吴鹏鸣等编. 环境空气监测质量手册. 北京：中国环境科学出版社，1989.
[18] 李安城等. 总悬浮微粒采样器对比实验结果. 中国环境监测，1991，7（3）：50-55.
[19] 马玉秀编. 环境监测. 武汉：武汉工业大学出版社，1999.
[20] 王喜元编. 民用建筑工程室内环境污染控制规范辅导教材. 北京：中国计划出版社，2002.
[21] 周中平，赵寿堂，朱立，赵毅红编. 室内污染检测与控制. 北京：化学工业出版社，2002.